临渊

上

波兰黑加仑 ◎ 著

重慶出版集團 重慶出版社

图书在版编目（CIP）数据

临渊 / 波兰黑加仑著. -- 重庆：重庆出版社，2024. 9. -- ISBN 978-7-229-18798-9

Ⅰ. I247.5

中国国家版本馆CIP数据核字第20249GS189号

临渊
LIN YUAN

波兰黑加仑　著

责任编辑：彭昭智
责任校对：刘小燕
封面设计：回归线视觉传达
版式设计：侯　建

重庆出版集团
重庆出版社　出版

重庆市南岸区南滨路 162 号 1 幢　邮政编码：400061　http://www.cqph.com
重庆市鹏程印务有限公司印刷
重庆出版集团图书发行有限公司发行
E-MAIL: fxchu@cqph.com　邮购电话：023-61520646
全国新华书店经销

开本：890mm×1240mm　1/32　印张：14.5　字数：600 千
2024 年 9 月第 1 版　2024 年 9 月第 1 次印刷
ISBN 978-7-229-18798-9
定价：69.80 元

如有印装质量问题，请向本集团图书发行有限公司调换：023-61520678

版权所有　侵权必究

目录

一 玉堂春 /1	十一 意不尽 /53
二 剑气近 /5	十二 金错刀 /58
三 破阵子 /10	十三 投名状 /63
四 风敲竹 /15	十四 愁风月 /69
五 摸鱼儿 /21	十五 行不得 /74
六 试周郎 /26	十六 计中计 /79
七 步花间 /32	十七 莫思归 /85
八 声声慢 /37	十八 章台柳 /90
九 四时好 /42	十九 孤雁儿 /95
十 相见欢 /47	二十 独倚楼 /102

二十一	金缕词	/107
二十二	念奴娇	/112
二十三	掷金钱	/117
二十四	吹柳絮	/122
二十五	萍宫春	/128
二十六	油葫芦	/133
二十七	斩将台	/140
二十八	花非花	/145
二十九	东风寒	/151
三　十	马上催	/156
三十一	壶中天	/161
三十二	十二时	/167
三十三	念香衾	/172
三十四	拦路虎	/178
三十五	将进酒	/183
三十六	庆春岁	/189
三十七	偶相逢	/195
三十八	烹小鲜	/200
三十九	连环计	/206
四　十	山渐青	/210
四十一	风云变	/216
四十二	祭天神	/221
四十三	花自落	/227

一　玉堂春

一九四〇年一月，上海。

这年冬天冷得出奇，太阳终日裹在云层里，天地间湿答答的，寒气森森入骨。和阴冷的街头相反，海风俱乐部彩灯招展，暖气烘得女招待穿不住丝绒旗袍，纷纷换上轻丝软缎，托出了满园春色。

这里越夜越美丽，晚上敲过十点，二楼麻将室激战正酣。如今骆正风放弃桥牌，拥抱俗世快乐，反正都要输钱，麻将至少不费脑子。

他此时咬着烟卷，码着牌嘟囔："小少爷！你站在窗边望什么呢？眼睛要望穿了！"

倚窗而立的英杨闻言走过来，他按下被提起的"三条"，换只"五万"打出去，说："处长的牌不错。"

"小少爷，你现在是总务处长，英处长，叫我阿风就好。"骆正风腻着声音假客气。英杨听得浑身难受，却不说话。

在座有位华慕玖，时任电影检查委员会主任。他架金丝眼镜，穿素色长衫，一副气节文人打扮，此时慢悠悠道："听说总务处要添副处长了？"

骆正风撩眼皮望望英杨："添不添副处长，决定权在小少爷。"

"骆处长取笑了，加设副处长是上头的事，与我无关。"英杨不动声色地说。

"你不要谦虚！李若烟就等你表态呢，只要你肯贴过去做他的人，保管副处长之位烟消云散！"

英杨垂眸不答。华慕玖按捺不住好奇："李副主任真有意思，给骆处长塞个副处长不过瘾，还要给小少爷塞一个？"

骆正风冷笑："李若烟是忘了，他的头衔也带个'副'字！小少爷，你我就该学学纪可诚，早摇尾巴早表忠心，你看看，情报处就没有副处长！"

"你们都是特筹委的功臣！李副主任怎能炮打凌烟阁，做这鸟尽弓藏之事？"华慕玖连声叹道。

"鸟尽弓藏也要等鸟尽了再说！抗日分子满地跑呢，李若烟已瞧不上我们了！"骆正风夸张道，"让他们几个副处长去搞吧！咱们乐得休息，何必沾这身脏血！"

"骆处长不要生气！你这身本领若不使出来，是政府的损失！"华慕玖连忙安慰，"特筹委正式挂牌特工总部了，副主任本该是骆处长！怎么搞个人来抢功劳？"

听他越说越离谱，英杨于是打岔："华主任，我朋友想投资一部电影，苦于找不到题材，你有好的推荐吧？"

华慕玖一笑，正要发表高论，麻将室的门却被推开了。

行动处的陶瑞波走进来，行礼道："处长，杜主任召开紧急会议，请您和英处长回去。"

陶瑞波入职时间不长，但是机敏能干，很快成了骆正风的亲信。见是他来，骆正风知道会议重要，悻悻推牌道："这样好的手气，竟给冲散了。"

"什么着急事情说走就走？三缺一最是磨人！"

听说要走个人，满桌都急了。骆正风只得拱手抱歉，允定下次请酒饭，这才得以脱身。刚到走廊，便听身后华慕玖唤道："骆处长！处长请留步！"

骆正风站定回身："华主任有事吗？"

华慕玖打个哈哈不说话。英杨会意，同陶瑞波先下楼了。这边华慕玖摸出个珐琅盒子，里面装着两根赤足金条，另有嵌着镂空"福"字的金壳打火机。

"骆处长，我侄子吃闲饭一年多了，想托您赏个差使。这事我提了两回了，您看……"

"你侄子的履历我收着呢，只等开春稽查队招人！这事情没办成不好给回话，看看这事弄的。"

"不！不！这与小侄之事无关。"华慕玖喜笑颜开，"要过年了，小小心意给骆处长讨个彩头，不成敬意！"

"两根金条讨个彩头，"骆正风笑嘻嘻捏过珐琅盒子，"华主任接触的都是电影明星，见过的都是纸醉金迷，果然眼界开阔。"

"哪里话，哪里话。"华慕玖赔笑说着，眼看骆正风把盒子收进内袋，这才拱手告辞。

******

等骆正风和英杨赶到特工总部，三楼会议室已是灯火通明。

杜佑中和李若烟早已入座，几位处长副处长悉数到齐。直等骆正风和英杨坐下，杜佑中才清嗓子开讲："这么晚把大家找回来，是有件急事。纪处长说一说吧。"

"是！"纪可诚道，"各位，明晚秋丹凤在更新舞台上演《玉堂春》，驻屯军司令部几位高级将佐要去捧场，警政部通知我们做好警戒。这事时间紧要求高，请各位按照分工……"

"等等！"没等纪可诚说完，骆正风插话，"日本人看戏有宪兵警卫，啥时候轮到咱们了？还有啊，特工总部几时归警政部管了？它凭什么通知我们？"

纪可诚望望李若烟，默不吭声。

骆正风继续不满："杜主任，现在谁都能给咱们派任务了？特工总部是情报机构，不能弄成巡捕房，满大街去出勤！"

杜佑中啊一声，仿佛入定久了刚醒，只装糊涂不说话。数秒沉默后，李若烟出场："骆处长少安毋躁，我兼着警政部副部长，所以这次任务是由我从警政部领来的。"

"哦！"骆处长恳切道，"李副主任，您兼着副部长，我们底下人可没有兼着。警政部的活让警政部的人去干，我们真干不了。"

"警政部有警政部的事，他们负责全面警卫，负责小林健三等将佐的安全，而我们，只负责一个人的安全。"

"谁？"骆正风脱口问。

"魏耀方！"

李若烟刚吐出这个名字，会议室立即有了小小骚动。魏耀方在上海滩大名鼎鼎，曾经是大流氓，现在是大汉奸，据说军统锄奸团想尽办法要他性命，至今没有成功。

为了保命，魏耀方根本不出门，住宅的警卫里三层外三层。现在要杀魏耀方，很难找到机会。

他现身更新舞台，无疑是给军统送人头。接手这种警戒任务，做好了是应该，若魏耀方死了，特工总部吃不了兜着走。

嗡嗡议论中，骆正风带头道："李副主任，军统上海站成天等魏耀方出门，终于等到啦！给他做警戒就算把神经抻成钢丝，那也防不住！"

他噼里啪啦说完，引出许多附和。然而李若烟并不着急，他不慌不忙点根烟，吐出袅袅烟雾道："骆处长今晚心情不好，又输钱了？"

骆正风脸色微变，李若烟又嘎嘎一笑："开个玩笑，骆处长别介意。话

3

说回来,你不想接这个任务,是怕担责任吧?"

李若烟个头不高,做事冲劲十足。他到任后处处强势,杜佑中没办法,几个处长也忍气吞声,但骆正风不买账。原因简单,本来这副主任是骆正风的,眼看能从脏活缠身的行动处脱身,弄个副主任分管总务的肥差,结果梦想泡泡没成形就被李若烟戳破了,骆正风焉能不气?

他索性放声说:"保护魏耀方就是吃力不讨好!别人都绕着走,怎么特工总部要往上挤呢?"

李若烟冷淡一笑:"骆处长,不想费力只想讨好,天下可没有这样的好事!警政部命令已下,取消是不可能了,骆处长接受不了就歇着,让秦萧带行动处做事吧。"

秦萧是李若烟安排的行动处副处长。自从有了这位,李若烟经常绕过骆正风让行动处做事。骆正风找杜佑中告了几次状,杜佑中也没办法。

今天李若烟故技重施,骆正风晓得反对无用,冷笑连连不说话了。

"好了,都少说几句吧,大家要勠力同心,为和平大业奋斗!"杜佑中终于圆场,"下面请纪处长讲讲安排,各位咬定牙关熬两天,保着魏耀方平安,咱们的日子也好过!"

在纪可诚宣讲行动时,英杨开始走神。

大汉奸魏耀方到更新舞台看戏,这事应该向大雪汇报,但联络点锦云成衣铺离更新舞台挺远,一旦警戒开始,英杨想抽身过去不容易。

他想着心事,猛然听见李若烟点名:"英处长,天气寒冷,兄弟们的热饭热茶就拜托你了。"

英杨忙欠身答应:"李副主任放心,我们包间馆子,热饭热菜热茶都有的。"

也许是看在英柏洲的面子上,李若烟待英杨格外和气,闻言笑道:"英处长只管甩开来花钱,所有开销请警政部掏腰包!不能既叫我们干活又叫我们贴钱!"

当着杜佑中和骆正风,英杨不方便与他太过近乎,只是老实道:"是,我知道了。"

李若烟满意。向各处叮嘱任务后,他请示杜佑中:"主任,那就散了?"

杜佑中呵呵一笑:"各位忙去吧,散会!"

下楼时骆正风扯扯英杨,示意有话要讲。两人到院子里抽烟,骆正风说:

"小少爷有需要吧？价钱照旧啊。"

英杨笑一笑："我没什么需要。"

"那行吧。"骆正风知道延安不喜欢搞暗杀，他把烟头丢地上踩灭，"魏耀方的消息军统可喜欢了，拿到黑市卖几十个银元，都是小意思！"

他这样贪钱，迟早要栽在钱上头。英杨想提醒骆正风，但话到嘴边又咽了回去。

斗过浅间夫妇，英杨明白多了。他与骆正风毕竟道路迥异，说不准日后要翻脸，称兄道弟是表面功夫，心里要明白假戏不能当真，不该管的少管。

然而骆正风却笑道："小少爷不需要我，我却有求于小少爷。"

"有事你吩咐就是，说什么求不求的？"

"呵呵，是这样。华慕玖有个侄子，想来混口饭吃。你知道行动处要求高，进个人左审右审，惊动了李若烟不值当。我想你总务口子杂事多，塞在哪里都不拘，替我收了吧？"

"华主任自己不能安排吗？要送到我们这儿来？"

"那电影检查委员会是空壳子！兵荒马乱的谁拍电影？小少爷帮帮忙吧，回头让老华给你送点干货！"

"干货"是指金条银元。自从韩慕雪去了法国，英杨手头颇紧，这事得钱又做人情，挺好，于是他爽快道："让他先去食堂采买，以后合用了，再调到办公室来。"

骆正风大喜，拍英杨肩膀："还是小少爷够意思！"

是啊，管你是什么党，信的是什么主义，讲兄弟义气就行，骆正风就是这么想的。

❖ 二 剑气近 ❖

更新舞台于1922年落成，相传耗资三十余万，是"机关布景大王"周彼卿设计的旋转舞台。盖叫天、尚和玉、王虎辰等名角儿曾在此献演，轰动一时。

全面抗战爆发后，许多京剧名角息演，梅兰芳蓄须明志，程砚秋脱戏袍种地。虽说一流的角儿抗日，但戏总要唱下去，因此捧红了一批二流往下的，比如秋丹凤。这天晚上他在更新舞台上演《玉堂春》，八百座竟无虚席。

为了保住大汉奸魏耀方的性命，特工总部各路人马熬了一整夜。英杨带总务处打发了昨晚的夜宵和今天的三顿饭，也是累得不行。

眼看要开演了，他跟着骆正风等人坐进贵宾休息室。

这屋铺着赤凤团花地毯，茶几上陈列糖果零食，又有茶水咖啡，安排得周到细致。新来的电讯处长姜获，曾是陈末在军统时的老同事，他这时候歪斜着身子，捧起茶碗吹一吹，说："英处长有心了，这茶很不错。"

英杨谦虚："这是正山小种，沪上本不爱饮。但现下新茶未出，天气又冷，因此请各位尝尝红茶，暖暖身子。"

"李副主任说警政部给钱，那就要拣最贵的办！"骆正风插话，"正山小种顶尖的和寻常的天差地别，小少爷借这个机会，要替我们囤一批顶好的！"

英杨微笑敷衍："那是，那是。"

便在这时，推门进来两个人。走在前面的穿件深紫长衫，腰身窄窄的，脸也尖尖的，眼角处不知抹了什么，泛着粉紫的霞光，明明是个男人，却是风情万种。

"哟，秋老板！"骆正风喊出来，起身作个揖，"好久不见了。"

这就是秋丹凤？英杨向来不听戏，也不认角儿，闻言不由细细打量。

秋丹凤嘴角含笑，袖子拢着玉笋似的手指，拱一拱道："骆处长安好！各位处长辛苦了！"

他说话声调正常，只是嗓子纤细，加上眉目缱绻，反倒比妙龄少女更勾动人心。

向来唱戏分作两类，一是卖人，二是卖艺。秋丹凤算作前者，捧他的三分为听戏七分为看相，他自己当然知道卖点何在，因此一颦一笑都是手段。

陪着寒暄两句道辛苦，秋丹凤便拿香烟罐逐个敬烟。

等他到身边，英杨先闻见一股暖香，抬脸正撞上秋丹凤的眼神。这人眼风虽媚眼底却是锋锐，藏着小刀子似的，英杨生出戒心，接过香烟只是客气点头。秋丹凤却笑道："这位处长年轻面生，不知怎么称呼？"

"这是我们总务处英处长，"骆正风插话，"内政部英次长的弟弟，英家小少爷。"

"哦，原来是英处长！我有眼不识泰山，该罚！我替您点上烟吧。"

他说着伸出手，跟在身后的戏班班主立即递上金壳打火机。秋丹凤捏出一簇火苗凑过来，英杨不便推拒，就他手点着了烟。秋丹凤灭了火一笑，擎着打火机对英杨道："这个玩意儿，送给英处长解闷。"

他边说话，边按了打火机正中的"福"字，便听着啪嗒一声，弹出来半寸多长的锋利薄刃。这种藏刀片的打火机英杨见过，因此反应平淡，只说："挺有意思，多谢秋老板。"

秋丹凤收了薄刃，妩媚一笑，将打火机顺势塞进英杨袖子。

英杨知道这是他们惯用的路数，仿佛旧式堂子用帕子香粉留情。可这大冷天的，冰凉的打火机钻进衣服真叫人难受，直忍到秋丹凤走开，英杨才松口气，赶紧把打火机掏出来。

骆正凤见了，扒他肩膀笑问："得了什么好东西？"

英杨顺手将打火机奉上："凉冰冰的难受，骆处长留着玩吧。"骆正凤原本笑容满面，接过打火机却愣了神，瞅半晌道："这只打火机……怎么这样眼熟，在哪里见过？"

他正在嘀咕，那边有人来催了："各位处长！外头陆续进人了，李副主任请各位去站站呢。"

满屋人没有二话，连忙起身出去，骆正凤虽不服气也只得跟着。直到开戏二十分钟后，魏耀方才走进来。他瘦高个，长衫外套着石蓝貂鼠大褂，胸前挂着金晃晃的怀表链。

跟在他身后的叫作封义楠，在宣传部做印刷室主任。此人世家出身，混个闲差打发时间。正是他夸口小林健三也看戏，更新舞台安保没问题，才说动了足不出户的魏耀方。

二楼包厢早已预备好，从大厅上二楼沿途护卫森严。魏耀方和封义楠进了三号包厢，门上的丝绒帘子立即放了下来，荷枪保镖就守在门口。

英杨站在角落里，眼见安保固若金汤，想来军统难以得手了。白天安排中饭时，他找了间烟杂店挂电话，约大雪到更新舞台附近见面。听说魏耀方要看戏，大雪不感兴趣，叮嘱英杨不必冒风险，免得节外生枝，暴露了得不偿失。

英杨谨遵大雪指示，打定主意作壁上观。楼下锣鼓敲得热闹，英杨不会看戏，也不知道演到了哪一段。

他正闲立无事，却见四号包厢的帘子微动，行动处副处长秦萧走了出来。

此人有两只硕大的黑眼圈，远远看着像外国来的鬼。因为总务处实惠，他对英杨很友好，张口邀请道："英处长站着干吗啦？包厢里坐坐吧。"

英杨也觉得自己站着尴尬，管总务的不必如此勤快，要抢行动处的戏一般。他道了谢，跟着秦萧钻进四号包厢，里面另站着两个特务，矮几上摆着茶水点心，英杨也不同秦萧多话，自顾自坐着听戏。

更新舞台的二楼共有八个包厢，左右各四个。英杨在左边，这里离舞台更近。

戏当当当地唱，不知演到了哪出，忽然，台上的龙套奋力一跃，居然飞了起来，直奔观众席而去，引得满场惊羡叫好。英杨坐在二楼，清楚看见龙套背上吊着钢索，看着他们飞过来捉住观众上方的大秋千，又向舞台荡回去。

紧接着机关触动，舞台上接二连三弹起人来，腾空后被秋千接应，荡到观众席上再荡回去。

龙套都穿着白底宝蓝绳边的戏服，一时间剧场上空全是蓝白影子，飞来荡去此起彼伏，一波波掠过人群再飞回台上，场中喝彩声、掌声、口哨声潮水一般，煞是热闹。

英杨也看直了眼睛，更新舞台名不虚传，机关实在巧妙。越是热闹越是要出事。就在全场眼花缭乱之时，忽然响起短促清脆的枪声。

枪声离英杨很近，一听就加了消音器。第一声枪响后，英杨不假思索拔出枪，矮身掩在椅子后面，猫着向外看去，便见三两个龙套演员掏出枪来，借着秋千摇荡之势，向着三号包厢当当射击不休。

原来埋伏在这里！

事出突然，一楼大厅早成乱麻，日本宪兵已涌了进来，一边放枪一边护着前排的小林健三等人撤离，枪声尖叫声连成一片，观众吓得四散奔逃，场面混乱至极。

秦萧傻在当场，被英杨拽了一把才反应过来。他拔出枪带着两个特务冲出四号包厢，英杨跟着抢出去。三号包厢已经大乱，门口的帘子被扯掉了，地上全是血，几个保镖叠罗汉似的堆在地上。

秦萧急问："魏先生呢！"

连问了三声，才有保镖细声说："压在下面呢！"英杨这才看清楚，几个保镖把魏耀方紧紧护在地上，他心生遗憾，暗想军统如此设计竟没打死魏耀方，这人真是命大！

转眼之间，李若烟已带人冲了上来，团团围住三号包厢，这才将魏耀方扶了出来。魏耀方虽然脸色苍白，人却还沉静，只吩咐备车快走。

李若烟一面叫备车，一面扯过秦萧喝道："叫骆正风封了前后门，不论看戏的还是演戏的，一律堵在前厅不许走！"

秦萧答应着自去。李若烟着人搬椅子请魏耀方坐下，又让保镖团团围住，这才抽身检视现场。包厢里十分凌乱，矮几上茶水瓜果一片狼藉，靠墙的椅子上仰坐着封义楠，他额头中枪，已毙命多时。

英杨知道大势已定，魏耀方捡了条性命，接下来就是抓捕凶手了。他不想掺和这事，于是收枪蹑脚溜了，刚到走廊，却瞥见四号包厢门口有串血迹。

英杨怔了怔。封义楠死在三号包厢里，血不可能喷这么远，事发前四号包厢只有英杨和秦萧，两人都没受伤，怎会有成串的血滴在门口？

血迹走向并非向着楼下，而是往后台去的。英杨站着想了想，枪响后楼下就封了，八成是军统的凶手无处可逃，索性跃进四号包厢，试图从后台脱身。

统一战线当前，重庆和延安心照不宣，不求多么合作，至少不必拆台。比如此时，英杨犯不着把军统的人捉出来，当看不见走开就行。

但是外侮当前，魏耀方这种大汉奸实在可恼，能把他杀了真是大快人心！英杨生出同情，蹲下身假装系鞋带，掏手帕掩住血迹，又起身踩着手帕沿血迹方向拖脚揩抹。

几步转过拐角，后面是空荡荡的走廊，尽头有个小门。不出意外，军统的杀手应该藏在里面。

英杨想，李若烟当着小林健三把警戒搞砸了，必定要拿出吃奶的劲搜查，躲在这小屋里只怕不管用。他犹豫了一下，还是拔出枪走过去，向门上轻轻一点。

门开了，里面黑洞洞的。

英杨探手摸着开关，啪地一下点亮了灯，小屋被照得雪亮，只堆着桌椅布幔之类的杂物，但里面还有一道门。

从这剧场的结构看，那扇门后应该是死路了。救人救到底，送佛送到西，英杨掩上杂物房的门，留着灯走到里面的门前。

推门前他设想了几种可能，比如杀手的枪口正对着门，或者躲在黑暗里等着英杨进去，又或者埋伏在天花板上准备使个泰山压顶……

种种可能皆有可能。谨慎起见，英杨侧身掩在门边，伸出枪管捅了捅门，故意发出咔哒一声。

门应声开了，里面却无反应。英杨身侧放着一堆红罗帕，他扯一条向内忽拉甩去，里面仍没反应。

要么没人，要么这杀手太能沉住气。

英杨咬咬牙，脚跟抵住墙根，冒险向门里忽地探身，一闪即回，门里还是没有动静。

杀手不会放过这种机会，没动静说明真的没人。英杨略略松了口气，放慢速度再次探身向里看。这次看得真切，里面是条黑森森的钢筋走道，尽头隐有灯光，应该通向舞台上方。

不愧是更新舞台，这门后还有路！

英杨回去关上灯，再出来扶着栏杆踏只脚试虚实，妥了才踩上去。之后，他推上小屋的门，沿走道摸到舞台正上方，走道尽头有只硕大的钢盘，应该是机关枢纽。

英杨打量四周，钢盘两侧垂落着长达一楼高的紫红软帘，若非底下在闹哄哄地堵门查人，这上头还真是阴森古怪。

杀手跑到这里，应该是跳到一楼逃跑了。现在英杨想帮忙也帮不上，可以离开了。可他一转身，发现右手边的栏杆断开了。英杨生出疑心，揭开帘子一看，里面黑得伸手不见五指。

他一手举枪，一手握紧栏杆，伸脚往帘子里踩去，脚底却踩实了，仿佛是地板。英杨暗想，难道这里有个房间？软帘挡不住子弹，他怕杀手躲在里面发难，索性跨进去，端枪甩帘子先叫一声："别动……"

那"动"字还在嘴里含着呢，便听着轰隆一声，英杨脚下忽地虚了。他身子一晃，随着地板哗地掉落下去。

❖ 三　破阵子 ❖

英杨不料帘子后另有机关，刚踏上就掉下去。他耳畔风动，脑子尚未反应过来，便听噗的轻响，地板落实了。

这里黑得泼墨似的，英杨根本不知身在何处。良久，黑暗中传来沙哑的声音："别动。"

这里有人！

英杨立即屏住呼吸，悄悄背手摸枪。可他指尖还没碰着枪呢，一道风擦着脸颊嗖地飙过去，紧接着地板啵的一声轻响，有东西钉在了英杨身侧。

他探手去摸，却是枚白铁三角镖，戳在地板上嗡嗡直颤。

三角镖价廉，初学暗器功夫的都喜欢用，但这枚三角镖的中心不是个圆圈，而是一朵镂空梅花。

英杨听骆正风讲过，铁血锄奸团配发镂空梅花的三角镖。看来此人就是军统锄奸团成员，适才袭击魏耀方的杀手！

"老实点，别玩花样，不然戳瞎你的眼睛！"杀手哑声恐吓。

杀手在黑暗里待久，已经目能视物，虽然看不清英杨样貌，却能看清轮廓。英杨放弃摸枪，假装害怕说："先生饶命！我是误踩机关落下来的，并不想打扰先生！"

杀手听他的声音年轻，哼一声问："你是剧场的人吗？"

英杨想，这杀手八成也是误踩机关掉下来的。他手上有三角镖也有枪，却不肯杀掉英杨，应该是找不到上去的机关。

所以，英杨不能自认是剧场的人，否则找不到机关要露馅。

于是他说："我不是剧场的人，我是特工总部行动处的新人，上礼拜刚刚上班，啥都不懂！"

黑暗里静了静，杀手反问："特工总部？"

"是！我们昨晚接到任务来执勤，夜里困觉都在剧场！"

"……那你把佩枪摘下来，滑到正前方。"

英杨乖乖摘了枪，唰地滑向正前方。他滑枪时用了十分力，不久听见砰的一声响，枪撞到墙壁了，看来这地方不大。

杀手识破了英杨的伎俩，但他冷笑一声并没计较，却说："你站起来，往九点钟方向走十步。"

英杨答应着起身，转身左拐向九点钟方向，刚走了两步，便觉得脚下一低，已从活板下来踩到实地了。与此同时，那块板失了压制，轰地直蹿而上，又回去了。

英杨呆在原地，只看见两根钢筋柱子在黑暗里泛着冷光。那块活动板架在柱子之间起落，底下有弹簧牵引，有人踩上吃重落下来，人下来了又弹回去……

"别发呆了,"杀手说,"我在底下没找到控制机关,想上去就要外面的人来救,否则我们都得饿死在这里!"

"是,是,"英杨假装唯诺,"我们现在要怎么办?"

"你往九点钟方向走十步,会摸到一只小柜子。"杀手指挥道,"柜子上有部电话。"

英杨摸黑向前走了十步,果然抬腿碰着个矮柜,上面有部电话。他抓起话筒,里面传来等待音,电话可以用。

"给你的熟人打电话,"杀手说,"让他们找剧场的人问机关,下来救我们。"

"好,好,我这就打。"英杨答允着。

可他提起话筒想了想,这电话打到哪里都是痕迹,日后一旦查起来,自己就跑不脱。他本想助人,却落到难以自保的境地,不由得十分后悔。

他在这里犹豫,杀手催促道:"你为什么还不拨号?"

英杨搪塞道:"我刚上班几天,处里的电话号码不熟,要想一想才记得起来。"

杀手不耐烦:"你快点!敢搞花样一镖抢死你!"

他说到这里,忽听头顶有轧轧之声,仿佛放下了什么东西。杀手和英杨同时怔住,又同时反应过来,英杨闪身仿佛要去摸枪,杀手已持枪低喝:"叫你别动,晃什么晃……"

话没说完,就听着哗的风响,那块板又落下来了。黑暗里一片寂静,英杨将话筒搁回去,屏息不作声。

板子刚落稳,便有人轻声唤道:"郁峰?郁峰你在吧?"

英杨的心猛然提起,这声音辨识度极高,初听是女人嗓子,细听却又是男人,分明就是秋丹凤!黑暗里的杀手很快嗯了一声,问:"小秋吗?"

"师哥,你果然在这儿!"秋丹凤高兴地说,掏兜取出一根蜡,擦火点上。不一会儿,烛光摇曳冲破了黑暗。

英杨贴柜子站着,一声不响地借烛火打量。这底下四四方方,除了他倚着的柜子什么也没有,不知做什么用的。

秋丹凤脱了戏服,穿着马褂长衫,脸上仍留着戏妆。他举着烛火轻声道:"狗汉奸都走啦!这剧场机关太多,我怕兄弟们被困,因此各处瞧瞧,果然看见你的三角镖戳在活板上!幸亏被我瞧见了!"

"狗汉奸都走了？他们捉着人了？"

秋丹凤叹一声："山猫藏在女厕里，叫他们搜着了！"

郁峰听了发急："他怎么这样不小心？这事不妙！山猫知道得太多，我们赶紧出去，设法通知大家转移！"

这话音刚落，正在凝神静听的英杨忽见对面寒光轻闪，他心叫不好，一股疾风已是扑面而至。英杨紧急间不作他想，唰地仰身向后，使了半个铁板桥，这招刚放出来，便听着笃的轻响，有东西越过他戳在墙壁上。

"你做什么偷袭我？"英杨惊魂未定，脱口喝道。

秋丹凤闻言啊地轻叫："这里还有别人吗？"

那头郁峰冷笑连连："装出一副孬样来，却是好身手啊！"

"你能出去了，就要杀我灭口。"英杨森森道，"都是中国人，你未免做绝了！"

"你是什么中国人！你是特工总部的汉奸走狗！"郁峰切齿骂道。

听到特工总部，秋丹凤转过烛火冲着英杨的方向照去，立声脱口叫起来："咦！这不是英处长嘛！"

"什么英处长？他是刚进行动处的小瘪三！"

"不！他是总务处的英处长，内政部次长英柏洲的弟弟。"秋丹凤妩媚一笑，捏着嗓子问英杨，"英处长，我说得没错吧？"

"好哇，我就猜着你在说谎！"郁峰哑声道，"叫你把枪交出来，你借机测这里大小，这心机就不像个新人！"

英杨被叫穿身份，索性道："你这人也奇怪！难道我自报身份，叫你一镖打死我吗？换作你怎么办？"

郁峰冷哼不语。英杨知道秋丹凤是突破口，于是向他拱手道："秋老板，我是误踩机关落下来的，并不想打扰二位。"

"这机关是更新舞台新设的，专为排演文明戏《夜半歌声》。活板隐在幕布之后，踩着机关便落下来，人走下来它又能升回去。"秋丹凤笑微微道，"听说饰演宋丹平的有两三位，不唱的替身走到这儿便落下来，能唱的正主却从后台又上了，如此才弄得神出鬼没。"

"那么落下的演员如何上去呢？"英杨好奇地问。

秋丹凤笑一笑，举蜡走下活板，那块板呼地上去了。秋丹凤却不在意，举高了蜡说："英处长仰头看看，柜子上头有个网篮呢。"

英杨举目看去，果然放电话的小柜上方悬着网篮。适才的轧轧之声，应该是秋丹凤把这东西放下来了。

"爬这柜子攀进网篮里，扳下墙上的按钮就能升上去。"

秋丹凤边说边用烛光指点，英杨顺着看去，见侧面墙上有个扳手，想来拉动扳手就能升起网篮。

"谁能想到机关在半空中！"郁峰嘀咕。

"剧场经理说，做滑轮的钢丝不够用了，只能将网子挂在半空。"秋丹凤举蜡照着粗麻绳织就的网篮说，"好在扮替身的都是武行，攀爬上去并不困难，只是一次只能上一个人。上去的把网子再放下来，底下的人才能上去。"

他说着回身道："师哥，要不你先上去吧？"

郁峰躲在黑暗里不作声。英杨知道自己要表个态，于是大方道："秋老板，我在特工总部不过混碗饭吃，乱世苟活而已，并不想管不相干的事，这意思您懂得吧？"

秋丹凤抿嘴一笑，悠悠道："我当然是相信英处长的，但这事要我师哥通过才行。"

然而郁峰仍不表态。片刻寂静后，英杨道："郁先生，不知你伤势如何？失血不能耗费时光，要及时就医才是！"

一听此言，秋丹凤哎呀道："师哥！你受伤了？伤得重不重？"

郁峰并不回答，却沉声问英杨："你如何知道我受了伤？"

"我顺着血迹找来的！若要捉拿你立功，我会带人来搜！但我非但没惊动旁人，还替阁下擦净了血迹！否则被搜出来的，可就不止山猫了！"

"你为什么要帮我？"郁峰阴声问。

英杨微叹道："我虽然没出息，却还知道帮帮中国人。"

他这话说罢了，又是一片寂默。良久，郁峰慢慢从黑暗里走出来，来到烛光下。

他三十多岁，个子挺高，浓眉圆眼，仍旧穿着跑龙套的蓝白戏服，帽子扯下来掖在腰里，左臂上胡乱缠着绸带，渗出的血把白衣袖染红了一大片。他右手擎着枪，黑洞洞的枪口指着英杨。

"英处长，不是我不信你，是不敢信。但你愿意帮中国人，我也不想滥杀。这样，我求您一张字据，请明明白白写清楚，自愿包庇我和秋老板，并在末尾添上，愿为抗击日寇出力！"

"这……"

眼看英杨面露难色,郁峰将枪一挺:"英处长若不愿意,也莫怪我无情,还是请你躺在这里保险些!"

"好!好!我写!"英杨无奈道,"只是此地无纸无笔,难道要咬破手指来写字?"

"那也不必浪费手指头,"秋丹凤笑道,"我马褂里别着支自来水笔,只是没有纸罢了。"

随着哧的轻响,郁峰已撕下半幅白袍,丢给英杨道:"写在这里!"

英杨无奈,提起秋丹凤递来的水笔,拧开写下字据。郁峰接来过目,满意后收在内袋里,再走去拾起英杨的枪,退尽子弹后交还英杨。

"英处长,不打不相识,今晚你我交个朋友吧!你的佩枪丢在这也算隐患,但我还了枪,您可别乱动心思!"

英杨苦笑道:"你把子弹都卸了,我还能干什么?"

郁峰递还枪,却让秋丹凤把蜡烛交给英杨,自己一手擎枪对着英杨,一手扶秋丹凤上矮柜。秋丹凤攀着网篮爬进去道:"师兄,我在上面等你!"

郁峰颔首道:"你去吧。"

秋丹凤这才拉下扳手,便听轧轧之声响起,电机启动,把网篮缓缓吊了上去。英杨举蜡照着,见网篮升到绝高之处,上头弹开一处活板,秋丹凤攀了上去。

他在上头不知舞弄些什么,不多时,电机轧轧声又起,网篮落了下来。郁峰让英杨先上,自己最后攀网篮爬上去,三人都上去之后,秋丹凤向英杨笑道:"英处长,我们今晚是救了你的,望你说话算数啊!"

英杨勉强笑一笑,暗恨自己多管闲事,弄得倒欠人情!但他也只能说:"放心吧,我不会出卖你们!"

❖ 四 风敲竹 ❖

之后,在秋丹凤的指点下,英杨从更新舞台后门溜出去。他绕到大门时,便听着张七在身后急唤:"处长,您去哪儿了?可叫我好找!"

英杨搪塞笑道:"这剧场机关真多,弄得我差点迷路。他们这是在收队?

杀手捉着了？"

"从女厕搜出一个，已经押回去了。李副主任刚刚下令，叫各位处长都回去开会，我正愁找不到您！"

看来秋丹凤没说谎，特工总部的搜查已经撤了。

张七开车载英杨回到特工总部。今晚的会议扩大到各处小组负责人，三楼会议室坐得满满当当，人人面色凝重。见英杨带着张七进来，李若烟先问："英处长去哪儿了？现场没看见你，我以为你早回来了。"

英杨欠欠身道："昨天让饭店安排了宵夜，看情形用不上了，于是叫张七去退掉。谁知饭店老板不答应，这当然没道理的！所以我去找老板理论！"

骆正风闻言轻笑："英处长！行动开销由警政部掏腰包，浪费一顿宵夜有人结账，你又何必操心？结果人家看你还疑心！"

李若烟正要追问饭店有没有退钱，听骆正风如此挑拨，于是淡然道："英处长辛苦了！我问一声是关心，并非疑心。"

"是，多谢李副主任关心！"

英杨恭敬答话，拉开椅子坐下，却又回身送个眼风给张七："去把我的笔记本拿来。"张七会意，蹑脚退出会议室，自去包餐食的饭店安排，以免李若烟调查宵夜的事。

今晚的会议主题是魏耀方被刺。李若烟沉痛道："魏先生虽没有事，但封义楠主任被刺身亡！各位！我们戒备森严，杀手却如探囊取物！这股气焰若不打压，和平政府岂非人人自危？"

他说着巡视全场，沉声道："好在此事有了突破口！行动处捉回一名杀手！骆处长，你有什么安排吗？"

"人已经在地牢了。我就是按规矩办事。先问，问不出上刑，再问不出，想点特殊手段，总之叫他开口就是！"

"好！审讯要犯就请骆处长费心了！"李若烟边说边转顾秦萧，"秦副处长，你来的日子短，这件事你要全程跟进，多跟骆处长学习！"

秦萧起身答"是"。骆正风不大高兴，想李若烟这人太阴，分明是派秦萧来监视，偏要说是学习。

"此外，秋丹凤的戏班要查！纪处长，这事就交给你了。"李若烟又道，"请秋老板讲清楚，人是怎么混进戏班的，有几个人，去了多久！"

"是！"纪可诚忙不迭答应。

"剩下的分作两组，补充进行动处和情报处，集中精力调查魏耀方被刺一事！请大家熬住辛苦，务必侦破此案！"

李若烟话音落下，本该有齐声答应，但会议室鸦雀无声。作为副主任，李若烟总结情况鼓舞人心，把杜佑中的活都干完了，越权得太明显。

一片静默里，杜佑中佛系地笑笑："我没什么要说的，大家按要求完成任务。另外，审讯结果出来前，各位不要离开办公室了，免得节外生枝，闹起来个个都有了嫌疑。"

他刚说完，骆正风甩椅子起立，啪地立正，用响亮到夸张的声音说："是！"众人吃一惊，有机灵的立即跟着站起来，带得大家都陆续起身，会议室一片椅子拖动之声。

虽然拖拖拉拉，毕竟人都站起来了，李若烟无法，也站起来做样子。

杜佑中神色自若，压手示意大家坐下后，这才向英杨道："英处长费心，把这几天的伙食安排好。另外，天越发地冷，锅炉房的煤要管够，值班室的床要加毯子，叫勤务兵把开水烧勤些，每回沏茶都泡不开！"

"好的。主任，有件事我汇报一下。年底加班要宵夜，食堂人手不足，我在外头聘了两个人，原本明天来上班的，可现在……"

"李副主任，食堂的人照常出入吧？"杜佑中征求李若烟的意见，"食堂缺人伙食就跟不上，兄弟们不能饿肚子干活啊！"

李若烟笑一笑："英处长把好关就没问题。杜主任真是心细，像个大家长。"

杜佑中冷淡地瞥他一眼："年纪大了，做事没冲劲了，只想着这些琐碎，李副主任别见怪。"

李若烟边说"不敢"，边抛个眼神给姜获。姜获为人和善，向来是李若烟的"缓冲地带"，他接到信号堆笑奉承，哄得杜佑中高兴起来，宣布散会。

下楼时，骆正风赶上英杨，拍他肩膀道："有劳。"英杨知道这是为华慕玖的侄子，因此笑而不答。

回到办公室，英杨召集总务处开会，把车辆、被服、伙食、杂物等部署妥当。结束已经是深夜，英杨无事可做，又毫无睡意，于是找张报纸来看。

魏耀方被刺与上海情报科无关，英杨也落得轻松，无论李若烟折腾出什么结果，都与他无关。只是留给郁峰的字据，让英杨很不舒服。

这东西像定时炸弹，被重庆掌握总不会有好事！但当时也无可奈何，自己被缴了枪，对方又有两个人，只能写下字据。

越想这事，英杨越恨自己管闲事，不理那摊血迹多么好！看来浅间夫妇带来的教训还不够，英杨还是做不到冰冷无情。

他记起大雪说过，地下工作者与特工不一样，后者要更专业。特工要争取利益最大化，讲情怀真是外行了。

随着潜伏日久，英杨越发认同这个观点，他也在向这个方向努力。但所谓江山易改、本性难移，到了紧要关头，固有性格总会跳出来，救人的是它，害人的也是它。

在他胡思乱想时，张七敲门进来，报告饭店已安排妥当，又说："处长，我去拿条新毯子，让您先休息吧？"

英杨到任总务处后，把主任、副主任以及各位处长的办公室做了改造，隔出小间来当卧室，虽然只够放窄床，却比睡沙发、行军床要舒适。

为此，杜佑中表扬过英杨好几回，说他做事动脑子。只有骆正风深知英杨底细，晓得他这番改造另有所图，只是不拆穿罢了。

"做什么拿新毯子？"英杨问，"旧的不能用了？"

"仓库新到了一批美国货，"张七笑道，"比之前的厚实暖和，想着给您换一张。"

英杨并不喜欢美国货，但他懒得推辞，于是点头同意。张七转身要出去，刚拉开门就听见有人尖嗓子叫起来："你们这是含血喷人！没本事捉不着凶手，偏要赖在我戏班头上！"

秋丹凤？

英杨唰地收起报纸，盯着门口不说话。

张七见他神色有异，守着门也不出去了。外面秋丹凤发起飙来，一迭声的叫骂质问，弄得纪可诚连连求饶："秋老板！你不要误会！这都是例行公事！"

"例行什么公事？"秋丹凤拔高嗓子，"我唱戏不是一场两场，魏先生来捧场也非一日两日，我杀他要等到今日吗？非等到我成角儿了，再杀他自毁长城？"

"是，是，秋老板说得对！"纪可诚赔笑道，"秋老板是金贵人，绝不能做亡命之事！我们只请您楼上坐一坐，回答几个问题，十多分钟就结束！"

听着纪可诚做小伏低，张七不由望望英杨："纪处长做什么哄着秋老板？"

"秋丹凤是岩井公馆的座上宾，经常被请去唱戏，和日本人关系好着呢。"英杨边说边走到门口细听。

纪可诚越是退让，秋丹凤越是气焰嚣张，吼来吼去的，无非是表明自己与刺杀无关，特工总部不该怀疑到他头上。

英杨心生疑惑。秋丹凤与日本人交往密切，他应该清楚这种调查是走过场，没有确凿证据李若烟不敢拿他怎样。反而这样泼天闹起来，逼得李若烟认了真，才是难收场。秋丹凤真无辜也就罢了，可他明明不无辜。

门厅里越闹越大，逐一出来圆场的还有姜荻、秦萧和汤又江，可秋丹凤就是不依。

正吵得不可开交，忽听着一声咳嗽，却是李若烟到了。

见了李若烟，秋丹凤立时抹脸换个人，收起趾高气扬改作哭哭啼啼，拉住李若烟的衣袖泪光隐隐："李副主任，你可要替我做主！他们要把谋害魏先生的帽子扣在我头上！这泼天的冤枉，上哪儿说理去啊！"

李若烟心里皱眉头，却打个哈哈道："秋老板，您太过紧张了，事情不是那样！"

秋丹凤晓得李若烟不好惹，他不敢用强，接着装可怜："主任，这可是出了人命的官司！我怎么能不怕？都说特工总部有进没出，您说我怎么能不怕！"

"哎呀，秋老板把这里说得魔窟一般。"李若烟安抚道，"这样，先找个舒适地方让秋老板放松点，别一来就把人往审讯室拉，这换了我也要害怕啊！"

纪可诚一口答应，一迭声请秋老板会议室休息。秋丹凤见好就收揩揩泪："李主任说得对，我怕得腿都有点软，说着就站不住了呢。"

他话没说完腿已经软了，直往李若烟身上靠去。

李若烟对待抗日志士心狠手辣，投靠日本人奴颜媚骨，但私生活冰清玉洁，他素日青楼堂子一概不去，进舞厅也正襟危坐。

此时秋丹凤人没到，一股子香风已扑面袭来。李若烟非但没晕头，反倒瞬间清醒，赶紧跳开一步。秋丹凤不料他躲得如此之快，猛地向前栽去，咔地扭着了脚腕子，发出一声惨呼，顺势坐在地上。

"哟，哟，这是怎么了？"李若烟忙招呼人扶起秋丹凤，见他悬着腿喊痛，又叫送进值班室坐着，转脸吩咐人找英杨来，要联系医生给秋丹凤瞧伤。

勤务兵立即拐到总务处，请英处长出去瞧瞧。英杨还没走到门厅呢，秋丹凤又作妖了，捏着鼻子不肯进值班室，说里面太臭！

这比女子还娇气的男人弄得一干人等没了脾气。正没奈何时，纪可诚灵机一动："英处长办公室最近！秋老板，去英处长那里坐坐？"

秋丹凤瞅了英杨一眼，眉目耸动，总算点了点头。

众人张罗着把秋丹凤送进英杨办公室，仿佛送新娘子进洞房。眼看着秋丹凤情绪和缓，喝着茶不出声了，李若烟松口气，叮嘱纪可诚和英杨照顾好秋老板，自己先撤了。

剩下的谁愿意伺候戏子？一个接一个找借口溜之大吉。纪可诚负责调查戏班，本来溜不得，也借口上厕所跑出来，其实去抽烟喝茶了，要等医生看过秋丹凤的脚，再来继续差事。

刚刚还闹哄哄的房间，转瞬只剩下英杨和秋丹凤，静得让人心慌。

秋丹凤喝了口茶，冲着英杨一笑，细声道："英处长，你过来。"

英杨犹豫片刻，情知这位惹不得，只好走去沙发坐下，赔上笑脸道："秋老板，医生转眼就到了，您再忍一忍。"

"我不等医生，我等着同你说句话。你这里说话方便吗？"

英杨借着改造办公室，把墙壁拆了重砌，确保没有窃听设备。姜获电讯处长的位子还没坐热，给几位处长屋里装窃听设备是高难度动作，他这会儿弄不来。此时听秋丹凤发问，英杨也不言语，却点了点头。

秋丹凤搁下茶杯，凑近英杨低声道："郁峰郁师哥托我给英处长带句话，重庆的戴老板请您帮个忙。"

英杨心里一凛，皱眉盯着秋丹凤。

秋丹凤解开领口，扯出贴身的金链子，摘下黄灿灿的鸡心坠儿，搁在英杨手边道："这是英国人的神药，吃后十分钟心跳脉搏都没啦，您想个办法，让山猫给吃喽。"

"山猫？"

"骆处长捉回来的人啊。"秋丹凤抿嘴一笑，"英处长真健忘啊，今晚在更新舞台说的话做的事，都不记得了？"

英杨冷着脸，盯着他不吭声。

秋丹凤非但不怕，反倒风情万种起来："英处长的眼睛冷得噢，能逮出小冰砖来！不过我就喜欢这俊模样儿！哈哈，英处长吓唬我没有用，我就是个传声筒！郁师哥讲了，英处长若答应了，我们必当您是好人，从此记住恩情！英处长若不答应呢……"

他掏手帕在脸上抹一抹，半遮了嘴说："那么英处长立下的字据，就要被请出来见见光了。"

五　摸鱼儿

英杨早知字据是把柄，但听秋丹凤亮出来，一颗心还是拎了起来，冷淡道："你在威胁我吗？"

秋丹凤不辩解，点头笑道："正是呢！英处长，这威胁有用的吧？"

英杨无话可说。他拿起鸡心坠子揿开，里面是粒淡黄色的药片，就是秋丹凤所说的英国神药。

"这药吃了能死人吗？"英杨问。

"深度昏迷，不会死。吃下去半个小时见效，但药效只管两个小时。英处长要抓紧时间把人送到善华医院，我们在太平间做了安排，两个小时之内把人接出去。"

"两个小时？"英杨吃惊，"你当我是神仙吗？"

"善华医院就在街口，派车过去只要五分钟！英处长，特工总部和善华签了保健协议，出诊拿药住院都有特行通道，这事还是您上任后办的，怎么就忘了？"

英杨心里咯噔一响，觉得秋丹凤知道得太多了。他忽然意识到，这特工总部的院子里，难说有多少双军统的眼睛。

"这假死药进医院都查不出？"英杨道，"我不信。"

"医院的事您只管放心，"秋丹凤神秘笑道，"我们都不怕，您怕什么？"

听这意思，善华医院也有军统的人？

英杨还在琢磨，门口已有人喊"报告"，英杨只得收起鸡心坠子，若无其事地叫"进"。

进来的是张七，他领着个穿白褂子的医生，恭敬道："处长，善华医院的严医生来了，是给秋老板瞧伤的。"

听到善华医院，秋丹凤递给英杨意味深长的眼波。英杨只当没看见，客气道:"麻烦严医生了,这么晚还要出诊。"

"英处长客气,现在不算晚。"严医生笑眯眯搁下药箱,"还没到十二点呢。"

英杨又寒暄两句,留下张七照看,自己走出去抽烟。

院里夜风清寒,英杨头脑逐渐清醒。山猫是行动处搜捕到的,无论英杨怎样舞弄,有骆正风在都好办,给郁峰帮这个忙并不困难。但他现在出不去,不能向大雪汇报,私自行动帮军统捞人,没后患还好,有了后患就要悔断肠子。

但有那幅字据,英杨又不能不管。

院子里有株粗壮高大的广玉兰。这种树在冬天也枝叶油绿,缓和了寒冬的萧条。因为这株花树,英杨忽然想到微蓝,去年夏夜,她擎着夜露玉兰走进英家客厅,那场景美得不可思议。

算起来,他有小半年没见到微蓝了。想到微蓝身上的伤,"统一战线"这四个字有点脆弱,老火也曾说过,潜伏在敌人心脏要时刻保持政治清醒。

那幅字据应该让英杨政治清醒。这次他们是要英杨救人,下次说不准就是要他杀人;这次是救重庆的人,下次刀锋所向,说不定就是杀延安的人。

英杨不能容忍这种事!

他把烟头丢在地上踩灭,决定和秋丹凤谈谈条件。

回到办公室,严医生已经给秋丹凤看了伤处,说是伤得不重,抹点红花油疏通血脉,睡觉时把脚垫高,三五天就无事了。英杨道了谢,让张七送严医生回善华医院,又着人去请纪可诚。

趁着纪可诚没来,英杨向秋丹凤道:"要我救人可以,字据要还给我。"

秋丹凤愣了愣没答话。

"告诉郁峰,我把人送到善华医院时,要看见字据,否则我叫穿你们的事。"英杨加重语气说。

秋丹凤眼波轻转,微笑道:"叫穿我们的事,你也脱不了干系!"

"我不怕。"英杨简短说,"我讨厌被要挟。"

秋丹凤还要说什么,外面传来脚步声,应该是纪可诚到了。英杨竖起手指往唇上贴了贴,示意秋丹凤噤声,转身去开门。

******

有了扭脚的小插曲,秋丹凤的脾气收了。他也不同纪可诚吵闹,很配合地去会议室回答问题。送走这二位,英杨坐回椅子里,琢磨怎么叫山猫吃下假死药。

英杨很了解骆正风，此人审讯抗日分子不下黑手，善于以情动人，特别是遇着军统来人，那更是纸短情长。

惯常套路是先递根烟，再扳着腿坐下，叫声"兄弟"开始拉家常，边说边唏嘘感叹，恨不能一步跨回抗战前，满脸写着"回到军统好快乐"。

等感情联络得差不多了，骆正风开始切入正题。事情进行到这里，被审的一腔豪情已放下来三分之二，把骆正风认作亲人一般，此时骆正风及时宣传一命二钱的人生哲学，受审的能听进去一大半。

这套组合拳打下来，受审的不想为难自己，也不想为难骆正风，多少会讲点靠谱又不重要的线索。骆正风在这些事上不贪心，他不用人命换顶戴，拿些小成绩护体即可。

为此，李若烟虽看他不顺眼，却也无可奈何。所谓流水不争先，争的是滔滔不绝，骆正风深谙此道，手段越发纯熟。

但这次审讯特殊，限制了骆正风发挥特长。刺杀魏耀方是大事，当着小林健三行刺更是头等大事，李若烟新官上任，遇见大事必要尽情发挥，绝不允许骆正风搞"你好我好大家好"。

派秦萧参加审讯，就是对骆正风最明确的敲打。骆正风若在审讯山猫上掉链子，正好给了李若烟处理他的借口。

要救山猫就得尽快。英杨坐在办公室想了一会儿，先打电话到食堂，吩咐做三碗卧蛋阳春面，备两斤酱牛肉，装一脸盆木耳鸡蛋馅的素包子，说是给行动处安排宵夜。

他吩咐罢了叫来张七，递上鸡心坠子让张七见机行事，并且明确分工，自己负责引开骆正风、秦萧，张七设法把药片塞进山猫嘴里。经过之前诸事，张七办事麻利多了，当下收好药片不提。

等食堂备妥，英杨带人捧了吃食，大摇大摆走进地牢。守卫见英处长来犒劳，哪有阻拦的道理，直跟着送进去。

英杨前呼后拥进了审讯室，骆正风正坐在桌子后头抽烟，秦萧和陶瑞波站在他身后，三个人头发凌乱、脸色憔悴。见到英杨，骆正风发蒙问："你怎么来了？"

"夜里做事辛苦，"英杨笑着说，"饭店的夜宵吃不成，食堂的胡乱吃点吧。"

骆正凤僵冷的脸涌出笑模样,吐了烟头搓搓脸:"英处长不说不觉得,这真是饿了!宵夜是什么?包子馒头别来打发我,浪费时间。"

"今晚事急,食堂也没准备,只能给两位处长下碗阳春面,骆处长来尝尝?"

骆正凤在阴冷的地牢冻到现在,就想着一口热汤面,听了忙不迭起身:"多谢英处长记挂,下回弄点羊肉来,清汤红汤的不拘,我都吃!"

"这嘴真刁,加班还想着吃羊肉呢!"英杨一边笑骂,一边推着骆正凤招呼秦萧去隔壁休息室。出门时他余光轻瞟,看见审讯室的十字木架上捆着个人,已经是血肉模糊了。

"张七,"英杨唤道,"把素包子和酱牛肉抬进来,让兄弟们歇一歇!"

张七高声答应,指挥人抬进包子和酱牛肉。屋里的特务打手又累又饿,闻着香味已是按捺不住,纷纷过来吃东西。

英杨亲自来请,把骆正凤、秦萧都拉走了,陶瑞波却留了心眼,站在屋里不动窝,只看着别人吃。张七嫌他碍事,于是摸香烟递上去:"陶主任,牛肉是乡下来的新鲜黄牛肉,卤得极入味,您不尝尝?"

陶瑞波摇摇手:"我不吸烟,也不饿,多谢啊。"

张七碰个软钉子,讪笑收起香烟。然而陶瑞波眼睛瞪得像铜铃,站在这里实在犯嫌,吃碗面条不过七八分钟,张七再不动手,只怕骆正凤就要回来了!

他急得后背心出层密汗,只得厚脸皮踱进隔壁,进去边摸电话边向英杨道:"处长,叫食堂再做盆青菜蛋花汤吧?包子牛肉太干了,兄弟们吃得噎嗓子,弄得陶主任什么也不吃干看着,都是我没想周到!"

英杨见张七巴巴儿进来,说话又点名陶瑞波,心下立时明白,于是推着面前的阳春面说:"叫陶瑞波来吃面,我这碗没碰呢。"

骆正凤吸着面摇头:"他哪有资格坐这儿吃面?让张七端给他就行了。"

英杨闻言起身:"张七要给食堂打电话呢,我端过去吧。"

英杨是处长,陶瑞波只是调查主任,这哪里像话?秦萧满嘴面没吞下去,人已站起来说:"我来!我来!"

"你来陶瑞波也受不起啊,"骆正凤不耐烦了,"行了!叫他过来吃!"

秦萧于是偏过头,拉开嗓门嚎道:"陶瑞波!过来!"

隔壁一声答应,陶瑞波很快过来。骆正凤指着面碗说:"这是英处长让给你吃的,赶紧吃了回去干活!"

陶瑞波犹豫一下,小声道:"我不饿。"

英杨打个哈哈:"食堂多下了一碗,你不吃也浪费了,战时粮食金贵,陶主任受累给吃了吧。"

话说到这个地步,陶瑞波再推就是不给面子。他只好拉椅子坐下,提筷子拌了拌面埋头痛吃。

张七悄无声息溜回审讯室去,屋里人正围着酱牛肉拼命呢。张七靠墙站了站,手在口袋里抠开鸡心挂坠,摸出药来捏着,装作不经意乱走,渐渐停在木架前。

架上绑的人还活着,被打得头也抬不起来,血顺着发尖往下滴,在地上积了一摊。机会稍纵即逝,张七不敢迟疑,左手托起山猫的下巴,右手把药片塞进他嘴里。山猫被折磨得迷迷糊糊,噙了药片下意识吞咽,喉头微微滑动。

张七立即松手,转身就走。他紧张得心跳加速,指尖颤抖,刚走了两步,审讯室的门就开了,陶瑞波进来了。他吃面条太赶,弄得满头大汗,进来后先走到山猫面前,捏起他的脸瞧一瞧。

确定山猫无事后,陶瑞波松口气,抻袖子擦了擦汗,回身道:"兄弟们快点,吃完了要干活呢!"

陶瑞波虽得骆正风赏识,在特工总部人缘却不好,太过积极令人厌烦。他招呼一声,就有人叼着包子驳道:"急什么?老子去投胎也要吃饱啊!"

陶瑞波被怼得答不上,他自知资历浅,虽攀上罗鸭头的位子,却没有罗鸭头服众。张七打圆场道:"几位哥哥慢点吃,还有青菜蛋花汤呢,转眼就送来。"

听说还有菜汤,众人更不把陶瑞波的催促放眼里。说话间菜汤送到,几人又呼啦啦连喝几碗,这才擦擦嘴准备干活。张七带人收拾碗盘出了地牢,在门口等了五六分钟,英杨出来了。

"成了吗?"英杨问。

张七点了点头:"吓死我了!"

英杨抬腕看表,点起一根烟道:"把车备好,争取十分钟之内赶到善华医院。"

张七不清楚内情,只管按英杨吩咐办事,转身就去车队了。英杨独自溜达回办公室,脱了外套套上睡袍,又换上拖鞋,这才坐在桌边等时间。

约莫半个小时后，走廊热闹起来，紧接着有人敲门，急咻咻叫："英处长！英处长！"

英杨答应一声，却看了看手表，现在是一点四十分，他必须在三点四十分之前，把山猫送到太平间。他扮作刚起床去开门，来敲门的是行动处值班员，急慌慌道："英处长，我们处长说让您赶紧去地牢，有急事！"

"什么事这么急？我刚睡着！"

"听说是捉回来的杀手死了！骆处长请您去看看！"

英杨假作吃惊，赶紧换衣服跟着他直奔地牢。审讯室乱成一片，山猫被从木架上放下来，躺在地上人事不省。

"出什么事了？"英杨问。

"经不起折腾！死了！"骆正风啐了口骂一句。

"那问出什么了吗？"

"就是没吐口呢！"骆正风烦躁地挠头，"这家伙是纸糊的吧！刚下重手呢，这就翘辫子了？"

"主要是不好交代，"陶瑞波小声道，"李副主任等着口供呢。"

骆正风斜他一眼正要发作，英杨忙拦住了："小陶没说错，这人死了不算事，李若烟借故追问才麻烦。依我看做个样子，送他到医院去抢救，成不成的推给医院，就说从我们这儿出去时是活的，昏迷呢！"

骆正风眼神微亮："好，就这么办！人还是软的，赶紧送医院！小少爷，麻烦你一同去，善华医院还要你出马！"

英杨一头答应，一头巡视全屋问："秦萧呢？"

"刚刚出去蹲坑了！他刚走人就没了，你瞧这寸劲！"

"这不挺好吗？"英杨笑笑，"省得他跟上头乱讲。"

他说着看了看手表，时针指向凌晨二点。

✦ 六　试周郎 ✦

山猫被抬出地牢，送上车直奔善华医院。值班医生听说是特工总部的，也不敢耽搁，直接送进抢救室。

秋丹凤并没有派人交接字据，也许是骆正风一步不离黏着英杨。英杨正在烦恼时，却听骆正风埋怨道："李若烟急功近利反倒坏事，若按我的法子，不必半个小时，准保叫这小子竹筒倒豆子！"

"他疑心着你呢，见你手软就扣顶里通外敌的帽子！你想想，是问出军统的底细重要，还是你自己重要？"

骆正风闷声不响，半晌自嘲："这么务实的道理，竟要小少爷来劝我，是我入戏了。"

"听说有些人气场不合，无冤无仇的就是互相看不顺眼。你跟李若烟就是如此！其实仔细想想，他也没害你什么。"

骆正风猛吸两口烟："你怎么满口为他说好话？被李若烟的拉拢打动了？"

"他能拉拢我什么？"英杨笑笑，"你知道的。"

骆正风把烟头丢了，活动着脖子说："小少爷今晚的阳春面好味道，食堂以前做的面没这么好吃！"

"一样的面条，一样的师傅，能有多大区别？"

骆正风意味深长地问："今晚的事，和小少爷没关系吧？"

英杨感佩他嗅觉灵敏，却正色道："我对魏耀方不感兴趣，连带着的事都不感兴趣。与我无关的事，何必自找麻烦？"

"那倒也是。"骆正风龇牙花子道，"小少爷想做什么，开价钱来我必定做到，不必冒着风险自己动手，是吧？"

"你这人也有意思，做什么非往我身上引？"英杨不悦道，"军统的人，军统的事，与我何干？"

骆正风试探不成，连忙找补道："我不过是借此事剖白心迹，为了让小少爷知道，往后想做什么，直接吩咐骆某人就行！看来我嘴笨，反惹小少爷不高兴了。"

英杨并不想同他闹僵，借坡下驴说："骆处长放心，我想做什么当然直接开口，还怕你不答允吗？"

"哈哈，是，那是！"骆正风打个哈哈，把目光投向走廊尽头的抢救室，"咦，抢救灯灭了。"

英杨忙扭头去看，只见抢救室的门开了，医生推门出来，冲着站在门口的陶瑞波摇了摇头。

陶瑞波跑来汇报，骆正风早把山猫当死人，因此并不惊奇，英杨却放下了心。看来郁峰和善华医院果然有勾连，做戏做得很足，山猫进去到出来耗费了四十分钟。英杨看看手表，现在已经是两点五十分了。

三点四十分之前送到太平间应该来得及。他略略放松心情，提议道："骆处长，程序也走完了，我们回去汇报吧。"

这话音刚落，走廊就传来一片杂沓脚步声。凌晨两点多的医院，急救室门口悄静无人，这片脚步声为何而来太清楚了。

"不必我们汇报，"骆正风笑笑，"有人捷足先登了。"

说话之间，秦萧已陪着李若烟走过来。英杨之前打探到李若烟已经回家了，不料他竟会亲自赶来，此人的拼劲可见一斑。

到了抢救室门口，李若烟脸色很不好，眼风凌厉地问："人呢？"

"在里面抢救。"骆正风说。

"处长，医生刚说抢救无效了。"陶瑞波小声纠正。

"你们真行啊！口供没拿到，人先弄死了！"李若烟七窍生烟，"问出有用的没有？"

骆正风不吭声，秦萧期期艾艾道："这家伙看着脸嫩，却是个硬骨头，弟兄们实在没法才下了狠手！主任，这事也怪我，没看着他们，不小心把人给，给……"

他缩口不说，因为李若烟的脸色越发阴沉，一时间没人敢开腔，整条走廊静得可怕。

半晌，李若烟咬了咬牙说："去看看人。"

秦萧连忙答应，推着陶瑞波在前面带路。英杨再次看表，又过去了五分钟。

时间这东西真奇怪，无事时漫长无比，有事时从不够用。此时距离两个小时还有四十多分钟，英杨知道转眼就能耗费干净，不由得心下叫苦。但他无法可想，只得跟着走进抢救室。

抢救彻底结束，山猫静静躺在冰冷的手术床上。李若烟掏手帕捂住口鼻，走过去仔细端详，半晌伸出手来，摸了摸山猫的脖子和胸口。

英杨有些紧张。

他之前在黑市听说过"假死药"，但也知道这种药只能让血脉缓慢，胸口仍有余热。善华医院有人做小动作，当然查不出真死假死，如果被李若烟看出破绽来，所有细节逐一排查，英杨的嫌疑可是大大的。

古人说瓜田不纳履，李下不整冠，那是至理名言。特别是做特工的，吃的就是捕风捉影疑神疑鬼的饭，给自己纳上嫌疑的影子，就是在自找麻烦。

就在英杨心怀忐忑时，李若烟收回手，抬眸冲众人森森一笑："我听黑市眼线讲，最近军统从英国买回不少好东西，其中有种假死药，吃下去呼吸心跳都没了，就与死人无异，连医院也查不出来。"

秦萧闻言惊道："主任！您是说这家伙吃了假死药？"

骆正风浸淫这行日久，听了这话立即明白关键，脱口否认道："绝无可能！此人从更新舞台带回来关进地牢，算时间一个钟头有余，若是进来之前吃了假死药，那么早该发作了！进来之后绝不可能吃药，地牢严格把守，我们绝不会让人混进来给人犯喂药！"

李若烟等骆正风说完，方才慢悠悠道："骆处长不必着急，我只是推测。不过要确证也容易，这种药最多维持两个小时。就算他在地牢吃的，到这里也快一个钟头了。咱们再等一个钟头，若他仍死在这儿，那就是我多虑了。"

英杨耳朵里嗡的一声。

不必一个钟头，再等四十分钟山猫就能醒了！这真是最坏的结果，本来诸事与英杨无关，现在弄得他深陷其中，说不准要阴沟翻船，当场折在这事上。

事已至此，面对精明过人的老牌特工李若烟，任何动作都是在冒险，与其想着补救，不如顺势而为。总之嫌疑是跑不掉了，但最好别落下证据，好在给审讯室送夜宵是英杨的常规动作，并非今天的特例，完全能讲过去。

但李若烟仍会疑心英杨。他之后会把嗅觉停留在总务处，俗话说不怕贼偷，就怕贼惦记，一旦进入李若烟的疑心范围，以后做事难上加难。

为了军统可真是不值。英杨深刻体会到什么叫多一事不如少一事，如果那串血迹他当看不见该多好，只可惜世上没有后悔药。

时间分秒流逝，几个人如老僧入定般，围着具尸体或站或坐。等待最令人绝望，却没人敢劝李若烟离开抢救室休息，现在谁开口谁就有嫌疑。

熬到三点半，秦萧提醒李若烟，山猫被送进医院差不多两个小时了。李若烟起身再次检查山猫，仍是一具冰冷的尸体。

"再等等，"李若烟说，"这么久都耗下来了，不在乎再等半个小时。"

英杨算了算时间，知道再过十分钟就见真章。他打好逻辑严密的腹稿，连山猫醒来自己用什么表情都准备好了，等着李若烟盘问。

然而十分钟之后，山猫没有活过来。十五分钟之后，还是没有，二十分钟之后，还是没有……

凌晨四点零五分,李若烟终于放弃了。他看着那具伤痕累累的尸体,青着脸说:"送太平间吧。"

说罢他转身就走,仿佛抢救室让他讨厌极了。骆正风和秦萧跟着走了,只留下英杨善后,这些本该是总务处的事。

英杨在抢救床前站了两分钟,让张七去找值班医生,办手续处置尸体。

回去的路上,英杨莫名其妙浑身发冷,缩在汽车后座上微微发抖。张七开着车,眼看要到特工总部了,他忍不住问:"处长,不是说那个药能活过来吗?"

"我们上当了。"英杨冷冷道,"那就是毒药。"

"啊?为什么要骗我们?"张七惊问。

英杨没有回答,他把目光投向冬夜冰冷的街头,心绪复杂。如果没猜错,这是郁峰对自己的测试。如果英杨不老实,把秋丹凤所托汇报上去,李若烟必定不动声色,让山猫吃下假死药,再着人埋伏在善华医院太平间,等着捕杀军统铁血锄奸团。

等发现扑了个空,活口山猫又被毒死了,李若烟必然大怒,回头找英杨算账。到那时英杨百口莫辩,要么坏要么蠢总得选一个,别的不说,特工总部是别想待下去了。

所以说,性格这东西会害你,也会救你。

英杨在心里苦笑,他是太实诚了,为了共同抗日,他真心想帮助军统。

他们怎么可能归还字据?英杨在心里想,善华医院没有他们的人,山猫肯定是要死的,叫穿了只是为难我自己吧。

******

山猫死了就死了,审讯处的事谁也没办法,虽然没问出线索来,李若烟也不好发作骆正风。说到底大家都知道,骆正风审犯人是不动刑的,出了这样的事故,责任在李若烟。

杜佑中知道原委后只笑一笑。他不表态,李若烟更加难办,魏耀方的案子没破,秋丹凤又动不得,杜佑中置身事外等同推卸责任,着急上火的只有李若烟。

好在魏耀方还活着,各方面勉强能交代过去。李若烟不敢再节外生枝,更新舞台教他一个乖,别挖自己填不了的坑,于是乎也把这事压下了。

山猫事件结束后,英杨恢复行动自由,但写给郁峰的字据还没要回来,有字据就有无限可能性,他必须向大雪报备。

犯了错受批评是小事,有危险不报告只怕酿成大错。这天中午,英杨约了大雪在"云客来"见面,走到街角时却被卖香烟的小贩拦了下来。

英杨情知有事,刹住脚不动。果然,小贩把鸭舌帽往上一推,冲着英杨笑笑:"英处长,又见面了。"

是郁峰。

英杨波澜不惊地望着他,郁峰递来一包"三炮台":"上次多谢相助,您要的字据在这里面,收好。"英杨抽出一张钞票丢下,接过"三炮台"塞进口袋,转身走了。

他如今算作"云客来"的熟客,伙计直引着上二楼进雅座。等汤饭送上来,大雪照样打扮成伙计插空溜进来。听了英杨的汇报,大雪不由皱眉:"让你不要插手,怎么又搅进去了?"

"是我不谨慎,"英杨作检讨,"下次一定注意。"

"英杨,你还是要弄清楚特工和地下工作的区别!"大雪再次提醒,"组织上把你送进伏龙芝,是按照特工的标准来培养你,不是让你搞单纯地地下工作!"

"我明白!我会小心的!"

"不,你不明白!"大雪面色严肃,"特工不需要感情,甚至不需要立场,他的存在就是为了拿到情报!"

英杨静了静,轻声说:"很多年前有人同我讲过这话,说特工不应该有国籍和党派,它只是一种职业。"

大雪不吭声,安静地听下去。

"但我不这样想,不是为了祖国,不是为了信仰,我不会做特工,"英杨苦恼道,"我努力工作不只为了情报,还是为了胜利,为了胜利的喜悦!这动机本身就充满感情!"

大雪没有反驳,良久叹了口气道:"让你冷酷无情的确困难,但至少不能感情用事!这次更新舞台的差错就属于感情用事!你不能出于同情身涉险境,明白吗?"

英杨沮丧点头。大雪知道英杨是面好鼓,不必敲得太重,批评之后立即转开,道:"那幅字据比较麻烦,有没有办法把它拿回来?能不能去找秋丹凤?"

"李若烟嘴上不说,暗里把秋丹凤盯得很紧,我这时候找去是自投罗网。"英杨边说边掏出"三炮台","我刚在路上碰见郁峰,他说字据在这里。"

大雪忙叫他打开看看。英杨拆开烟盒,倒出香烟,再撕开包装纸,里面什么都没有。

"也许在香烟里。"大雪指点道,帮着英杨将二十支香烟逐一拆开,终于在烟丝里发现卷成细卷的纸条。

"今晚七点半,仙罗莎舞厅七号桌,原物奉还。"

看着这行蝇头小楷,英杨和大雪都沉默了。这是陷阱吗?

七 步花间

仙罗莎舞厅最近声名鹊起,因为它高价挖走了"七重天"最红的舞女西子露。晚上七点半,仙罗莎门口已是彩灯闪烁,花牌堆叠,一派热闹景象。

英杨步入舞厅,在服务生的带领下找到七号桌。这座头很特别,和隔壁的八号、九号一样,垂着深蓝色天鹅绒门帘。服务生并没有揭开门帘,只做个请的手势就走开了。

英杨转顾四周,乐队的曲子缓慢悠扬,舞池里人不多,七彩灯翩然旋转,舞台上搁着给西子露准备的话筒,装饰了金银花枝,在彩灯下闪烁光芒。

还算一切正常。英杨揭起帘子。

圆桌边,郁峰换了套西服,头发梳得油光锃亮,起身笑道:"英处长来了?快请坐。"英杨坐下,拒绝了对方递来的香烟:"处里还有事,郁先生有话直说吧。"

郁峰收回香烟,讪笑道:"英处长,上次多亏您帮忙。"

"你们说是假死药,但山猫真死了。"英杨毫不留情地揭穿。

"假死药很难掌握时间,而且会有后患。"郁峰坦然道,"我们就算不为自己想,也要为英处长想想,您是仗义相帮,没有被我们连累的道理。"

"这么说,我还要感谢你们了?"

"不,不,感谢谈不上,这是我们应该做的!"

英杨心生厌恶。他不想多做兜搭,直入主题道:"郁先生,事情我做了,字据可以还给我了吧?"

"哈哈，英处长不要着急！字据肯定是要还的，但是有人想见见您，还请英处长给个面子。"

"不见。"英杨断然拒绝，"我今天来就是拿字据的，我同秋老板讲好的，事情做完字据还我，而且没有下一次！"

"英处长……"

"郁先生，如果你们不能信守诺言，那也不要怪我无情！李若烟对秋老板的真实身份很感兴趣，我可以给他提供线索，顺便把字据的故事讲一讲。"

听了英杨的威胁，郁峰反倒笑起来："英处长这又是何必？鱼死网破都是蠢人做的事。您是聪明人，绝不能用这笨法子。"

他一头说，一头探手入怀，摸出布条来送到英杨面前："英处长，字据在此，您验一验。"

英杨接过来看了，果然是在更新舞台被迫写下的字据。

"是这个，多谢了。"英杨收起来就要走。郁峰连忙拦住："英处长，您不能走！要见您的人就在隔壁，您走了我没法交代啊！"

英杨皱起眉头正要说话，天鹅绒帘子却被揭开了。走进来的人英杨认识，但他完全没有想到，立时愣在当场。

"小少爷，"沈三公子沈云屏穿着酒红色青果领西服，翘着修剪整齐的小胡子，似笑非笑道，"怎么才来就要走？有急事啊？"

英杨想起微蓝说过，沈云屏的真实身份是军统上海站站长，看来郁峰是他的下属。所以，更新舞台的刺杀，山猫吃下的毒药，应该都是沈三的手笔。

英杨知道今晚难脱身，只盯着沈云屏不吭声。

"给小少爷介绍，这位是军统上海站蓝刃小组的组长，郁峰，我手下最得力的组长。"沈云屏说罢吩咐郁峰，"你别在这儿站着，去叫经理拿我上次存的酒，给小少爷尝尝。"

郁峰奉命而去，沈云屏又对英杨道："小少爷，现在只有我们俩人，什么话都好讲的。"他边说边打开桌上的烟盒，拔根小雪茄递上，英杨摆手道："我不抽这个，太冲。"

"你大哥喜欢的，"沈云屏不在意，切了小雪茄塞进自己嘴里，点燃了说，"他喜欢洋货，外国人的擦屁股纸都是好的。"

英杨虽不喜欢英柏洲，但沈云屏也夸张了。然而比起沈家，英氏根基太浅，被沈云屏调侃两句实属稀松平常。

沈云屏嘲讽罢了英柏洲，吸口雪茄望着英杨笑道："我做个正式的介绍，鄙人沈云屏，军统上海站站长，很荣幸在仙罗莎见到小少爷。"

他坦然讲述，压根不把军统的身份当回事。这样英杨反而紧张，不知他葫芦里卖的什么药。

沈云屏做完介绍后嘎嘎一笑："现在讲究国共合作，小少爷虽与沈某并非同路，但在这特殊时期，咱们却要并肩作战，同舟共济啊！"

他开口把"国共合作"祭出来，英杨不由吃惊。郁峰要挟英杨做事，是把英杨当作特工总部的汉奸看待，沈云屏却为何提到"国共合作"？

英杨于是说："沈先生这话何意，我不大明白。"

"小少爷这就不讲究了。我表明身份坦诚相见，你怎么遮着掩着？"沈云屏叼住雪茄，把只信封推过来，"这东西请小少爷过目。"

信封里是一沓照片，拍的都是笔记本内页，上面用日语写得密密麻麻，每页都有日期和天气，应该是日记。

英杨拿起一张细看，记录时间是1939年5月17日。

这是英杨与微蓝初次见面的日子，先在花园咖啡厅，后来去了静怡茶室，先是与金老师的相亲，紧接着是与微蓝的接头。

在这一天，记录者写道：

> 今天我的心情受到冲击。在落红公馆的走廊里，我见到了英桑的弟弟，他干净澄澈，发出美玉敲击石块那样叮的脆响，深入了我的灵魂。

这声叮的脆响同时击中了英杨，让他脱口而出："浅间三白？"

"是的。"沈云屏笑起来，"小少爷真聪明，这就是浅间三白留下的日记。"

英杨后背心飘起一股寒气，仿佛有只鬼手顺着他后脑慢慢向背脊摸去。他勉强镇定心神，在照片堆里翻找。

"他该写的都写了。"

沈云屏知道英杨在找什么，他洋洋得意地翻出一张说："看这里——当我知道英杨是静子曾经的同学，我的心情很复杂。他居然在伏龙芝军事学院学习过！英杨居然是共产党！虽然……他身上一直有共产党人的气味，但我仍不肯相信！"

他念完了，微笑看着昧色灯光下的英杨，翻出另一张照片："还有呢——今天英杨承认了，他就是共产党！当静子把这消息当作功劳汇报给我时，她不知道我起了杀心。但我不想杀死英杨，我想杀死静子！我不明白她为什么要捅穿这件事，她不捅穿，我可以永远糊涂下去，我可以在面对小少爷时，短暂地忘记帝国，忘记我的民族和小少爷的民族……这该死的战争！"

念到这里，沈云屏叹道："小少爷，浅间课长对你真不错。"

"好了！这本日记你应该看过很多遍了！"英杨沉声道，"我们直接点，你想要什么？"

"小少爷爽快，"沈云屏丢开照片，从唇间拔下雪茄夹在指间，微笑道，"我的要求很简单，请小少爷和我合作。"

"是什么事？"

"不，小少爷误会了。我想和你合作，不是为了一件事，是希望能有长期的合作关系。"

英杨略略沉吟："按照统一战线的要求，我可以配合你们。这次你们在更新舞台刺杀魏耀方，郁峰受伤留下了血迹，但是结果您也知道，该帮的忙我都帮了。"

"如果是这一类的帮忙，我没必要见你，也没必要亮明身份，郁峰就能同小少爷交涉。"沈云屏浮起莫测的笑容，"统一战线骗骗鬼好了，不要来同我讲，我不相信的。"

他说着前倾身体，努力凑近英杨："我想要的，不是小少爷帮帮忙的统一战线。我要的，是小少爷这颗心，从此后，身在曹营心在汉！"

灯光从上面打下来，落在沈云屏脸上，让他看起来像一只伺机捕食的豹子，饥饿又警惕。英杨盯视他良久，问："哪里是汉？"

"军统上海站。"沈云屏回答得毫不犹豫。

数秒死寂后，英杨说："如果我做不到呢？"

"我只好把这个本子交给特高课新任课长织田长秀。"

"浅间三白死了几个月，现在才交出日记，不会太晚吗？"

"不晚。织田长秀到现在都不知道，他在特工高课的办公室里，有嵌入式的保险柜，就藏在他座椅背后的墙里。我可以启发他发现保险柜，并且在里面找到这本日记。"

英杨点了点头:"看来你们在特高课有埋伏。"

"彼此,彼此。"沈云屏笑道,"就像重庆有延安的人,延安也有重庆的人。"

英杨没再说什么。他垂下眼睫看着玻璃桌面,迅速盘算动手的胜算。沈云屏貌似养尊处优,其实枪械骑术技击拳脚无一不精。面对他,英杨并没把握一招制胜。

而且仙罗莎舞厅很可能就是沈家的生意。英杨势单力孤,贸然动手非但不能制服沈云屏,只怕弄巧成拙。

他想起大雪的教诲,不能感情用事。现如今英杨对"感情用事"的理解更进一层,这并非只是说冲动。他盯着玻璃桌,看见桌角处轻微的裂纹,但乍眼看去仿佛本该如此。

就好比哥窑的百极碎,它要破碎才是上品,才是美的。

"这是大事,我要想一想。"英杨简短说。

"好。"沈云屏笑一笑,爽快道,"今天是17号,我给你三天时间,20日晚上七点半,我仍然在这里等你,希望听到小少爷的好消息。"

英杨点头,要起身告辞。沈云屏却笑道:"小少爷,之前十爷让我去荣华饭店救你出来。那时候我以为你是个小混混儿,没想到你真是共产党。冒昧问一声,卫家和你的组织有来往吗?"

英杨心里打个突,不紧不慢说:"当然不是。我和十爷有些私下交情,他不知道我的身份。"

"是什么交情?"

"这事我不方便说。沈先生,你信就信,不信就罢了。"

"我相信你,"沈云屏又拿起一根雪茄咔地剪开,"除了认识你,十爷的确和延安没什么交情。"

英杨听他说得笃定,想来在军统的情报反馈里,十爷很"干净"。临走前,英杨还是问:"沈先生,特工总部您也有埋伏吧?"

沈云屏微笑:"小少爷,这是外行话,不要提了。"

英杨不再多话。他走出仙罗莎之前没看见郁峰,外面下起小雨,上海的冬雨比冬雪更冷,冰凉的雨点落在英杨的雪花呢大衣上,很快濡湿了一片。

英杨想,他必须尽快见到大雪,把浅间日记和沈云屏的逼迫如实汇报。他脚步匆匆走在雨中,暗自决心要申请撤离上海,总之不能屈从沈云屏。

英杨走在这条路上,坚信着夏先同描摹的属于中国的盛世图景,那幅未来图景引着英杨奋身追溯。如果只为苟活,他大可不必这样辛苦。

真冷啊,雨点仿佛变成冰点,淅淅沥沥迎面而来。英杨停好车,裹紧大衣向左登巷走去。刚过八点半,街上行人稀少,前面卖糖炒栗子的小摊挑着红灯。

锦云成衣铺没有打烊,温暖的灯色从玻璃橱窗里流淌出来,格外振奋人心。英杨正要快走两步,身畔的小巷却冷不丁闪出一条黑影,拦在他面前。

"英处长,"那条黑影低低说,"是我,郁峰。"

英杨猛地刹住步子,惊愕地盯着郁峰。后者穿黑色雨披,戴着兜帽,用黑围巾挡住口鼻,如果他不表明身份,英杨根本认不出来。

"沈先生让我守在这里,您果然来了。"郁峰阴恻恻地说,"站长让我转告您,他在静候佳音!"

冰冷的雨仿佛把整个世界都冻住了,短暂的沉默后,英杨扭头就走,快步离开了左登巷。

八　声声慢

冷雨萧萧,英杨强迫自己冷静。他能肯定的是,锦云成衣铺被军统上海站掌握了。

沈云屏可以随时出卖大雪,甚至有可能覆灭整个上海情报科。

也许正是英杨把敌人引来的!沈云屏拿到浅间的日记后,跟踪英杨得知锦云成衣铺。之后,他很可能通过大雪获取了其他同志的信息,比如满叔……

英杨不敢再想下去。暗夜冷雨胡乱拍打在脸上,让他无所适从。从钻进汽车驶离小西街,直到英家门口,英杨整个人从里僵到外,脑子都是蒙的。

韩慕雪去法国之后,英家大宅越发冷清。阿芬走后,英柏洲新雇了韩妈回来烧饭打扫。韩妈只认英柏洲,无论英杨要什么,她开口准是:"小先生,这要问过英先生的!"

一来二去,英杨不再提任何要求。三餐有什么吃什么,误了点只能饿着,更不要谈夜宵加餐了。饭食尚且如此,衣履更加无人打理,倒是张七贴心,时常把英杨的衣裳送去店里清洗。

英杨想想伤心。韩慕雪待他视如己出，之前做舞女住在弄堂里，也把英杨养得白白胖胖，冬天的棉袄都比别家小孩厚实。

现在可好，英杨入冬连件新大衣都没做，羊皮手套也是去年的，因为保养不当裂出纹皮来，简直有损小少爷的排面。

英杨边想边把车驶进院子，迎面看见客厅透出灯光。因为手足不睦，英柏洲和英杨都很少回家，到了要睡觉时才回来，英家向来灯火皆寂，今天却反常。

也许来了客人？

英杨冒雨走到门厅，刚推开门就看见韩妈，她一声不响地杵在门后怪吓人的。没等英杨开口，韩妈先哟一声，放声道："小先生，你回来得这样晚！我以为你歇在办公室里。"

英杨忽然明白，她是在这儿看门呢！看来今晚的客人挺重要，然而也说不通，重要客人为什么不去英柏洲的书房？

韩妈接过英杨脱下的大衣，打开柜子挂进去。英杨无意间回眸，看见一件玉粉色兔绒大衣挂在柜子里，很漂亮。

来的是女客。

英柏洲年岁不大，为人十分死板，成天板着脸皱着眉头。不要说女性朋友，他的男性朋友都少得可怜，能来家里拜访的女客，只有林奈。

果不其然，英杨走进客厅就看见林奈坐在沙发上。她仍是西式打扮，上身套着水粉色荷叶领毛衫，下身是浅灰薄呢百褶裙，颈间挂着她哥哥送的珍珠项链，圆润莹亮。林奈早听见韩妈在门厅说话，因此笑吟吟的，只等英杨走进来。

韩慕雪去了法国，林奈来英家也少了，有时来坐一坐，英杨也找理由躲着。但他这时候躲不了，也不好板着脸上楼去，没奈何挤出笑来："林小姐晚上好，得空来坐坐吗？"

林奈听了咯咯一笑，问："你晚饭吃了吗？"

她向来这样，言谈举止透着与英杨无比熟络，这让英杨很尴尬。特别是当着英柏洲的面，英杨真怕她表达亲近，这简直是要命的事。

他能做的就是装没听见，匆匆一笑就要往楼上溜。

林奈却不依，沉下脸道："哎，英杨，我问你话呢！"

英杨本就心情不好，被她的缠问勾出火气来，横着心就是不肯答话。然而英柏洲看不过去，咳一声道："这么大的人了，一点儿也没派头。女士问你话嘛，怎么当听不见？"

为了"英家小少爷"这张名片，英杨总是照顾英柏洲的面子。听见英柏洲开口，他只得淡然道："我吃过晚饭了。"

"吃过再吃点呀，"林奈高兴，"我特意找大厨学的肚煲鸡，放足了笋片，鲜得掉舌头，你去尝一尝。"

英杨一肚子心事，并不想吃她的肚煲鸡，于是推搪道："我现在不饿，等饿了让韩妈热来吃。"

林奈的笑容僵了僵，慢慢挂下脸来："我买齐材料炖了几个钟头，冒着寒风冷雨送了来，又坐在这里等你回来，就为了听你说句不饿吗？"

英杨烦透了她的自我感动，恨不能直接告诉她，并没有人请她炖几个钟头的汤，再顶风冒雨地送来！可他很知道这话说出来的后果，林奈必然要泼天大闹，同时向英柏洲告状，这间冷冷清清的客厅，很快就要鸡飞狗跳了。

此时英杨满腹心事，不想被绊在客厅里，然而他也没心情说两句好话敷衍林奈，因而低头不语。他的沉默弄得林奈下不了台，英柏洲本要劝两句，可是他打心底厌恶英杨，开口劝英杨喝汤简直难上加难，也是静默着。

偌大一个客厅，分明坐了三个人，却心意相悖，竟闹了个鸦雀无声。

放在之前，至少阿芬要走出来打圆场的。韩妈却是一板一眼的，她信奉"英先生讲的做，英先生没有讲的要问过才能做"，弄得僵局无法打破。

足足熬了五六分钟，林奈想通了。她笑笑自找台阶："行吧！是我自讨苦吃，也怪不得别人，以后我有时间也约人看电影玩麻将去，煲什么汤呢！"

她说着昂起头，再不望英杨一眼，踩着高跟鞋噔噔噔往门口走。英柏洲连忙起身相送，英杨这才松了口气，三步并作两步上楼回房了。

他回屋去放洗澡水，水龙头哗哗响，雾白水汽慢慢蓬出来，英杨盯着看，竟盯得出神了。打断他的是当当当的敲门声，这样大力敲门的只有韩妈！

英杨去开门，果然看见韩妈板着脸站在门外。

"小先生，英先生叫你去书房。"

"现在？"

韩妈抿紧嘴唇点了点头。

英杨知道问不出什么，只得回浴室关上水。扯毛巾擦干手时，他分析了英柏洲找自己的几种可能，但都不大可能。

他丢下毛巾匆匆到二楼,敲开英柏洲的书房门。

"有事吗?"英杨探进半个身子问,这是急着要走,提醒对方长话短说。

英柏洲却不急,阴着脸说:"你进来,把门关上。"

英杨只好走到写字桌前,坐进扶手椅里。

从英杨七岁踏进英家起,他就知道英柏洲讨厌自己,因为英柏洲脸上总挂着厌恶的表情。仔细想来,英柏洲甚至没有正眼看过英杨,偶尔必须与英杨对话时,他会不自觉地垂下目光,或者把脸扭开一点,躲闪着不必看见英杨。

小时候英杨不懂事,还指望大哥能带着他玩。十几岁正值少年时,英柏洲的疏远和神秘甚至能调动英杨接近他的好奇心。二十岁风华正茂,他争取到留洋的机会,起初是高兴的,因为英柏洲能留洋,他也能。

英杨是想把英柏洲当大哥看的,但英柏洲始终厌恶着英杨。在回到上海工作之前,英杨一直不明白为什么,直到老火不停提起阶级。英杨慢慢意识到,阶级是一道鸿沟,即使他不在意,英柏洲却是在意的。

现在,英杨态度平静,坦然直视着英柏洲。说来奇怪,英柏洲今天抻出了一点笑意,虽然他努力的样子让人看着难受。

"其实这事我不是第一次开口了。"英柏洲用和软语气打商量,"你住家里不方便,搬出去吧!"

英杨知道他无情,却没料到他直接下逐客令。

"我不管你是什么身份,也不管你为谁做事,你的事我统统不想管。"英柏洲恳切道,"英家的财产,该给你们母子的我一分钱都不会少。你租房子或者买房子,我可以每月补贴你一些钱。"

"这……"

"你听我说完!"英柏洲截住英杨的话头,"我会承认你是英家的小少爷!你可以继续打着英家的旗号,说你是英柏洲的弟弟!可以的!我只要图个清静,请你搬走,好不好?"

他把话说到这个地步,英杨倒有些不好意思。然而上海滩的上流社会很喜欢嚼舌头,英杨前脚离开英家,后脚就能编出无数兄弟不和的版本,并津津乐道。要不了多久,"英杨被扫地出门"的消息就能尽人皆知。

看着英杨不说话也没有表情,英柏洲失去了耐心,他挤出来的和软渐渐生硬,沉声道:"英杨!你究竟要怎样?我开出来的条件没有亏待你吧?这也不行吗?"

英杨不想同英柏洲吵架，他满脑子都是被沈云屏监控的大雪和上海情报科。他现在想去洗个热水澡，让身体暖和起来，让脑袋不要发僵，他要想事情，很重要的事情！不让他住英家，他就搬走好了。英杨也不想看见英柏洲，每晚回家简直是折磨。

　　"我可以搬出去住。"英杨说，"不过找房子要些时间，现在行情不好，是租是买都不容易。"

　　英柏洲早算到他会这样讲，于是抽便笺写张条子递过去："这事可以找管理处的冯其保，你应该晓得他，听说他太太是你母亲的牌搭子。"

　　英杨接过条子，顺口道："林奈告诉你的？她之前来家里，遇到过冯太太。"

　　空气忽然微妙地安静了。过了一会儿，英柏洲问："你对林奈，有什么想法吗？"

　　"我有什么想法？她不是你师妹吗？"

　　英柏洲干笑一声："你知道就好！我老师很不喜欢你们这路人，所以你最好离她远点，免得我老师生气，伤到你和你的组织。"

　　林想奇的儿子林可，就是太行山上的八路军，听林奈说还是个团政委。英柏洲不会不知道，他是昏了头，真以为林想奇会厌恨自己的亲儿子。

　　英杨并不想点醒英柏洲，他收起字条火速告辞："我会尽快找房子，没别的事我回去了。"

　　"好，找房子的事请你抓紧。"

　　"祝我好运吧。"英杨耸耸肩说。

　　回到卧室，英杨脱了衣服潜进温热的水里，终于在温暖包围上来时放松下来，长舒一口气。

　　他梳理着思路，沈云屏掌握着浅间日记，胁迫自己替军统做事。英杨必须向组织汇报情况，但他的组织受他连累，已经暴露给沈云屏。

　　现在，浅间日记牵扯的不只是英杨的个人安危，还有整个上海情报科！在那本日记里，英杨所能记起的浓词艳句纷纷化作尖利冰矢，一蓬蓬击打着英杨，让他羞恼难当。

　　好在沈云屏不知道，英杨有联系仙子小组的渠道——71号保险箱。浅间死后，英杨所知的仙子小组成员撤离的撤离、失踪的失踪，他再也没有同仙子小组联络过。

这个71号保险箱，英杨只向大雪汇报过。如果大雪本人没有叛变，它仍可使用。

微蓝、荒木、陈末、惠珍珍……英杨知晓的仙子小组成员都离开上海了，再启动71号保险箱，还会有人应答吗？来者又是何人呢？

不管来的是谁，英杨必须把上海情报科的困境传递出去，仙子小组是他唯一能求助的对象。

水渐渐凉了，英杨跨出浴缸套上浴袍。寒雨敲窗，浴室却暖意融融，英杨抬手抹去镜子上的雾气，露出一张英俊又略带疲惫的脸，他的眉头不自觉紧锁着。

才一年时间，英杨的青涩褪得干干净净，曾经他也是被老火贴心维护着的新人，那时候多好，不用太动脑子，老火叫他干什么去干就行了。

现在的英杨，只剩他自己了。

✦· 九　四时好 ·✦

沈云屏给英杨三天时间。

第二天清晨，英杨没吃早饭就出门，打算驱车直奔报馆，登报呼叫仙子。他担心被沈云屏跟踪，索性去展翠堂找十爷。

眼下旧式堂子不如舞厅生意好，许多都关张了。展翠堂靠着十爷的财力撑着，仍保留堂子的规矩，正午之前不开门。

骆正风那样的恩客可以从后门进，像英杨这样没找到相好的，要从前门出入。当然他是八卦门未来的姑爷，无所谓走前门后门，但英杨仍按规矩从前门走。

他站在门口毕毕剥剥敲了半天，直到里面冒出一句："谁呀？大清早的敲啥哩？"

英杨听出是夏巳，忙扬声道："夏巳姑娘，我是英家小少爷，你开开门啊，我找十爷有事情！"

这又等了两分钟，门呀的一声从里面拉开了。夏巳毛着头发，白衫黑裤外面套着青布棉袄，一双杏眼冻得冷幽幽的，脸越发白得透明。她盯着英杨狠望两眼，一言不发转身进屋了。

英杨自问没得罪过夏巳,不知这姑娘性子如此,还是天生看自己讨嫌,每回来展翠堂,她眼睛里恨不能长出牙齿来,要咬下英杨一块肉才满意。

也许是骆正风的缘故!去年骆正风狂捧夏巳,恨不能每顿饭都搬到展翠堂来吃,耗了几个月,耗到瑰姐同意和他谈价钱赎夏巳。结果骆正风听到包养清倌人要那许多钱,当即打了退堂鼓,再也不来展翠堂走动。

受瑰姐所托,英杨问骆正风怎么想的,骆正风咋舌道:"我娶个正经太太也不要那许多钱!捧着金条养着宝贝,一个看不牢,说不准要抱琵琶给别人助兴,这不是冤大头?"

"你不放心在展翠堂,就租个小公馆带出去好了。"英杨笑道。骆正风大摇其头:"我是特工总部行动处处长,出去应酬总要牵着太太,问是哪里的出身,我说是堂子里的清倌人,你听听这像话嘛!"

说来说去,骆正风还是嫌弃夏巳,觉得她不值那么多钱。

这是骆正风的私事,英杨不便多嘴,也只得罢了。这事在男人看来稀松平常,在夏巳这里却是大事。之前她有好几个追求者,因为忌惮骆正风是"政府里的人",纷纷作鸟兽散。而今骆正风不来了,这几人也不肯回顾,弄得夏巳生意清冷。

展翠堂待清倌人简单,有客人冲你来,你就打扮了去抚琴唱曲伺候茶酒,没客人冲你来,那就白衣黑裤收拾打扫。夏巳顶着张绝世容貌,当了几个月端茶送水的丫头,她岂能不气?

只是,这气不能撒在英杨身上呀。

英杨心下叫屈,反身掩了门走进屋子。果然,清晨是堂子的深夜,屋里静悄悄的,夏巳早不知去向,只有厨房方向传来水声。英杨不知如何是好,只得沿走廊穿出后门,进了梅园。

冬日清晨的梅园别有风味,秃枝劲瘦,几株蜡梅打出淡黄骨朵,远远散发清香,倒让人神朗气清。英杨正在掏香烟,却见有人穿林而来。

来人虽用青色三角巾覆面,英杨也认出他是成没羽,不由大喜道:"来得好,我正要找你!"成没羽眼中流出笑意,拱手道:"小少爷来得这样早?可是有事?要不要通报给十爷?"

"我有急事请你帮帮忙,就不必叨扰十爷清梦了。"

"小少爷有什么吩咐,只管说就是。"

英杨左右四顾,攀折一段枯枝,找了处和软泥地,画下字道:"麻烦你去趟报社，替我登一个加急告示，要明天就出来的，贵些没关系。"

成没羽望着地上的字，喃喃念道："钱先生诚租吉屋，两小间即可，有意者联络保罗路71号……"

他跟着英杨做过事，知道不必多问，于是说："我这就去报社。"英杨擦去地上字迹，掏钞票给他作告示钱。成没羽死活不要，说兰小姐丢下话的，小少爷的事等同她的事，一切开销由十爷从账上划钱。

英杨无奈，只得由他去了。成没羽刚走，英杨便听着头顶一声清咳，他急仰面去看，却见十爷从三楼窗户里探出来，道："我当是谁呢，大早上在园子里叽叽喳喳，原来是小少爷！"

英杨笑道："我来得早了，打搅十叔了。"

"我早就起啦！瑰姐刚叫厨房开早饭，你快上来吧。"

微蓝走后，英杨待卫家十分亲近，隔三岔五总要去看看卫清昭和六爷，或者到十爷书房坐坐，听他讲讲三教九流里的细碎隐秘。这些事虽不能当作情报，可总有蛛丝马迹能给英杨启发，让他十分受用。

十爷年岁与英柏洲相仿，虽差着辈分，却与英杨日益亲近，他俩倒像是一家人。英杨回身钻进屋，沿着又陡又窄踩一步就咯吱乱叫的楼梯到了三楼，果然有青衣人迎着，领英杨进十爷的餐室。

屋里很和暖，蜂窝煤炉上烤着六只橙光通亮的大橘子，柑橘的清香满室萦绕。十爷穿件绀蓝素面长衫，潇洒利落地坐在圆桌前，见了英杨点着筷子让坐，筷尾银链子甩得哗啦响。

英杨脱了大衣去坐下，见早餐是二米粥配水煎包，另有生拌大头菜、醋浸海蜇、椒盐花生米等几样小菜，还摆着玫瑰腐乳和辣椒酱油。跑了一早晨，英杨真是饿了，拣了只包子往嘴里送，被烫得吸吸溜溜，和英家小少爷的身份很不符。

十爷见了皱眉："我看你和富贵二字越发没关系，英柏洲不待见你，你何必赖着？缺衣少食的无人照料！"

若非"英家小少爷"能帮助英杨混和平政府，他早就麻利搬走了！只是这话不便同十爷挑明，英杨笑了笑，吞下半个包子，低头喝粥。

十爷却不放过，接着说："你若想搬出来，找房子的事包在我身上！我认识几个专做屋宇的，他们熟悉行情，办契税也很分明。你把想法说说，叫他们找房子就是。"

"十叔，我孤独一个，再租买房子徒增开销，实在没必要。"英杨道，"英柏洲虽然冷淡，但只要不碰面，也还能过下去。"

十爷听了叹气："兰儿说要把你照顾好！可现在你不上门，我竟不方便找你去！独立门户好处多多，用人也不必雇，这里机灵的挑两个去做事，成没羽带着的青衣人也随你挑，可用来看门打扫，衣被吃食又有瑰姐走动看顾，这样我能放心。"

"您说得不错，只不过英宅有我娘的一份，我若摆开了，只怕英柏洲再不许我娘俩进门。这事我娘决然不肯的！所以我也在犹豫，怎么找房子，在哪里找。"

十爷寻思道："要么在英家左近找一处？只管叫人打听着，有着落了告诉你。"

英杨却不过十爷热情，于是答应了，心下却觉得英家附近房租昂贵，他孤零零一个人，不必开销太过。等吃完早饭，眼看到了银行开门时间，英杨告辞出来去汇丰银行。他下车习惯性打量四周，街景正常，卖烟的仍是梳双辫的女孩，只是个子高了些。

暗处或许有沈云屏的眼睛，但查到银行也是开启韩慕雪的保险箱，表面上牵扯不到仙子。

英杨照旧找女孩买了烟，想起刚启用71号保险箱的心境，不到一年时间，当时的忐忑已经烟消云散。

他抽完一根烟走进汇丰银行，经理热情迎上来，不再称呼"小少爷"，只拿出满分恭敬道："英处长，今天有空过来呀？"

英杨嗯一声，掏出钥匙："开个保险箱。"

"您楼上请。"经理再不提韩慕雪的印章，连忙把英杨往楼上让。

在熟悉的丝绒帘子后面，英杨先打开78号箱，拿了钥匙开启71号箱，往里面放了张纸条："1月19日晚六点，静怡茶室'俭'字号包房，代号谷雨。"

明天就是19号，20号要回复沈云屏，希望仙子如期而至。

******

第二天下午，英杨嘱咐张七几句，自己先下班了。

出了特工总部，他驱车直奔新政府，打算去叨扰冯其保，谈谈租买房子的事。进了政府办公厅时，英杨在门房借用电话，拨去静怡茶室订了"俭字号包房。

冯其保见到英杨十分高兴,先抱歉没能及时恭喜英杨升官,又惋惜"金小姐"辞掉了汇民中学的教职,最后又怀念了一番韩慕雪与他太太的交情,三层意思清楚热闹,弄得英杨一时插不进话。

冯其保把话说干净,终于询问英杨有何贵干。英杨忙把英柏洲的条子送上,客气道:"冯处长,我有件小事想托托您,这是我大哥开的条子。"

"哦?"冯其保接过条子瞅瞅,满面堆笑,"英处长真是见外,你我是有私交的,什么事还要英次长开条子?"

"咱们是私人的交情,此事只怕要动些公务力量。其实也不是大事,就是我想弄个房子住住。"

冯其保闻言一怔:"小少爷要搬出英家?"

"虽然我大哥也不放心,但是我现在朋友多应酬杂,和我大哥搅在一起,不大方便……"

冯其保这样的官场老油条,一听话风就懂了。无论哪个机构,总务处是最实惠的部门,总要沾些银钱人事。朋友多了要走动,去家里见到英柏洲,有些事就和内政部挂上钩了。

眼下和平政府筹措停当,只等过了年去南京宣布成立,林想奇这派核心人物被许多眼睛盯着,能避嫌自然要避。

冯其保于是哦哦连声:"不错,不错,还是单住好,方便自在。"

英杨笑而点头:"所以想请冯处长帮帮忙,替我在愚园路找处房子,可以没有花园,但要独门独户,不要太大,能够安置司机老妈子就行。"

"愚园路吗?哟……"冯其保为难,"这地方不同别处,找空房子不容易啊。"

和平政府在上海的高级官员几乎都住在愚园路,被外人戏称"汉奸窝子",但却是警卫森严之地,因此卖国求荣的都往这里挤,求个家眷平安。

冯其保在管理处,当然知道哪里有空房子,可这些房子抱在他手里,既是升官的通道又是发财的指望,可不能随意给人。

然而朝中有人好当官,冯其保很想巴结上林想奇。英柏洲能开出条子来,那是看得起他,愚园路就愚园路吧!

他下定决心道:"空房子是有的,但是不大,又是四家紧邻的小三层,看上去也不大派头。"

小三层的三楼多是亭子间,不算正规一层,其实只有两层,而且是四家紧邻,别说没有花园,只怕前后院都没有。

"愚园路还有这种房子呢?"英杨不由好奇。

"这房子靠着林家后墙,本来划不进愚园路,但林部长嫌他的房子邻街不安全,这才把后面的弄堂拆了,划了一排房子进来。"

听着房子紧靠着林想奇家,英杨更是属意,便说:"如果只有这处呢,我也是行的。只是冯处长多少想着我,再有好房子替我调换调换。"

冯其保扯嘴角笑笑:"只这处也难呢!小少爷愿意要,我去协调着看看,未必能行啊。"

"多谢冯处长关心,添麻烦了!"英杨连忙道谢。

冯其保客气两句,转开谈讲些时局生意。自从做了总务处长,英杨有不少物资信息,拿出来同冯其保交换商量,引得他兴高采烈。

两人越讲越投机,不知不觉窗外天暗。英杨看看表,将要五点了,他赶紧起身告辞。冯其保说自己也要下班,收拾东西陪英杨走出办公楼,这才各自分头上车。

和平政府的办公楼距离静怡茶室不算太近,英杨赶到时已经快六点了。他停了车匆匆走向茶室,沿途借着系鞋带和买香烟观察四周,并没看见尾巴。

英杨想,沈云屏不知哪里找的跟踪高手,竟能做到踪迹全无。锦云成衣铺都被盯到了,英杨竟无察觉。

他不由想到"焰火",不知五爷带着的那众高手,有没有能与此人抗衡的。

✦ 十 相见欢 ✦

冬日天短,六点钟时天已黑透了,来来旅社的霓虹招牌特别灿亮。天气虽寒,英杨心头火热,他很渴望见到前来赴约的仙子成员。

当然,如果是微蓝就太好了。但作为华中局的副书记,微蓝常驻上海太过危险,英杨更希望她留在根据地。

然而思念有时候不顾安危,英杨还是盼望着,能在静怡茶室的白玻璃荷叶灯下再次见到微蓝,看见她黑白分明的眼睛,噙着沉稳的光芒。

复杂的情绪冲击着英杨,以至于他走进茶室时不受控制地微微发抖。伙计听说订了"俭"字号包房，引着就往二楼去，英杨想问问有没有人来，来的是何等样人，又不敢问，怕失望。

转瞬上了二楼，那"俭"字号就在"良"字号对面，到楼梯口就能望见，糊窗户的棉白纸透出微黄的光来，已经有人到了。

英杨心跳加剧，手心沁出汗来。

伙计却浑然不知，直走到"俭"字房门口，敲一敲门扬声道："客来！"说着用力一推，那门吱地开了。伙计便躬身做个"请"道："先生里面请。"

英杨挤出笑谢了，横下心一步跨进去，迎面便见着八仙桌前坐着人。她穿件藕紫色夹棉素旗袍，梳着清汤挂面学生头，两只乌黑湛亮的眼睛波澜不惊，静静盯着英杨。

看见她的一瞬，英杨以为是太过思念生了错觉，不由闭了闭眼睛。等再睁开，所幸微蓝仍旧好端端坐着，歪歪脑袋说："小少爷不认识我了？"

"我的天，"英杨喃喃道，"为什么是你？"

"那么你盼着是谁？"微蓝笑微微说，"你说出来，我回去换他来就是。"

英杨最喜欢她诸事不惊的沉稳，最烦恼的也是这份风轻云淡。在微蓝面前，仿佛世上没有大事，爱恋也是多余的情绪，实在叫人恨到齿痒。

"我想要谁来，谁就能来吗？"英杨收了适才的紧张，洒脱坐下道，"早知道华中局的规矩是这样，我天天登报指名要见你了。"

微蓝抿抿嘴，在嘴角弯出一缕甜笑来，却又不说话了。英杨的心被她的一颦一笑紧紧攥住，忍不住伸手握住微蓝的手，柔声说："你为什么在上海？什么时候来的？是有大事吗？来了为什么又不找我？"

"你问了这许多问题，我不知先答哪个。"微蓝笑道，"但你的手好冷啊，小少爷，你过冬没有手套吗？"

英杨怔了怔，想起自己那双开裂的羊皮手套，既没时间打理，又没心思买新的，索性不戴了。他一时狼狈，忙要把手缩回去，却被微蓝两只手握住了。

"我听十叔说啦，自从你娘去了法国，你就像个孤儿，吃不饱穿不暖的。"

英杨不由失笑："十叔也是夸张，我哪有这么可怜？我娘虽不在上海，诸事也交代了张七，只是他最近忙，没时间管我的手套罢了。"

微蓝摇了摇头，正色道："你在特工总部那点儿薪水，又要打点门路，又要应酬打扮，想来是不够的。以前你娘在时，总能用英家的钱贴补你，可现在英柏洲待你无心，当然要比之前吃力。"

英杨心头微热，这些银钱上的难处绝不能同组织提起，非但不能提，有时经费不够，大雪还要向英杨开口借贷，总觉得他是英家小少爷，钞票多多。

其实没血缘的小少爷实在是强撑面子，正如张爱玲的比喻，仿佛一袭生满虱子的华丽长袍，远看是好的，穿身上才知道不堪。

他的苦处不希求有人知晓，现在微蓝能体会到，英杨备感温暖，握紧微蓝的手说："十叔什么时候同你讲我的事？昨天我刚去了展翠堂，他并没提起你在上海！"

"我昨晚才到的。因为任务特殊，我不敢回去看爹爹，只能联系十叔，他讲你昨天刚来过呢。"

"这么巧嘛？"英杨懊恼，"早知道我昨晚再去呢！"

"总之都能见到的。"微蓝笑道，"我在码头买了份《申报》，正好看见你登的告示。"

"嗳，你说实话。"英杨抚挲着微蓝的手说，"如果没有这个告示，你是不是会瞒着我，来上海也不找我？"

微蓝的笑容僵了僵，违心地摇头："当然不会。"

英杨目光犀利，知道她在说假话，却又不舍得拆穿。若她是普通人，来上海恐怕第一件事就是找自己。可他们有许多的身不由己，别人不知晓，英杨总是知晓的。

他按下不提，体贴地问："你吃晚饭没有？先叫伙计来，点些东西来吃吧。"

"先不慌说吃的，说说你登报的事吧。我想，若非紧急到大雪也无法处置，你不会求助逃生通道的。"

"你说得没错。"英杨从与微蓝相见的欢愉中回到现实，皱紧眉头说，"我遇到了麻烦，不能联络大雪。"

他从更新舞台说起，直说到被沈云屏用浅间日记要挟，末了皱眉低低道："我刚要去向大雪汇报此事，却在左登巷遇见了郁峰！"

"郁峰在左登巷？"微蓝也皱起眉头，"这么说沈云屏知道锦云成衣铺是大雪的联络点？"

英杨点了点头，沮丧道："也许就是因为我，他们才找到了锦云成衣铺。大雪被控制，说不定已经波及江苏省委！"

"你从没发觉被跟踪吗？"

"没有。"英杨叹道,"我以前轻敌了,竟不知军统藏龙卧虎,也许是没机会交手的原因。"

"戴老板的高招是物质收买。军统有许多高手,他们不懂这主义那主义,就是冲着酬金。当初沈云屏开价收买焰火,出的数字也让人心动。"

"说到焰火我想起来了,烦你设法问问五爷,有没有反跟踪的高人,能把我身后的隐形尾巴给摘了。现在无论我走到哪里,总觉得有人在看着我,难受极了!"

"现在摘掉尾巴,沈云屏会起疑心。眼下最重要的是稳住沈云屏,同时把上海情报科慢慢撤出来!"

"是的,我也是这样想的!"英杨高兴道,"当务之急是把情况汇报上去,请求支援。"

"这你放心,仙子小组可以向延安汇报此事。"

"另外,我申请立即撤离上海!沈云屏想用浅间日记要挟我成为双面间谍,我不能接受!"

听了这话,微蓝并没有立即赞同,过了会儿才叹口气,想说什么又咽了回去。

"你要说什么呢?"英杨笑道,"怎么在我面前也吞吞吐吐的?"

"刚刚讲到军统的事情,其实我一直在想,在特工方面,其实我们很吃亏呢。"微蓝勉强笑一笑,"最大的问题是特工和地下工作者界限不清,这样对情报市场的争夺很不利。"

"你怎么也这样说?大雪也讲过!"

"从专业上讲,成为双面间谍是特工极好的机会,深入虎穴,才能得到更多情报!"微蓝索性敞开说,"现在沈云屏主动伸来橄榄枝,又很自信你必定接受,这可是个好机会!"

英杨犹豫一下,也说了实话:"我明白你的意思,也明白大雪的期望。但是,最后如何鉴定我的立场呢?"

微蓝仿佛被问住了,没有回答。过了好久,她像是想通了,语气轻快道:"你说得对!我们是为信仰工作的!做一个优秀的地下工作者也很好!"

英杨仍有许多想法要说,但直觉告诉他,这个问题不能过深触碰。他于是配合着转开话题:"沈云屏约我明晚给回话呢。明晚之前,你们能拿到组织答复吗?"

"应该可以，"微蓝略一沉吟，"我们会尽快汇报。"

"有件事我想冒昧问问，如果你没来上海，今天和我见面的会是谁呢？"

"具体是谁我不能讲，但仙子的候补组长知道71号通道，他关注到《申报》的消息。如果我没有来上海，他会与你见面的！"

"是吗？啊呀，我竟然失望了！如果不是你来多好，我能再见到一位同志！"

"既然不耐烦见我，那么我告辞了。"微蓝佯作要起身。英杨连忙按住，笑问："我的事都说完了，你的事还只字未提！你来是有什么任务？"

微蓝脸色沉了沉："你知道环亚促进会吗？"

全面抗战爆发后，各地都有各种促进会，其实就是商会。英杨听不出特别来，不由摇了摇头。

"这是魏耀方新近成立的，开张十分低调，就是不想惹人耳目！这促进会不做别的事，就是替日本人采购粮食棉花和煤炭药品！"

"又是魏耀方？"英杨脱口而出，"近来总是听到他！"

"我们在后方打游击，破坏铁路炸车抢物资，千方百计叫鬼子补给跟不上！魏耀方倒好，利用财力囤积物品不说，还与地方保安队沆瀣一气，确保物资能送到鬼子手上！"

"难怪重庆也想除掉他，这是把自己挂在刀尖上招摇！"

"就为了那点儿国难财，什么都不顾了！"微蓝嗤之以鼻，"日本人吃肥肉，他不过喝口汤，竟如此死心塌地！此人不除，着实令人愤懑！"

"你是冲他来的？"

微蓝没有承认，却也没否认，只是低头喝茶。

"这人可不好处置！沈云屏盯了他那么久，更新舞台的布置也算精密，为此能舍出去秋丹凤的多年潜伏，结果没得手！"

微蓝哼一声："那是他命大！"

"经过更新舞台，魏耀方更是惊弓之鸟，再想找机会除掉他难上加难了。"

"我知道很难，可是不除掉他，不拔掉促进会这根钉子，根据地的物资越发艰难。老百姓本就苦，以前供着蒋军就算了，现在还要省出米粮来供给鬼子！这是什么事！"

英杨沉吟问："那你打算怎么办？"

微蓝摇摇头："我才刚到上海，还没有明确想法，只能约了仙子的候补组长商量。"

"好,需要我做什么只管开口。"英杨笑道,"魏耀方虽是十恶不赦,我却托他的福能见到你。"

微蓝脸上浮起红云,笑而不答。英杨见她羞得可爱,又凑近些柔声道:"汇民中学的教职辞了,你又不肯回家,那这段时间住在哪里?"

"我……"微蓝犹豫一下,"我打算借住在展翠堂。"

"万万不能!"英杨脱口道,"你清清白白小姑娘,如何能住到堂子里去!"

微蓝听了这话,飞过来凛凛的眼神。英杨不由忐忑道:"当然,我并不是瞧不起那些姑娘,我只是,只是觉得……"

微蓝轻声说:"炮火的革命是容易的,思想的革命总是难的,连你都有旧式的思想,可见妇女解放是多么难!"

"好啦,我接受你的批评!但是展翠堂实在人多口杂,你住在那里很不安全!"

微蓝默声不响。这件事英杨是有道理的,堂子青楼是藏污纳垢的场所,说不准哪里就有漏洞。英杨见事有转圜,连忙道:"我已经在找房子,若是找到了,你就住在我家里好不好?"

"别人问起来怎么说呢?"

"你是我的女朋友,在苏州有个姑母病了,你回去帮衬照料,现在回来了呗。"

微蓝想了想,在上海还是靠着英杨安全些,万一有事也好周全撤退。再说英杨被沈云屏要挟,被迫与组织切断了联系,自己能陪着他,他也安全。

她于是答应,却又笑道:"你的房子还没找到呢,我今晚还是要住在展翠堂。"

"那我送你回去。"英杨高兴起来,"咱们索性大方来往,反倒不落痕迹。"

想到回去能尝到瑰姐的手艺,两人也不在茶馆叫饭,直接会账起身,双双离开了。

十一　意不尽

走在霓虹闪烁的街头，英杨打量微蓝半旧的驼灰大衣，不由说："你打扮得太过素净，这样进出展翠堂很不像，我带你去买两身衣裳吧。"

微蓝摇头推辞："我在展翠堂也住不了多久，不必花冤枉钱，问瑰姐借两身衣裳来穿就是。"

瑰姐的衣裳，颜色都是绯红撞翠绿，料子是晶晶闪亮的缎子，样式是绳边掐腰小裯配撒腿裤红绣鞋……

这些套在微蓝身上，简直难以想象。

"你不要穿她的衣裳，"英杨脱口而出，誓要维护心上人的形象，"我带你去新新百货置办两身。"

微蓝犹豫了一下，却问："那要多少时间？"

"不必多长时间，我同经理熟识，让他配两身衣裳就走，最多半个钟头吧。"

"好吧，"微蓝无奈道，"但是麻烦你，在前面路边停一停，我要进邮局打个电话。"

英杨知道她要与仙子成员联络。与微蓝相处久了，英杨知道有些事不必开口问，问也问不出。于是他一声不吭停下车，看着微蓝走向邮局。

几分钟后，微蓝回来了。她坐上汽车表情轻松，愉快道："走吧。"英杨知道事情顺利，也跟着心情大好，笑眯眯道："今天沾你的光，我也能去一趟新新百货。自从我娘去了法国，我足有半年没进过百货公司。"

微蓝转目细看英杨，笑道："想想一年之前，你真是彻头彻尾的小少爷，衣裳崭崭新，鞋子晶光亮，人还没出现，一股子香味已经飘过来。如今再看你，那纨绔样儿倒是收了许多，像个做正经事的人了。"

"不能因为失了手套，你就把我踢出少爷的队伍。"英杨玩笑道，"瘦死的骆驼比马大，我这派头架子还是在的，就缺点新衣裳往上装点。"

微蓝莞尔一笑，道："我瞧英家对你帮助并不大，你不喜欢英柏洲，也不必去敷衍他。"

"他叫我搬出去住，我是愿意的。但只是怕我娘回来生气，说我丢了她在英家的名分！"

"那么，你娘什么时候回来？"

"我希望她不要回来。她在这里，我总觉得挥洒不开，事事要顾着她的安危。"

这心情微蓝很能体会，她十年不敢与卫清昭联系，就是怕连累家里。这次回上海，微蓝又不敢回家，但卫清昭若知道了，必定要不高兴。

做不到不负如来不负卿，也做不到忠孝两全，愧疚和无奈在车厢里弥散开来，两人都沉默了。英杨悄悄盘算，要不要把自己的真实身世告诉微蓝。但这些话到了嘴边，又被他咽了回去，他心绪复杂，不想提起此事。

说起来，英杨能接受英华杰的冷漠，却不能接受贺明晖的遗弃。还有他素未谋面的生母丁素雪，她是死是活？下落何在？为什么要把自己托付给韩慕雪？贺明晖和她又有什么故事？

虽然韩慕雪没有细说此事，英杨也能猜到七八分。韩慕雪之前是做舞女的，丁素雪十之八九也是舞女，贺家地位显赫，怎么可能娶个舞女进门？

这些事英杨不愿去想，也不愿同人谈论。英柏洲的冷淡让英杨明白，贺家也未必会欢迎"贺景桐"，一个舞女的儿子。

就做英家挂名小少爷也挺好，微蓝不会在意的。英杨给自己找了借口，打算把这秘密遗忘掉，他扳动方向盘转个弯，笑道："新新百货到了。"

******

自从韩慕雪走后，刘经理几个月没做英家的生意。此时见英杨送上门来，他笑得眼睛都找不见，把微蓝奉承得天上有地上无，夸得微蓝有点脸红。

"这位小姐的容貌，要用整张白狐狸皮做大衣，才能衬出这清冷华贵的仪态。"刘经理无视微蓝的羞涩，继续吹嘘，"这件雪狐必须要买，它就是为小姐而生的，这狐狸死掉得值得啊！"

微蓝看着镜子里毛茸茸的自己，没看出清冷华贵，却被刘经理说得心里发毛，仿佛能透过镜子看见狐狸的魂。

她求救似的看向英杨，英杨解围道："我们要那件海勃龙大衣，这雪狐的罢了，不好打理。再有旗袍拿几件来，要颜色鲜亮的。"

刘经理答应一声，立即叫人去取，拿来的成衣五彩斑斓，微蓝直皱眉头，英杨却逼她去试。

说来也怪，无论是浅碧织锦，还是孔雀蓝电光缎，又或者姹紫水波纹，外加桃粉小格子，这些艳丽颜色穿到微蓝身上，总是冷清清的。像是把这些五彩斑斓塞在冰箱里冻了，再拿出来叫微蓝穿上，艳光之上就包了层冰壳，反倒美丽了。

英杨望着镜子叹气，暗想气质这东西真没办法，有人穿上龙袍不像天子，有人浓妆艳抹也清冷自持，要微蓝融入堂子的热闹还真是难。

他将几件旗袍全买了，另挑了高跟漆皮鞋，给微蓝从头到脚置办齐整。微蓝虽不喜奢侈，却不便在刘经理跟前拂英杨的面子，只得随他去。

等英杨填支票会账时，微蓝却拉过刘经理问："你这里有没有皮手套？"

刘经理忙道："有的，刚到的麂皮手套，比羊皮的暖和，又比鹿皮的柔软，小姐可要看看？"

"我要男式的，"微蓝红着脸说，"不要女式的。"

刘经理一听就懂，知道是送给英家小少爷的，立即笑道："小少爷的衣物都在我这里置办，他用多大的我有数，这就替您包起来？"

微蓝点了点头，要过钢笔写了个地址道："你拿这条子去这里，会给你结账。"

地址是卫家在上海的金器行，由金财主打理着。刘经理看地址陌生不敢信，转念却想，即便这小姐骗人，英家小少爷也不会赖账。

他于是满口答应，收起纸条转到仓库里，出来塞给微蓝包好的盒子，悄声道："在里面了。"

微蓝感叹他会做事，微笑收下说："多谢。"

刘经理带着伙计，直把英杨、微蓝送到汽车跟前，这才挥手告别。车开出去好远，微蓝忽然叹道："这样的日子过久了，谁都愿意做汉奸。"

英杨会意，微笑道："纸醉金迷里待久了，是绝没有力气革命的。只有高云他们，才肯拼着股力气，把旧世界真正打碎了重建。"

微蓝不答，良久才道："阶级真的存在。"

英杨没有接话，但他想起老火说过，革命者要有超越阶级的胸怀。

等到了展翠堂，英杨停好车，抚抚微蓝的头发说："头发还要弄一弄，今天却来不及了。"

"我在上海要有段日子呢，"微蓝笑笑，"你不必急着打扮我。"

她说着拿出小盒子递给英杨道："这算是我送给你的礼物。"英杨一惊，奇道："你哪里有钱……"话说到这里他又住了口，想起微蓝是兰小姐，买个把小礼物的钱总是有的。

等拆开盒子拿出麂皮手套，英杨不由笑了，自嘲道："干我们这行细节决定成败啊,多谢魏书记了。"

他学着微蓝的样子,把感情垫上工作的底,引得微蓝笑起来。参加革命之后,微蓝接触过各种各样的男同志,其中不乏优秀与英勇之人,但像英杨这样温厚体贴的,却少之又少。

微蓝很清楚,无论魏书记的名头多么响亮,她总是留着兰小姐的心。

******

他们从后门进院子,穿过梅园刚要进宅子,便见夏巳急慌慌跑出来,差些与英杨撞个满怀。她连忙闪开了,掠着头发嗔怒:"小少爷走路不看人?"

英杨一愣:"你忽然跑出来吓我一跳,反倒责怪我了?"夏巳闻言冷笑:"小少爷见惯了大世面,竟能被我吓着,真是我的福气了!"

英杨听她阴阳怪气的,不好再说什么。夏巳这才冷哼一声,甩辫子挺胸走了。

等她走得没影,英杨喃喃道:"真是莫名其妙。"微蓝也觉得夏巳脾气怪,却劝道:"她们是可怜女孩子,小少爷多担待,咱们上楼吧。"

上三楼进了书房,十爷见他俩双双进来,忙起身绕桌而来,问:"你们怎么一同来了?"

"我好容易来趟上海,不见他总不行。"微蓝大方笑道。

"这话给老爷子听去,要伤心了。"十爷笑道,"不见爹爹可以,不见英杨却不行,啧啧。"

他打趣罢了,得知两人还没吃晚饭,忙叫来瑰姐安排,又说拿好酒,要与英杨多喝几杯。一家人正在书房讲得热闹,却听楼梯上乒乓乱响,小丫头冲进来急报:"娘!你快去看看!夏巳跟人打起来了!"

瑰姐吃一惊,咬牙道:"完结!完结!迟早要出事体!"翻身就要下楼去,十爷怕她吃亏,拉住道:"不忙,叫成没羽陪你去瞧!"

瑰姐是个急性子,等不到成没羽过来。她挣脱十爷就要走,英杨只得道:"十叔,我陪瑰姐先下去。"十爷哎哎连声,转身去摇电话,叫成没羽到正屋来。

却说英杨跟着瑰姐下去,进客厅便见夏巳捂着脸呜呜地哭,地上一溜粉彩大花瓶被敲得稀碎,屋子当中站着个二十来岁的西装小开,气呼呼地挽袖子骂道:"不过是下三滥的窑姐儿,扮什么千金大小姐!"

听了这骂人话,瑰姐哦哟一声道:"我的少爷公子,这是怎么了?我们哪里不周到,你叫我来指着骂就是,何必动这样大的气?"

西装小开知道她是堂子的老鸨，哼一声反倒不说话了。瑰姐转身先骂夏巳："你这东西越发没样子！成天同客人吵架！是有了金山银山，不稀罕在我这做生意了？"

夏巳呜呜咽咽道："他来了就动手动脚，我说堂子的规矩不比外面，他就打人，还砸东西！"

她话虽不多，事情却讲清楚了，是这位西装小开把展翠堂当作了寻常青楼。瑰姐托了托发髻笑道："这位爷，堂子有堂子的白相，是许许多多年传下来的，并不是我家发明的，您何必为难小姑娘？"

西装小开一听这话不乐意，张口骂道："你这个……"

英杨怕他说出难听话，立即喝道："闭上你的嘴！"

西装小开养尊处优，头回被人喝骂闭嘴，竟把他给骂呆了，张着嘴愣在那里，一时做不出反应。就在这时，角落里嗖地蹿出个人来，望着英杨笑道："小少爷？你怎么在这里？"

英杨定睛一看，来的竟是冯其保，不由也奇道："冯处长，你怎么也在这？"

"我陪何少爷来的。"冯其保讪笑道，"真是大水冲了龙王庙，一家人不认得一家人！小少爷，这位是财政部何立仁部长的二公子，何锐涛。"

何锐涛十三岁去英国留学，素有金融神童之称，他虽有才，私生活却放浪形骸，回国没几天就玩腻了舞厅青楼，又听说旧式堂子滋味无穷，于是摸到展翠堂来。他进门见到夏巳三魂先掉了一魂半，迫不及待就要动手，却被夏巳甩了个耳刮子，这才气得闹起来。

英杨早听过何锐涛的名号，此时撞见，不免多瞧几眼，却见何锐涛像掉了魂似的，两眼发直盯着自己。

英杨被他盯得不自在，很想伸手摸摸脸，却努力克制住。冯其保又介绍英杨是英柏洲的弟弟，何锐涛这才啊一声，回了魂敲敲脑门："原来是英家小少爷！我，我竟……"

"何少爷竟怎样了？"冯其保笑问。

"没有，没有。"何锐涛一改嚣张跋扈，摇身温文尔雅，"今日得见英家小少爷，真是幸事，幸事啊，哈哈哈！"

他不闹了，又有冯其保说尽好话，英杨于是劝瑰姐："何少爷留洋回来的，他不懂得堂子规矩，瑰姐莫要生气。"瑰姐打开门做生意，当然和气第一,当即堆出笑道:"不妨事!何少爷、冯处长,二位楼上请,让夏巳弹一手琵琶,给二位道歉如何?"

冯其保立即叫好。他左手扯着英杨,右手拉着何锐涛,推着两人上楼去了。英杨被他裹挟上桌,无奈坐下陪几杯酒,便见夏巳进来弹曲。

她换了一身水绿喇叭袖短袄,系着银灰百褶裙,耳朵上垂着细细的金流苏,柳眉微颦,杏眼含愁,仿佛还在委屈。

夏巳的容貌在展翠堂算得顶级,若非她脾气古怪,只怕早被包养走了。何锐涛初来时见她素衣黑裤,已经神魂颠倒,哪里经得起夏巳打扮后的丽光,他擎着杯,人却看得呆了。

夏巳调了琵琶,素手轻挥,叮叮咚咚奏起曲来。英杨最怕听曲听戏,琵琶一响他就向冯其保附耳,告假出院子抽烟去了。

进了梅园,英杨点起烟伸个懒腰,觉得外面空气清新,比屋里酒肉气好闻许多。微蓝回来了,但她又待不久,这短暂的曝光不可能逃过沈云屏的眼睛,英杨该如何处置呢?

英杨每天都在计算这些事,真是累心,想得脑壳疼。直等琵琶声停了好久,英杨才往回走去,却在楼梯间遇见奔下来的夏巳。

她看见英杨就停住了,楼道灯光昏弱,英杨看不见她的脸,只闻着一股酒味。

英杨默默让开路,请她先过去。夏巳却不走,盯着英杨问:"为什么我一奏琴你就走?"

英杨怔了怔:"我不喜欢琴啊曲的,嫌闹。"

夏巳却不放过:"你是不喜欢我奏的琴曲,还是所有琴曲都不喜欢?"

英杨没明白什么意思:"是都不喜欢。"

夏巳不说话了,却也不让路,良久才悠悠地问:"那么你喜欢什么呢?"

✦• 十二　金错刀 •✦

夏巳堵着英杨,问他喜欢什么,没等英杨回答呢,便听着客厅门咯的一响,微蓝出来了。

站在客厅门口能看见楼梯间,撞见英杨和夏巳一上一下站着,微蓝也觉得意外。她顿了顿才走过来，含笑问道："在这里做什么？"

这话问得不难，英杨却不好答，于是反问道："你躲在客厅干什么？黑咕隆咚的又不开灯。"

微蓝不揭穿英杨的打岔，只笑道："瑰姐心疼那排粉彩大瓶子，我于是下来瞧瞧尺寸，想着明天去给她买几个。"

"摸着黑能看见吗？踩着碎瓷片怎么弄？"

"外头红灯笼亮着呢，不必点灯的。"

他俩这一问一答，听着寻常，细品却甜丝丝不顾旁人。夏已终于忍不了，猛然冲下来，将英杨撞得歪到一边，头也不回跑得没影了。

"这是干什么？"英杨小声说，伸手抚了抚手臂。

微蓝早有的疑影儿落了实，心下难免不悦。但她不好同夏已计较，只能若无其事地问："你应酬完了吗？"

"还没有，何锐涛兴致很高，冯其保也在。"英杨也若无其事，"说到他我想起来，你回来要不要同冯太太讲？"

"能不说就不说吧，"微蓝犹豫着说，"我也待不久，惊动她也没必要，何必节外生枝？"

"这恐怕行不通！我托了冯其保在愚园路找房子。若是搬过去，同冯家抬头不见低头见的，你怎么躲得过去？"

"等你的房子落实再说吧。"微蓝笑道，"难道你要我此刻去见冯其保？"

"正相反呢，我劝你快上楼去，别叫冯其保撞见了尴尬！一来他逛堂子不想叫你知道，二来你同展翠堂的关系也说来话长，不如避开了清静。"

"你说得是！那么我上去了！"微蓝很听话，立刻丢下英杨上楼去。等她消失在楼梯上，英杨才松了口气，想着微蓝的身份真的很麻烦，各方面都要照顾到。

他收拾心情回去应酬。进屋却见何锐涛独坐吃闷酒，冯其保并不在。见英杨进来，何锐涛不满道："小少爷去哪儿了？这半天不回来。"

英杨赔笑说去抽烟，又问冯处长哪里去了。何锐涛道："你前脚走他后脚跟出去，你没遇着他吗？"

英杨并没遇见冯其保。他猜想冯其保躲出来，是要方便何锐涛兜搭夏已。这事不便揭穿，英杨于是笑道："对不住了何少爷，把你一个撇在这里。"

"觉得对不住就陪我喝两杯。"何锐涛提酒来斟，道，"很久没喝到沪上老酒，必须多饮两杯。"

英杨无法，只得陪着他干了两杯。何锐涛放下杯子，却又道："听说小少爷也是留洋回来的？"

"是，我在法国待过几年。不知名的学校，学的建筑艺术，胡乱打发时间罢了。"

"哎！学艺术终身受益，我才是浪费时间！世间的杨柳意杏花情，都埋没在枯燥的数字里！"

话说到这里，冯其保笑嘻嘻推门进来，搓手道："咦，怎么你两个吃酒？夏巴姑娘呢？"

"吓跑了。"何锐涛带着三分薄醉，呵呵道，"好像我是吃人的老虎，请她喝两杯酒，吓得掉头就跑了。"

"这种堂子原先叫长三书寓，早年间讲究极大，客人要与姑娘两厢情愿，动了真情方可做入幕之宾，若是随随便便的，反倒叫人看不起，坏了名声。"

何锐涛捏着酒杯，听冯其保讲说听到入神，良久向往道："这么说来，她丢下酒杯跑了是情意，打我个耳刮子，说不准也是情意了？"

听了这话，英杨认真瞧了何锐涛两眼，不肯相信世上真有这样的痴人。冯其保却顺着何锐涛，笑道："我去问了瑰姐，总要摆三十天的台面，也不必连续，日头到了才能谈包养的事。"

原来他不见踪影，是去打听这事了？为了巴结上何家，冯其保也是够拼了。英杨在心里嘀咕，却听冯其保又道："小少爷是此间常客，有他居中作保，您只管放心！"

英杨突然被推出来，只得干笑两声。何锐涛却拱拱手："小少爷这个朋友，我今日交定了！我的英文名叫做Jason，外头都叫我森少，小少爷日后不必何少爷长何少爷短的，听着见外。"

英杨点头答允，冯其保却又道："森少，小少爷想置办一处小公馆，看中了愚园路林家后面那排小三层，可那是财政部的宿舍……"

不等他说完，何锐涛爽快笑道："那排房子共有四幢，只有东头的空着，本来是拨给一处刚提拔的张副处长，但他嫌房子大开销大，因此没搬进去。小少爷要它不难，您给张副处长找处房子，就算换着住吧。"

"这可是找对人了，"冯其保哈哈笑道，"小少爷在特工总部任总务处长，手上也有几处宿舍。"

"哦，那自然好。我明日打个招呼，你去找他就是！"

不料愚园路这事在这里敲定了，英杨对冯其保的揶揄化作佩服，这办事能力逆天了。

******

当晚送走何冯二人，英杨告别微蓝自回英家。第二天早上下楼，韩妈板着脸站在餐室门口，冷声说："小少爷，大少爷让我转告你，找房子要抓紧，最好明天有个回话。"

英柏洲催得真急！虽然住处有了眉目，但被人撵着滋味难受。英杨绕开韩妈进餐室，桌上只有一杯冷牛奶，一碟白吐司，他不由皱眉道："早餐只有这些？"

"是的，大少爷讲牛奶面包最健康。"

"吐司至少用黄油煎一煎，牛奶总要热热吧？"

"大少爷不喜欢油腻。"韩妈冷淡道，"他一向喝冷牛奶。"

英杨听骆正风讲过，日本人喝什么都加冰。酒要冰，水要冰，想来牛奶也是要冰的，英柏洲在日本养成的习惯，回国了还是这般。但热杯牛奶能费多少工夫？英杨知道韩妈不想伺候自己，他懒得多话，空着肚子去上班了。

他到了办公室，先让食堂送阳春面来，再叫来张七，让他把特工总部空宿舍的资料拿来，把每幢的优缺点列明，叫张七带去财政部，找一处张副处长。

等到午饭时间，张七从财政部回来，说张副处长叫做张月青，为人老实寡语，他看中的公寓就在骆正风隔壁。

"那是单间，"英杨吃惊地问，"你有说明白吗？"

"张副处说单人宿舍便宜，他们夫妇二人没有孩子，住单间挺好。"张七边说边递个信封来，里面装着愚园路小三层的钥匙，是张月青转交的。

英杨接过来，暗想自己带着微蓝也是两个人，却找了小三层的房子，这么算来开销太过，由奢入俭难，他这小少爷的生活习惯要改。

得了钥匙，英杨带张七去愚园路看房子。这小三层很旧了，墙上渗着霉斑，楼梯多处朽坏，家具更是不堪。

难怪张月青不肯要这房子。此地要能住人，先要一大笔改装费才是。张七见英杨四下细看，不由道："小少爷，你要这房子做什么？"

"我想自己独立出来。你也替我留心着，若有好的娘姨、小大姐，介绍到家里来做事。"

"这……娘姨现放着一个，就怕您嫌弃呢。"

"哪里的人？什么背景？我为什么要嫌弃？"

张七挠挠头："就是我娘！她就是做娘姨的，烧得一手好小菜。上个月东家去了香港，把她给辞退了……"

"这当然好！"英杨忙道，"我要找贴心做事的，你母亲来最好不过！"

张七高兴答应。两人把房子里里外外看了，记下要修整的地方，让张七安排人来粉刷修补。

忙到正午时分，英杨驱车到展翠堂用午饭。到门口看见一辆雪铁龙，挂着和平政府的车牌照。英杨正在猜测是什么人，便见瑰姐满面堆笑送了冯其保出来。

猛然撞见面，英杨和冯其保都是一愣，异口同声道："你怎么在这儿？"瑰姐抽手绢笑道："冯处长不为自己，来关心何少爷的！"

接连几次撞见，英杨不由起了疑心，微笑道："冯处长真上心啊。"冯其保听出英杨的讽刺，揽着他走进梅园里，小声道："小少爷，你晓得华兴券吧？"

上海沦陷后，日本人为了掐住沦陷区的经济命脉，在上海成立华兴商业银行，发行与法币等价的"华兴券"。所幸重庆及时反应，推出系列政策遏阻华兴券流通，只用了两个月，华兴券不得不解除与法币的关联，并逐渐退出市场。

此时冯其保忽然提起，英杨不由道："我知道些皮毛，这事重要吗？"

"重要啊！做生意做到极致是玩金融。"冯其保夸张道，"小少爷要帮帮忙，带着我靠上何锐涛，那之后有许许多多好处的！"

"这话怎么讲？"

"华兴券是之前的试验，和平政府正式成立后，发行的中储券必定能打掉重庆的中央银行！这样的赚钱良机，你我能错过吗？"

英杨心里咯噔一响，想到中央银行的行长是贺明晖。

冯其保走后，瑰姐迎着英杨笑道："兰小姐一早上没出门，就是在等你呢！快上去吧！"英杨答应着上楼进书房，只见微蓝捧着书坐在窗边，太阳落在她的头发上，笼着层绒绒的金光。

英杨蹑脚过去，微蓝抬脸笑道："我在窗口望了半天，只见你在园子里磨蹭，左右不肯上来。"

"你不是在看书吗?原来在看我!"

微蓝并不否认,却攀住他手臂说:"组织上有答复了。社会部批准你自行接触沈云屏,并请仙子小组适时支援。"

"那么上海情报科呢?"

微蓝摇了摇头:"回复里没有提。我猜他们会联络大雪,部署撤离。"

"撤得太快沈云屏会起疑心。"英杨叹道,"我真怕激怒了他,会把上海情报科卖给日本人!"

"所以你不能离开上海,要留下周旋,稳住他,给情报科留出撤离时间。"

情报科恢复工作也就一年,又要全盘调整,大雪必然最后撤走,所冒的风险也最大。想到自己给情报科带来的损失,英杨不由神色黯然。

"你怎么啦?"微蓝不由问。

英杨不想她担心,这些事说出来也没意思,便笑笑道:"我在想,瑰姐说你整天不出门,你的消息是怎样得到的?"

微蓝嘴角滑出一缕笑,伸手指贴在唇间:"小少爷,不该你知道的不必打听,这是纪律。"

十三 投名状

20日晚上七点半,英杨再次来到仙罗莎舞厅。七号桌点着灯,沈云屏早就来了。

见英杨来了,他从唇间拔下烟斗说:"小少爷真准时,来得一分不迟,一分不早。"

"我该早些来,不该叫沈先生等。"

"小少爷今天很客气,"沈云屏预感到好结果,因而笑道,"沈家与英家也有生意往来,你我也算世交,不必如此拘礼。"

沈云屏精明过人,和他打交道越老实越好。英杨于是说实话:"我和英家没什么关系,我这小少爷也是挂名的。"

这自我揭穿让沈云屏感觉良好。本来在他心里,英杨就不是什么小少爷,他索性也直言:"其实在我看来,你比英柏洲有前途,就是别走错了路。"

英杨不想同沈云屏讨论"道路",但也不想奉迎,于是说:"国家尚无前途，吾辈谈什么前途。"

"话不能这样说，"沈云屏摸摸小胡子，"青年才俊的前途，就是国家的前途。"

英杨拒绝同他扯下去，转开话题道："沈先生，我答应与你合作，因为你们也在抗日！若叫我做汉奸，那是万万不能的！"

"小少爷说得对，共同抗日，统一战线。"沈云屏笑着给英杨倒酒，"这是老汤姆，我英国朋友带回来的，尝一尝？"

英杨接过抿一口，皱眉道："太烈了。"

"男人就要这样，喝烈酒，爱美人。"沈云屏一饮而尽，放下杯子说，"但我很好奇，小少爷是怎么接近延安的？"

"都说了我不是小少爷。"英杨态度冷淡，"您可以叫我英杨。"

他这是不想多谈经历。这态度本在沈云屏意料之中，他欣赏英杨的反应，一个聪明的合作者比十个忠仆更重要。沈云屏的忠仆很多了，他更在乎与聪明人的合作。

"既然你我合作了，那我要不客气地开出条件了。"沈云屏切入主题说。

"好，"英杨颔首，"直截了当最好。"

"近期我们的任务是刺杀魏耀方。更新舞台失手，让魏耀方更警惕了，你有什么好办法吗？"

"沈先生人脉广阔，你都没办法，我哪有办法？"

"搞刺杀就像玩赌博，运气不到真是无可奈何。我近来运气用光了，想借借小少爷的运势。"

英杨沉默不语，沈云屏盯他的两眼问："怎么了？这事情很棘手吗？"

"你们把魏耀方逼得越来越精明，"英杨无奈，"沈先生，依我看不如放一放，等他的警惕性降下来，再找机会动手。"

"那不行。"沈云屏直接拒绝，"上头催得紧。"

"我不大明白。魏耀方不过是个商人，他做汉奸并不伤害重庆体面，你们为什么着急呢？"

"小少爷，你别听上海站站长这名头好听，其实我就是个干活的！上头怎么想的我并不知道，或许魏耀方接收了大人物留在上海的姨太太，非叫他死了才能出这口恶气？"

英杨不信他的鬼话，沈云屏这么说，只是不想透露重庆的意图。但他顺着话风问:"魏耀方有很多姨太太吗?"

"此人有十七个姨太太,只是现在知道要小心,只带着正房大老婆、九姨太和新娶的十七姨太,其余全部打发了。有孩子的给个小公馆,没孩子的送两间公寓,除了月钱和年节赏礼,别的一概不问了。"

"看来比起姨太太,还是保命重要。"英杨不由感叹。

"改换门庭是要纳投名状的,魏耀方就好比小少爷的投名状。你把他做了,浅间日记包在我身上!我不管戴局长怎么想,必定弄出来当你面销毁!"沈云屏打包票说。

英杨不信沈云屏这样好。即便笔记本给了英杨,他们也会翻拍留底。因此这番话更像是威胁,如果英杨不尽心尽力干掉魏耀方,他们就要公布浅间日记。

但是杀掉魏耀方与微蓝的目标相同,这个任务英杨可以接受。

"这是郁峰的电话,有情况直接和他联系。"沈云屏边说递来名片,"你也可以去右罗小馆找他,他是老板。"

"咖啡馆吗?"英杨接过卡片,看看上面的电话和地址。

"西菜馆。郁峰的手艺不错,有空去尝尝吧。"

话说到这里该结束了,英杨准备告辞,沈云屏却笑道:"你最近去展翠堂也太勤了。"

英杨怔了怔,脱口道:"你跟踪我?"

"小少爷,都是干这行的就别藏着掖着了。我说没跟踪你,你也不信吧?"

沈云屏的坦率让英杨有点意外,但他很快调整情绪,顺势道:"沈先生如此坦诚,很拿我当自己人看了。"

"既然要合作,就要拿出诚意。我让郁峰等在锦云成衣铺门口,就是最大的诚意。"沈云屏笑道,"国共合作,共同抗日,那就要开诚布公,把彼此的底牌都亮出来!特别是和小少爷这样的聪明人合作,坦诚比金条管用吧?"

听到这里,英杨不得不承认,军统能把号称"情报天堂"的上海站交给沈云屏,是有道理的。

"沈先生的诚意令人感动。"英杨说,"多谢了。"

"谢就不必了,但小少爷也要拿出诚意啊。您这几天总往展翠堂跑,所为何来啊?"

英杨摆出为难样子,抠抠眉毛说:"本来是些家里的琐碎,沈先生想知道我就说实话。自从我娘去了法国,我大哥就让我搬出大宅,这事拖了半年多了,这几天闹得越发不像话,挤对得我不想回家!"

"英柏洲也做得太绝了。他为什么赶你出去?知道你的身份吗?"

"当然不知道。他单纯看我不顺眼!"

沈云屏管不着家务事,只说:"他讨厌你,你又何必赖着他?以前或许你要靠着英次长,但以后嘛,只要小少爷肯与沈某通力合作,结识几个和平政府的官员不在话下!"

"那么,以后就请沈先生多关照了!"

"好说!你以后怎么办?住在展翠堂吗?"

"我托管理处的冯其保在愚园路找了住处,这几天在收拾,很快就能搬进去了。"英杨索性说实话,"正好我的未婚妻从苏州回上海了,总不能让她住在展翠堂里。"

沈云屏点了点头:"是金小姐吗?"

军统在上海的情报网,远比江苏省委要强大。英杨知道这些过往瞒不过,他只求沈云屏不会发现微蓝是魏书记。

"对,就是金灵。"英杨坦率道,"说来也巧,我认识她也是冯其保的太太保媒。"

"堂堂英家小少爷,为什么娶个身世清苦的美术老师?"沈云屏瞥一眼英杨,"你母亲也是,放着名门闺秀不要,做什么挑个没身世没背景的?"

"我这小少爷本就是挂名的,娶个千金小姐太累了。"英杨说,"人生百年,何必为难自己?"

"我以为共产党人都是圣人,一个个摆着刀枪不入的正经面孔。"沈云屏笑起来,"没想到也有小少爷这样的正常人。"

英杨不接这话,只说:"等把魏耀方解决掉,对我的跟踪能不能解除了?"

沈云屏哈哈笑起来:"不必等,你肯纳投名状就是自家兄弟,从此一起吃肉喝酒,何来跟踪?"

******

从仙罗莎出来刚过八点,这晚上还有大把的时间。

自从微蓝到了上海,英杨心情雀跃,即便与沈云屏合作前途叵测,他也愿意保持乐观。他从后门溜进展翠堂,穿过梅园时听见琵琶声,应该是夏已在弹奏,看来何锐涛又来光顾了。

英杨生怕撞见了又要应酬,于是蹑脚溜进书房,微蓝坐在灯下,正抱着汤婆子读书呢。

看见英杨进来,她把头发撩到耳后,笑说:"回来得早呀,吃饭没有?"

"这屋里架着炉子,还要抱上这东西。"英杨摸摸微蓝的脸蛋,柔声道,"怎么这样娇气?"

"你不知道乡下有多冷,我真是冷怕了。"微蓝用脸偎着他的手,"最暖和的就是灶膛。于是我们在灶间开会,书记员把钢笔悬在火上烤一会儿,才能写出字来。"

英杨想象着根据地的寒夜,说:"那被褥够吗?"

微蓝不答,看来是不够的。英杨叹一声,矮身坐在紫檀踏脚上,仰望微蓝说:"如果你不是魏书记,我可以申请结婚,请你留在上海协助我工作。"

微蓝不答,只用手指顺着英杨的鼻子飞快一滑。英杨捉她的手,却被她躲了。他不甘心地又逮住微蓝的手,放在掌心里看了看,看见红肿的冻疮。

"疼吗?"英杨轻声问,把那只手搭在唇上。

"不疼。"微蓝低低说,用力要把手抽出来。

就在这时候,书房门哗地开了,夏已一步踏进来:"瑰姐……"

英杨连忙放了手,微蓝也收回手,假装拢着头发。可夏已经看见了,她倏地转身,用最大力气带上书房门,发出咣的巨响。

响声过后,书房越发静寂。英杨尴尬笑笑:"不是自家的门不心疼。"微蓝也笑笑:"她为什么总冲你生气?"

"有吗?没有吧。"英杨装傻。

自从到了展翠堂,夏已总是同英杨置气。微蓝再不计较也嫌烦,不由问:"你是不是答应过她什么,自己也不记得了?"

"绝对没有!我同她说话不超过十句,哪有什么答允的?"

微蓝不再问下去,放下汤婆子道:"我晚饭吃得少,这会儿有点饿了。"

她打电话到楼下,叫送宵夜上来。没等一会儿,有小丫头捧着托盘进来,搁下两碗虾皮小馄饨、一碟葱油饼、一碟油炸小黄鱼,另有一碗八宝饭,香喷喷油汪汪的。

微蓝见了便说:"这是瑰姐常夸口的八宝饭,你快尝尝,相比林小姐做的如何?"

英杨咦一声:"怎么突然想到林奈了?"

"因为讲到做吃的,就很容易想到她。"

"讲到林奈嘛,我正有件事要同你说。"

微蓝比齐筷子点住碗,歪头等着听。英杨便说:"我找的房子是原先财政部的,就在愚园路林家后面。"

"为什么住到愚园路?"

"我想多接触和平政府的人,以后好开展工作。"英杨说,"英柏洲不能指靠,我搬家之后,英家的名片很快就不好用了。"

微蓝伸筷子戳了葱油饼,却不说话。

"房子弄好我们搬过去,说不准要碰见林奈。"英杨又说。

微蓝用筷头在酥脆的葱油饼上压出凹陷,圆圆的整齐排列。英杨也伸出筷子,搭开微蓝的筷头,说:"戳得麻子一样,怎么吃呢?"

微蓝搁下筷子,问:"你想搭上林想奇这根线吧?"

"听说林想奇的大公子林可在太行山打游击,还是个团政委呢。我认为林家有可乘之机!林想奇是汪派的核心人物,如果同他有交情,诸事都便宜得多。"

微蓝听了不语,捏着瓷调羹拨弄碗里的虾皮,捞起来又放下去。英杨见她密密的睫毛垂着,像挡着心门的密帘,厚墩墩揭不开似的,不由说:"你既不吃它,又不肯放过它,是什么道理?"

他不过随口说的,微蓝却挺直腰,挑一匙虾皮在英杨碗里,道:"你说得对,不吃别霸着它。"

英杨觉得这话怪,又不知哪里怪,只好把虾皮都吃了。

展翠堂的八宝饭名不虚传,软糯香甜回味无穷。两人吃罢了丢开,坐回紫檀木榻上喝茶。小丫头送来的茶是铁观音,热水冲出馥郁的香气,微蓝伏在几上去嗅,像只专注的猫儿。

外面很冷,玻璃上沁着水雾,屋里却和暖如春。英杨渐渐生出懒惰来,想这样厮守着何尝不是人生幸事。中国人讲家国,其实家是小家,国是大国,大国便是亡了,也有一个个小家活着,脸皮厚一点也能过去的。

可他做不到啊。

"愚园路的房子别费劲收拾了,"微蓝忽然说,"半个月太久了,我都不知道能不能留这么久。"

这话像股冷风，嗖地把英杨飙醒了。他坐正了，却不知说什么，只能浅淡道："好。"

"你想同林家往来，没有我也许方便些，你想过没有？"微蓝微微侧过脸，眼睛里含义复杂。

但英杨没明白。他傻愣愣地说："为什么？骆正风讲混官场要有家眷，这样能获得更多信任。我孤独一个，在日本人眼里总像随时要逃跑。"

微蓝一笑，转回脸去。英杨凑她近些，轻声说："你这么漂亮，又是教美术的金老师，又是八卦门的兰小姐，又是魏书记，你在只能叫我方便些。"

微蓝倒杯茶递给英杨，微笑说："喝茶吧。"

"我们说些正事，"英杨接了茶道，"刚刚见了沈云屏，他给我的任务是除掉魏耀方。"

"好啊！"微蓝闪动着黑眼睛说，"这也是我的目标！"

"看来你说得对，魏耀方资敌犯了重庆的大忌！沈云屏说上面催得紧，要不惜一切除掉他！"

"可是更新舞台打草惊蛇，只怕魏耀方更警觉了。"

英杨嗯一声，沉吟道："魏耀方如今是惊弓之鸟，外面再布局也难引他入彀，要从内部着手！"

✦ 十四　愁风月 ✦

从魏耀方家里着手固然可行，但渗入他家里谈何容易？

这些上了军统暗杀名单的大汉奸，人头在黑市明码标价，每天都活得命悬一线。他们能做的就是不出门，把家里浇筑成铜墙铁壁，严查到每只蚂蚁，从内部动手只怕更难。

听英杨说要从魏宅想办法，微蓝便问："你有什么计划吗？"

"听说魏耀方有很多姨太太，除了正房之外，只有九姨太和十七姨太跟他住在大宅，别的都放出去另立门户了。我想他这许多姨太太，总有能入手的缝隙吧？"

"这些姨太太放出去了，还有机会回大宅吗？"

英杨虽然身世坎坷，但英华杰并没有姨太太，因此并不明白旧式门庭的规矩。微蓝更不必说了，卫清昭是宁可没儿子也不肯续娶的，关于"放出去的姨太太能不能回来"，他们都不清楚。

"行了，在这儿凭空设想也没结果，等我明天出去打听吧。"英杨揉了揉略痛的脑袋说。

"你不要亲自去打听，凡是同魏耀方有关的，说不准有多少双眼睛在暗处盯着。"微蓝说，"此事交给成没羽去办，让他们零碎着问去。"

英杨感念她体贴，笑微微道："也好。我省下的精神要放在布置新房上，弄好后能接你过去住。"

明知道在上海待不久，看着英杨快乐操持，微蓝反倒心酸了，却也只能说："干净能住就行了，不要太过麻烦。"

英杨怕她住不长，只求能共处一日也是好的，这算作真正意义上，属于他俩的家。他放弃全屋大修，叮嘱张七只刷墙换地板，楼梯破损处用木板贴上就罢，不必换楼梯了。

家具也要实惠有现货的，若用英国橡木，等货就要一个月。当然红木想也不必想，眼下找到真红木要大费周折，轻易买到的大多是鬃红漆的。

这屋里太暖和了，他盘算着家务琐事，渐渐要睡着了。微蓝挪走矮几，取软垫让他躺平，说："要么你今晚睡在这儿，我去跟瑰姐挤一挤。"

英杨嗯一声，拉住她不叫走，喃喃说："你陪陪我好了。"微蓝于是坐在榻边，伸手抚了抚英杨蹙着的眉尖，那指尖在眉毛上左一下右一下，没多久英杨便睡去了。

等他一觉醒来，屋里已黑了灯，微蓝不知去向。窗外一轮明月，洒出的银辉冒着寒气，冷飕飕要袭人而来，却被窗玻璃挡住了。

英杨翻身坐起来，见微蓝替自己脱了鞋，又给盖了被子。他睡得暖融融的，只觉得口渴，于是揭被起身，趿了脚踏板上的皮拖鞋，下地找水喝。

窗外的月光太亮，屋里竟不必点灯，英杨在圆桌上找到茶壶，里面剩着半壶茶，早已冷透了。

英杨不肯喝冷茶，记起住弄堂房子时，冬夜都在灶上煨水，想来展翠堂也该如此。他于是捧了茶壶，轻手轻脚开门要下楼，却听见楼梯拐角处有人在细声说话。

先开口的是瑰姐，她说："你能不能拎得清？老大年纪的还要赖在我这里？之前姓骆的很用心，叫你巴结点像要你的命！搞得人家走掉了，这一空就是半年！好不容易来个姓何的，你怎么还是半死不活？"

足有半分钟，夏巳轻声说："我不想伺候他俩。"

"喔哟！你是哪家的千金小姐？男人排队叫你挑去的啊？若不是我收留你，被卖到翠芳楼去更惨了！姓何的没有家眷，喝过洋墨水又年轻帅气，你还要怎么样呢？"

"我不喜欢他们，"夏巳咕哝，"我喜欢小少爷。"

瑰姐静了静，不敢相信地问："谁？"

"小少爷啊！英家的小少爷呀！"夏巳微微提高声音。瑰姐倒抽冷气，将帕子啪地甩在夏巳脸上，压低声斥道："猪油蒙了心！小少爷是你能想的？"

"我为什么不能？"夏巳不服气，"何锐涛的爹爹是财政部长，比英家厉害得多！我能伺候姓何的，为什么不能跟小少爷！"

"你……"瑰姐气得直眉瞪眼，"你把这念头给我收起来！一辈子找不到客人烂死在展翠堂，你也别打小少爷的主意！"

"为什么？"夏巳越发不服，"你买下我养着我，不就是为了赚钱？何少爷的钱是钱，小少爷的钱不是钱？"

"你说对了！"瑰姐伸根手指头点牢夏巳，斥道，"今日明白告诉你，小少爷的钱就是十爷的钱！你要想男人，十爷让给你好了，你少打英杨的主意！"

听她这样讲，夏巳愣着说不上话。瑰姐再次警告："你若想安生过日子，趁早别动糊涂心思！小少爷不是你能攀上的，懂吧！"

英杨听到这里，往回缩缩身子，靠在门上不敢吭声。良久，夏巳轻声道："瑰姐，你哪里冒出个表妹来？她是做什么的？你想把表妹许给小少爷对不对？所以不许我……"

这话没说完，便听着一声脆响，瑰姐甩了夏巳一个耳光，怒道："你再盯着小少爷不放，我把你卖到翠芳楼去！"

走廊彻底静下来，不多时，楼板一阵咣当乱响，夏巳直冲下楼去了。瑰姐站在楼梯口，盯视良久啐了一口。

接着她拢拢头发，转回身入卧房去了。

在完全的静默里，英杨掏出怀表，借着楼道昏黄的灯看了看，凌晨一点二十分。

早点搬走吧,英杨想,展翠堂还是少来。

******

第二天大清早,英杨没吃早点就走了。他穿过梅园时,看见成没羽带着青衣人在练功。蒙蒙晨雾里,他们站在梅林深处,似真似幻。

到了特筹委,英杨照例叫食堂做一份阳春面,自己拿了备用衣裳去澡堂。等洗了澡回来,阳春面也到了,英杨刚坐下比齐筷子,便听着敲门声,一看是张七来了。

"你每天到得早。"英杨说着,往嘴里塞一筷子面。

"我在家也没事。"张七边说边给英杨泡茶,又把桌上的烟灰缸倒了,抱怨道,"勤务兵做事真粗,烟灰缸都不洗。"

英杨顾着吃面,又说:"愚园路的房子不要大搞了,只刷墙修楼梯要多少时间?"

"三五天应该够了吧。"张七盘算着说。

英杨推开面碗,揩了手抽出支票来,写上数字递给张七:"去买一堂家具,不要红木,柳木就行了,要现货。"

"好。"张七装好支票,收拾着碗碟道,"我这就去了,刷墙的今天开工,我去招呼着。"

英杨答允,挥手叫他快走。

等吃了早饭,秘书科通知上午开会,英杨夹着笔记本上了三楼,他今天来得早,会议室空荡荡的,只有李若烟坐着喝茶。

英杨要溜走已来不及,只得硬着头皮打招呼:"李副主任,早上好。"

见是英杨,李若烟搁了茶杯堆出笑来:"英处长早啊,我正要夸奖你,总务处把食堂打理得绝佳,大师傅做的阳春面呱呱叫,弄得我早上不肯在家吃饭,太太已生出怨气来了。"

英杨忙道:"让嫂夫人心情不好,这是我的罪过!李副主任替我告个错吧!"

"哈哈,这有什么错。我看英处长在总务处屈才了,应该换个重要岗位。"

英杨不肯充当杜李之争的工具人,立刻要推辞敷衍,正巧纪可诚推门进来了,英杨赶紧问好:"纪处长早,早饭吃过没?"

他向来待纪可诚冷淡,突然之间热情起来,纪可诚竟不知所措。他嗯嗯啊啊了两声算作回答，随即向李若烟道："李副主任，昨天的情况已经弄成卷宗，搁在你桌上了。"

李若烟点点头，不动声色："开完会再说。"

几位处长陆续进来，会议室热闹起来，不多时杜佑中落座，会议正式开始。

这会议没什么内容，各处汇报手头工作，重点在叫苦。行动处说没人，情报处说没钱，电讯处说又没人又没钱。英杨认真学习"叫苦"招数，若不会"叫苦"就只能"吃苦"，此事马虎不得。

"叫苦"会开起来就没完，等大家发表完难处，杜佑中不痛不痒勉励几句，就此散会。英杨夹着笔记本一溜烟下楼，刚进办公室门就愣住了，只见秋丹凤穿一件紫貂大衣，三七分头溜光水滑，正端坐在沙发上。

"秋老板，"英杨无奈挤出笑，"哪阵风把您吹来了？"

"哪阵风往英处长这里吹，我就乘着哪阵风来。"秋丹凤语气慵懒，仿佛饭吃少了没力气，弄得英杨不知说什么好。

"英处长，你这间办公室不好，"秋丹凤皱眉道，"离门厅太近，一股子霉味不说，还闹哄哄的。您是总务处长，这整幢楼都归你管，就不能给自己找间好屋啊？"

英杨听出秋丹凤话里有话，于是说："既是这样，我陪秋老板出去走走，喝杯咖啡？"

秋丹凤得偿所愿，拿腔作势地起身："英处长请。"

到了院子里，英杨才低低道："你们有事要找我，可以先打个电话来，动不动就跑来太扎眼了。"

"你们的电话有窃听，我可不敢随便打。再说我一个唱戏的，来看看英处长不行吗？"

"这楼里都知道我不看戏。不看戏，不赌钱，不抽大烟。"

秋丹凤扑哧一笑，飞快接道："但是逛窑子。"

英杨一怔，步子慢下来："你跟踪我？"

秋丹凤意识到说漏了嘴，但他偏要昂起下巴，说："我猜的！怎么，叫我猜中了？"

跟踪英杨的"尾巴"技艺高超，绝不能是秋丹凤。秋丹凤知道英杨的行踪，八成是听郁峰讲的，但他又立即否认英杨被跟踪，显然不知道沈云屏已经坦陈了对英杨的监控。

想想也是，秋丹凤作风大胆，成天疯疯癫癫，沈云屏绝不会把他视作心腹亲信。由此可见，郁峰也未必是沈云屏最得力的组长。

英杨心里算计，表面不露痕迹，只问秋丹凤："你找我究竟何事？"

这下秋丹凤软了声调，哀声道："郁师哥被人抓了，我想来想去，只有找你帮忙了。"

"被人抓了？被谁？"

"放高利贷的。他欠了好大一笔钱，还不上了。"

"……你来找我，借钱？"

秋丹凤咬嘴唇点点头："不止借钱，还要请英处长帮帮忙，把郁师哥捞出来。"

"我没钱，"英杨断然拒绝，"沈家世代官商，沈云屏有的是钱！你们不去找他，怎么来找我？"

"沈家是有钱，但站长公私分明，公事只用经费，他绝不贴补的。"秋丹凤一本正经地说，"此外，郁师哥借钱是为了在黑市买情报。站长早就说过，不经他同意在黑市交易，费用不报销的！"

沈云屏这习惯不错！英杨悻悻想，他掏腰包贴补经费可不是一次两次，是长年累月。

但贴补上海情报科是英杨乐意，绝没有贴补军统的道理！

想到重庆军官笔挺的黄呢军装，而我军将领只有补丁摞补丁的灰布军服，英杨气不打一处来，坚决道："他说了不报销你们还买情报？总之我没钱！这事我帮不了！"

✦ 十五 行不得 ✦

听英杨直接说没钱，秋丹凤并不生气。他镇定着说："英处长，咱们站在这里说话，被多少双眼睛盯着，实在是不方便。要么您借一步，找个地方详谈吧。"

英杨本想拒绝，但秋丹凤不达目的不会轻易罢休。他知道此人耍起赖皮来的厉害，只得不情愿道："好，我去开车。"

汽车驶出特工总部，英杨道："秋老板，你有什么话就在车上说吧。"

秋丹凤长叹一声，哀婉道："英处长，你若不救我师哥，他可就死路一条了！你忍心吗？"

"你们站长都袖手旁观，我有什么不忍心的？"英杨奇道，"你有时间同我磨，不如去求求沈云屏！"

"站长讲过，不经允许不得在黑市交易。我师哥私自去借贷买情报，若叫站长知道，只怕死得更惨些。"

"什么重要情报，要逼得郁峰背着沈三公子去交易？"

英杨问，秋丹凤却不回答。

"秋老板，你要我去救人，总得让我明白来龙去脉，否则我糊里糊涂地跟你去了，万一掉到陷阱里，是不是亏得慌？"英杨加重语气道。

秋丹凤又绷了一会儿，才说："就是华兴券呀。"

又是华兴券！三天而已，英杨已经第二次听见这三个字。他即刻反应过来，应当向大雪汇报此事，却又忽然想起，他现在不方便见大雪了。

"我知道华兴券。"英杨沉声说，"现在没几个人用它吧？"

"就是没人用，日本人才不甘心啊！听说和平政府要在南京搞中储银行，发行中储券，这当然就是华兴券回魂！重庆很关心这事，我师哥在黑市淘的就是这些。"

"沈三就不关心吗？"

"他不关心，"秋丹凤漠然道，"他只关心杀人！除掉汉奸给戴局长长脸，就是他的功绩，别的事他一概不管。"

"既然他不管，你师哥又何必管？站长都不急，却要手下人借高利贷去着急，这说不过去吧？"

"很奇怪吗？"秋丹凤硬邦邦怼回来，"郁师哥做事为国为民，不像那些官僚，只为升官发财！"

英杨被教育了，静默良久才道："你就这么相信我？"

"郁师哥说过，若有紧急事可以找你。他相信你，我就相信你！"

英杨一时无奈，只好问："郁峰欠了多少钱？"

"借只借了两万块，利滚利嘛，现在也有将近十万了。"

"十万块？"英杨睁大眼睛，"我真没这么多！"

"没有这么多钱，也请你跑一趟帮帮忙，先做个保人把郁师哥换回来！那些人十分狠劲，今天不交钱，就要把郁师哥淹死！"

"你秋老板的名头不能作保吗?"

"他们若是信我,我何必跑来找你?说句话不怕英处长笑话,混成名角儿又怎样?唱戏的是下九流,今晚能高朋满座,明朝就能流落街头,向来作不得保的!"

"那么,他们就能相信我了?"

"你是英家小少爷,又是特工总部的总务处长,有你做保人,放贷的自然能宽限时日!"

英杨没借过债,并不知放贷行里有"三教九流不作保"的规矩。他怕被秋丹凤讹住,狐疑道:"你们是重庆的人,叫人知道我替你们还账,这是要连累到我的!"

"英处长怕受连累吗?"秋丹凤索性狠下脸,"那么我把山猫的事讲出来,看你怕不怕被连累!"

他还在用山猫要挟英杨,根本不知道英杨拿捏在沈云屏手里的真实身份。也不知怎么,英杨并不觉得此人可厌,倒觉出他可怜来。

见英杨不吭声,秋丹凤不由软下脸来:"小少爷,侬行行好帮帮忙!要么这样,不必你出钱,我能卖掉行头换钱来!只求您作保,叫他们宽限几日,卖东西是不是还要三五天的?"

"卖了行头,你日后如何唱戏?"

"别说是行头,拿我的命去换郁师哥都不在话下!"秋丹凤冷笑道,"我这人命苦,若没有郁师哥帮衬,早就横死街头!今日觍着脸成了秋老板,也不能忘恩负义!"

英杨虽不知他俩的故事,但能看出秋丹凤是一颗实心眼待郁峰。换句话讲,若不救郁峰,也难讲此人会做出什么疯事来。有些事真正沾上就甩不脱,就仿佛滚雪球,只有越滚越大!

看在秋丹凤讲义气的分儿上,英杨冷冷地问:"你师哥在哪儿?"

"十六铺码头,麻子染坊。"

******

麻子染坊是码头的老铺子,虽然不挣钱,但也不关张。这一带的人都知道,染坊染布是幌子,他们的主业是放高利贷、逼良为娼、贩卖烟土,总之什么来钱快做什么。

麻子染坊的老板姓陈,因为胖,江湖人称"胖头陈"。来这儿借过钱的都知道,染坊的池子是有讲究的。欠钱不还的被捉来放进去,捆好了往池子里注水,若有人来交钱了,便将人提出来放走;若是等水漫头顶还等不到人,那就淹死当作偿命。

现下是寒冬腊月,只怕不等水漫到头顶,淹到腰就能把人冻死!也难怪秋丹凤着急,豁出去了找英杨帮忙。

两人跨进麻子染坊,秋丹凤说是来还钱的,伙计二话不说,领他们进了后院。

进院子英杨就看见布。外面天色阴灰,这里五彩斑斓,错落挑挂着一匹匹胭脂红、鸭蛋青,还有泛着紫光的绀蓝色,聚在一起十分热闹。

伙计左一下右一下挑开布片,转迷宫似的带他们进去。布匹深处有处空地,青砖地上搁着水磨石桌椅,胖头陈穿着缎面短袄坐着喝茶,胸前的金表链又粗又亮,绞麻花似的牵着衣襟。他身边坐着一位干瘦的账房先生,面前放着算盘账本;身后又站着五六个精壮汉子,穿着靛蓝布袄,个个膀大腰圆。

"老板,他们是来还钱赎人的。"伙计亮着嗓门道。

"哟!水刚淹了鞋子,钱就送来了?来赎谁呀?"胖头陈心情不错,笑呵呵问。

"来赎右罗酒馆的郁老板。"秋丹凤收起名角排面,老老实实抱拳行礼,"烦您行个方便。"

"好说。"胖头陈还挺客气,吩咐账房先生,"看看郁老板欠多少钱。"

账房先生拨弄算盘:"右罗小馆郁老板,截至今日,共计欠账十万三千元。这位先生,您还款是用支票呢,还是走现钞?"

秋丹凤轻咳一声:"陈老板,我们近来手头紧,还要几天才能凑够钱,今天来想请您通融一二……啊,请您放心,我们一定还钱的,不会赖账!"

听到"通融"两字,胖头陈已是一脸震惊,等到秋丹凤讲完,他已经火冒三丈道:"你二位先生穿得蛮派头,怎么讲话没水平?郁老板借钱时讲得清楚,又有按了手印的字据作证,还钱就是要按日子,绝不能宽限!"

"不是,陈老板,我们……"

账房先生打断秋丹凤,讽刺道:"你这件紫貂毛大衣也值不少钱吧,你有时间在这讲好话,不如跑趟当铺,也能凑几百块钱出来啊。"

"对的,赶紧去凑钱,不要跑来找骂!"胖头陈挥舞手臂,赶苍蝇似的说,"快走!快走!要么就不要借钱,借了钱就要按时还,这有什么好讲的?"

那几个膀大腰圆的伙计，见状就上来推推搡搡，要赶秋丹凤和英杨走。秋丹凤尚不死心，挣扎着说："陈老板，您听我把话讲完，钱我们是一定要还的，只是想宽限几天！"

胖头陈将手一摆："宽限不了，不宽限！"

秋丹凤急了眼，顿足叫道："这么冷的天，你们把人拴在水池子里泡，就算救出来也要落下病根的！你们这是滥用私刑，我这就去巡捕房报告！"

英杨进染坊本是一言不发，听到秋丹凤叫出巡捕房来，不由扯了扯他。然而秋丹凤救人心切，早已豁出去了，甩开英杨道："你拽我做什么？难道我讲错了？我要到驻屯军司令部同小林将军讲去，让他来评评理！"

他话音刚落，胖头陈冷冷道："你要到什么地方讲去？"

秋丹凤一怔，却不答话。然而胖头陈冷笑起来："你要叫日本人来收拾我，我只好先把你收拾掉！"他说罢横出个眼色，那几个大汉立即上前扯手拉脚。

英杨见来势不好，边摸枪边喝道："你们想干什么？"

"干什么？等会儿你就知道了！"一个胖大伙计冷笑连连直扑过来。英杨不假思索，嗖地拔出枪来，指定那大汉道："别动！往后退！"

看他掏出枪来，胖头陈不由变了脸色，怒道："你小子吃了豹子胆，跑到这儿来耍威风！来人！抄家伙！"

他一声令下，伙计们齐喝一声，转身就去拿枪。英杨哪敢给他们机会，抬手一枪，当一声把账房先生的算盘打得稀烂，算盘珠子全进了出来，乒乒乓乓满地乱滚。

"都站着不许动，"英杨沉声道，"再动就打脑壳了！"

账房先生吓得全身乱抖，抱着脑袋叫："壮士饶命！饶命！"

胖头陈见英杨枪法准，只得举起手掌，示意伙计们少安毋躁。英杨回枪指着胖头陈，慢慢走到他面前，说："叫他们让开，放我们出去！"

胖头陈双唇微抖，眼珠乱转，虽不甘心却也无奈。然而就在他要发话时，忽然有人放声道："欠债还钱是天经地义，不能仗着有枪就跑来欺负人吧！"

英杨循声望去，说话的人揭开布匹转进来，却是个三十岁出头的男人。他穿件麻灰大衣，长相并不出众，但很精干。

"没说不还钱，"英杨道，"只是想请陈老板宽限两天。"

"陈老板借钱收利，若是你也宽限他也宽限，他自己岂非要吃西北风？你请陈老板宽限，总要拿出叫人服气的理由来，否则他做啥要宽限你？"

若不站在秋丹凤的立场，英杨认为这人说得没错，于是默然不语。

那人见他不争辩，便又道："我看你枪法不错，要么这样，你我比试比试，你若赢了，就请陈老板宽限几日，你若是输了，不但钱要还，无理闹事也要拿出赔偿来！"

英杨并不怕比枪，只是不想招人耳目，因此犹豫不答。秋丹凤听郁峰讲过，说英杨枪法极好。他生怕英杨不肯尽力救人，横下心叫起来："比枪容易啊！不瞒你们讲，这位是英氏企业的小少爷，梦菲特射击俱乐部你们晓得吧？他是七星会员！"

英杨听他叫破自己身份，不由暗暗叫苦。来人却笑道："能和梦菲特的七星会员比试枪法，也是我的荣幸。英家小少爷，您要救朋友，就得拿出点真本事来。"

他一面说，一面从腰后撤出枪来，缓缓上了膛道："用枪指着陈老板没有用，你杀他，我就杀你，不信可以试试。"

英杨知道躲不过，只得软臂放下枪，问："怎么比？"

"既然欠了陈老板的钱，就请陈老板划出道来！"

胖头陈见英杨放下了枪，总算松了口气。他放高利贷的，当然见过些打打杀杀的世面，并没有吓成一摊泥，只是抬手揩揩汗，不假思索道："要我划道儿容易，第一场就打眼镜片儿！"

十六　计中计

听说要比打眼镜片，英杨暗想这胖头陈竟是个行家。

用眼镜片比枪是新近流行的玩法。眼镜片是透明的，用细白棉线扎起，迎光吊在户外。没有相当的目力根本看不见它在哪儿，更别说风过处眼镜片要晃三晃，这比打蜡烛火头要难得多。

但梦菲特是高级俱乐部，外面玩什么它就玩什么，英杨胸有成竹，只向灰衣男子抱抱拳："比试之前，请问先生贵姓？"

"我叫做陈玄武，是陈老板的亲弟弟，您怎么称呼？"

原来他和胖头陈是一家人。看来兄弟俩用眼镜片占了不少便宜，英杨心下了然，道："我叫英杨，请陈先生多指教。"

"不敢，不敢，英先生客气了。"陈玄武笑嘻嘻说。他用词虽谦，神情语气却洋洋自得，可见为人十分自负。

他们说话的工夫，胖头陈已着人安排场地，吊起一排七只眼镜片，这才招呼两人比枪。

"一人一枪，误了就跳过，比谁打得多。"胖头陈宣布规则，又指着英杨道，"我不管你是英家小少爷，还是美家大小姐，赢了枪我便宽限你们七日。若输了枪，不只郁老板走不了，你来我这里闹事，也要给个说法才是。"

英杨不想激怒他，只点头道："好。"

"英先生，是你先来，还是我先来？"陈玄武笑问。

比枪先上场的吃亏些，但在客场比枪，英杨本来就吃亏。

这是陈玄武熟悉的场地，方向、光线、风速都尽在他掌握之中。陈玄武若是忠厚人，应当自己先上，他竟还要问过英杨。

看来这兄弟俩都是逐利之人。

英杨生出一股邪念，偏不叫陈玄武满意，是以淡然道："陈先生枪法精准，让我先开开眼界也好。"

陈玄武见英杨一副养尊处优的模样，便以为他好胜逞能，必然是要先上场的，谁料英杨居然精明，把踢过去的皮球又踢了回来。

他没占着便宜，心下顿时不爽，挂了脸装好消音器，冷哼一声提枪上前，砰的一声击碎第一块眼镜片。

胖头陈立即大声叫好，账房先生连同几个大汉也叫喊鼓掌，给英杨施加压力。

射击很受心理影响，心慌便要抖三抖，本来能打中的也打不中了。秋丹凤看得火起，不高兴道："你们占了场地便宜，还要占人多的便宜，如此欺负人吗？"

胖头陈冷笑："借钱的是你们，不还钱来闹事的也是你们，答应比枪的还是你们，这怎么又啰唆？叫好也不许吗？"

秋丹凤无奈，只得怒而闭嘴。英杨并不在意对方气焰嚣张，轮到他时自顾上前，当的一枪击碎第二块眼镜片。

秋丹凤大声叫好，用力鼓掌，虽然掌声零碎，倒也气势十足。陈玄武皮笑肉不笑道："果然是梦菲特的七星会员，名不虚传啊。"

他说着懒洋洋上前，砰地碎了第三块眼镜片。英杨并不答话，依序上前，抬手打掉第四块眼镜片。

"喂,陈老板!你这比法什么时候能分出输赢?就这么你一枪我一枪,打到天黑也打个平手吧!"秋丹凤亮嗓子喊道。

胖头陈没料准英杨能打中,他以为像往常一样,叫陈玄武抖一圈威风,完了英杨输得心服口服,赔钱了事。

眼看英杨枪法了得,陈玄武并不能占便宜,胖头陈也慌了神,舔舔嘴唇看向陈玄武。

英杨冷眼旁观,明白胖头陈听弟弟的,看来陈玄武才是染坊主事。他不禁认真打量,此人裤缝笔挺、皮鞋锃亮,袖口隐隐约约露出金表。

这副打扮低调奢华有派头,比胖头陈的皮草金链高级多了。

英杨心生疑惑,觉得陈姓兄弟不简单。战乱年代,泡码头混黑帮的大多是苦出身,有了钱也不会使,打扮成胖头陈那样金光闪耀是正常的,但陈玄武显然另有去处,那去处和麻子染坊是两个世界。

英杨有心试探,于是说:"陈先生,这样打下去没完没了,我们要救的人还浸在冷水里。天太冷他也熬不住!不如这样,不许打碎眼镜片,只能打落它!"

要打落眼镜片,就要打断吊着它的棉白线。那线又细又白,衬着白花花的日光,凑到跟前都看不清,别说离得远还要打断!

陈玄武见英杨连碎两块眼镜片,知道遇见了对手。英杨提议打棉线,那他肯定有这本事,陈玄武却没把握,不由沉吟不语。

胖头陈不高兴地喝道:"是你们欠债还是我们欠债?你小子莫要得寸进尺!我划下的道怎能说改就改!"

染坊伙计立即呼喝声援,眼看场面混乱起来,英杨道:"陈先生,你若打不了只管说话,我们是借钱的,自然按你们的规矩办。"

他这话听着谦虚,其实挤对人。

陈玄武靠枪法吃饭,质疑他打不中,那等于是摸老虎屁股!他心里一股气顶上来,冷哼道:"打棉线就打棉线,难道我怕你!英先生改了章程,是不是该你先来?"

这话正中英杨下怀,他笑道:"没问题!我先来就是!"

他说着上前,却一脚踏在秋丹凤脚背上。秋丹凤吃痛不已,嘴里倒吸凉气,连声惊叫。英杨连忙扶住,弯腰去抚他的脚道:"对不住,对不住,你没事吧？"

秋丹凤双目含嗔，正要批驳英杨两句，却听他凑来低低道："等我举起枪来，你把左边黄色布匹用力扇！记住，我要的是风！"

秋丹凤立即点头，嘴上却说："没关系，哎哟我不疼的！你快去比枪吧！"

英杨想秋丹凤看着半疯半痴，但关键时候真不掉链子，他在更新舞台的任务完成得也不错，想来可以信任。

他于是放下心，提枪上前极目远眺。染坊挂满彩色布匹，为了让场地比枪已经撤了许多，但远处仍有张藏黑色的。

英杨打前几枪时，早已看中这匹布。他此时找位置瞄准布匹，慢慢举起枪来。

秋丹凤早猫到左侧捉住垂下的黄色布匹，这棉布被晒得半干，很软很轻。眼见英杨举枪，秋丹凤用力掀动布匹，扇出一股子怪风来，直扑悬在半空的眼镜片。

眼镜片被细线吊着，没风都要晃三晃，此时吃了风立即歪斜。英杨半眯眼睛，等着风吹了眼镜片荡过来，有那藏黑布匹作底，棉白线乍然显现，十分惹眼。

这瞬时只有几秒，英杨毫不犹豫扣下扳机，砰的一声枪响，眼镜片像脱线的风筝，扑通落在砖地上。

"好！"秋丹凤两手一拍，喜得直蹦起来。英杨笑一笑，向陈玄武拱手道："承让了！陈先生，该你了。"

陈玄武亦是使枪高手，深知风、光、声对枪技的影响。秋丹凤一扯那匹黄布，他就明白了英杨的花样，然而等他站到位置上却倒抽冷气，心下叫苦。

七块镜片从左至右，英杨打的是最右边那片，因为它距离远处的藏青布匹最近，有风来能把眼镜片荡过深色背景，但另外两片就不行，白棉线不够长了。

其实要破局也不难，比如让胖头陈往后面再挂匹黑布，或者借口棉线太短叫人换长的来，但无论用哪一种，都是用了英杨的法子。

能把射击练成高手，在同样环境下水平都差不多，要打别人不能打的，比的就是动脑筋想办法。陈玄武咬牙站了半响，阴着脸说："英先生枪法如神，我甘拜下风。"

英杨谦虚道:"陈先生技艺超群,我不过救人心切,占了些许小便宜,还请先生见谅。"

陈玄武哼了一声,纳头便走,把众人丢下不管了。胖头陈愣了好久,才怒指英杨:"算你今天走运!但若七天之后再不还钱,郁老板不必回来浸池子,直接进黄浦江吧!"

秋丹凤不服气道:"你怎么说话的!你说进黄浦江就黄浦江啊!你这是……"

英杨一把扯住他,赔笑道:"陈老板请放心!七日之后,我们准还钱!"

伸手不打笑脸人,胖头陈挑不出错来,只好憋着气,示意把郁峰从池子里捞出来。

就这么会儿工夫,池子里的水已经淹到郁峰大腿。这样冷的天,饶是郁峰身形健壮,也被冻得簌簌乱抖。他被拖出来时,走一步脚下一摊水,见了英杨、秋丹凤,连句囫囵话也说不出。

秋丹凤见状大急,脱下紫貂大衣给郁峰披上,连声道:"师哥,师哥你没事吧?"

"先找地方给他换身衣服,"英杨道,"这样冻下去要生病的。"

秋丹凤连忙答应,扶着郁峰就往外走。英杨向胖头陈再抱一抱拳,转身也出了染坊。两人一边一个夹着郁峰,几乎是把他拖到汽车上,秋丹凤忙着替郁峰脱裤子鞋袜,英杨就到左近成衣店里,胡乱买了棉裤棉鞋,又在路边买了热粥捎回来。

他自顾开车,郁峰在后座换了干爽衣裳,又吞了半碗粥,这才回了口气,嘎着嗓子说:"英处长,多谢啊。"

英杨不搭茬,只问:"你们要去哪儿?我送你们。"

"去尚华旅社,我在那里落脚!"秋丹凤忙道。

尚华旅社并不太远,很快便到了。英杨停下车,郁峰却道:"英处长,你若没事不如上楼坐坐,我有些事同你讲。"

英杨不想同他们交往过密。但他目光扫过后视镜,只见秋丹凤虎视眈眈,大有英杨不同意立即泼天大闹的架势。

英杨不怕郁峰,却十分忌惮秋丹凤,这人半疯半傻半入魔,做事做人都不循常理,像颗被拔了引线却哑掉的手榴弹,说爆就要爆。

他无可奈何,只得停好车问:"秋老板住哪一间?你们先去,我五分钟后自行上去。"

"我住在308。"秋丹凤道,"英处长一定来哦!"

他说罢扶着郁峰下车去了。英杨在车上坐了会儿,下车抽了根烟,观察着左近并无异样,便压低礼帽匆匆走向尚华旅社。

尚华旅社规模不大,被秋丹凤的戏班包了,散客极少。柜台后面坐个小伙子,正在摆弄棋谱,没注意英杨低头沿着楼梯上去了。

英杨到三楼敲开门,见郁峰坐在窗边吃茶,他的寒气还未全消,捧着热茶窝在沙发里。屋里的暖气充足,他又穿上棉衣裹着毛毯,人已经不发抖了。

"英处长,多谢你仗义搭救。我想除了你,小秋也找不到能帮忙的人了。"

英杨笑笑道:"郁先生要说什么快说吧,我还有事呢。"

"是这样的,我在水池子里听着,你和陈玄武比枪了?"

"是啊,不比枪怎么救你?"

"你知道陈玄武是谁吗?"

陈玄武还有故事?英杨狐疑着摇头。

"胖头陈叫做陈青龙,是陈玄武的亲哥哥。他们兄弟俩原先在码头做苦力,后来机缘凑巧,陈玄武拜了个师父,练出一手好枪法。为此他不肯做苦力了,学师父样儿四处给人做保镖。你猜猜,近几年是谁雇了他?"

"我猜不出来。"英杨老实回答。

郁峰神秘地道:"就是魏耀方!"

"魏耀方?"英杨大惊。

"对!他是魏耀方的贴身司机,很得信任,也跟着魏耀方学了不少捞钱的办法。陈青龙用染坊做掩护,私下做高利贷生意,这都是陈玄武的主意。因为有魏耀方的名号撑腰,码头帮派并不敢动陈家兄弟!"

英杨心念一转:"所以你借贷是假,接触陈家兄弟是真?那么今天秋丹凤来找我,也是你设计好的?"

"我借贷是真,想接触陈家兄弟也是真。"郁峰苦笑道,"只是我没想到,陈青龙如此狠毒无情,一天也不给通融!"

"心慈手软的,绝不会在国难时放高利贷。"英杨道,"但陈玄武是魏耀方的保镖又如何?他有今天全靠魏耀方拔擢,难道会恩将仇报?"

"陈玄武贪利忘义,而且心胸狭隘,为点小事能气很久。我看他不像甘居人下的,很可能和魏耀方有嫌隙。英处长,魏耀方的事没有突破口,不如考虑从陈玄武入手。"

"想利用陈玄武就不能靠猜测，"英杨说，"你不能说他很可能和魏耀方有嫌隙，你得知道他为什么不服魏耀方。"

✦ 十七　莫思归 ✦

从尚华旅社出来，英杨思考着郁峰的提议。陈玄武在魏耀方身边多年，想来已经得到魏耀方的信任，如果能策反他动手，干掉魏耀方就有九成把握。

但打过一场交道，英杨感觉出陈玄武难缠。要此人倒戈相向，杀掉自己在上海滩混码头的倚仗，只靠重金收买只怕不行。

英杨盘算了一路，回到特工总部也没想出好办法。到了办公室，张七拿来财政部的租约，讲明愚园路的房子是由张月青租借给英杨。

果然是财政部的处长，张月青虽然简朴算盘却精。特工总部提供的宿舍，英杨可没有收一分钱租金。这么算来，张月青白得了住处，还收了份租子！

英杨不想同他计较，爽快签了租约，自留一份，让张七送还一份。

张七前脚刚走，英杨给内政部挂了电话，说找英次长。

接电话的是英柏洲的秘书，问哪位找，英杨犹豫一下，短促道："我是英杨。"电话里头怔了怔，立即换上热情的声音："小少爷稍等，这就给您转进去。"

这瞬间英杨忽然想，如果真有个大哥多好，或者不是哥哥，是弟弟也行啊！亲兄弟至少能互相帮衬，好比陈青龙和陈玄武。

指望英柏洲是不可能的，但……远在重庆的贺家应该有其他孩子吧？即便同父异母，总也沾着血缘联系，至少不要像英柏洲那样，把厌恶表现得不加掩饰。

他飘散的思绪很快被英柏洲的声音打断："喂？"

"大哥，是我。"英杨打起精神说，"我有张房契想拿给你看看，但我今晚有事，不能回家了。"

英柏洲沉默了一会儿，说："我只能给你五分钟。"

"好。我现在过去。"英杨结束毫无感情的对话，挂上听筒。

他带着租约驱车到办公厅，敲开英柏洲办公室的门。秘书们正在汇报工作，见英杨来了，很快都收拾本子离开。

安静的办公室里，英柏洲说："有什么事情快说吧，我还要开会。"

"这是我找的房子，你说过的，可以给一笔贴补。"

英柏洲接过租约，皱眉道："在愚园路？你为什么要住到愚园路去？"

"我也不想啊，但是便宜又靠谱的房子只有这里。"英杨扮无辜，"财政部一处新提拔的张月青副处长，他刚拿到房子却没能力翻修，于是租给我了。"

英柏洲眉头紧皱，看了半天租约才说："行吧，我先给三年的房租。"

"不只是房租，还有翻修费。这房子太破了，要花好大一笔钱！"

英柏洲抬起眼睛看看英杨："你倒不客气。"

英杨不置可否，等着英柏洲签支票。这笔钱的用处他都想好了，上海情报科捉襟见肘几个月了，谍报员的生活费、密写药水、开锁工具以及枪弹雷管等都没有结账。再不贴补大雪，只怕他也要学郁峰去借高利贷了。

"房子翻修要多久？"英柏洲开抽屉拿支票，问。

"三五天总是要的。"

"那么下周你就能搬走了？"

英柏洲这话虽然无情，英杨却见怪不怪，点点头道："是。我也想早点搬走。"

英柏洲再无二话，填好支票签了字，哗的一声撕下来递给英杨："这数字够吗？"

英柏洲虽然讨厌，出手却大方。英杨接过支票点点头，叠好收起来，告辞道："那我不耽误你办公了，再会。"

他礼节性地鞠躬，转身走出办公室。然而下楼梯时却遇上冯其保，后者挺吃惊，问："小少爷怎么在这里？"

"来找我大哥说点事。"英杨面不改色答道。

冯其保堆出笑来："这真是巧！我正要打电话找你，不料在这里遇到！"

"冯处长找我有事吗？"

"是的，是的。"冯其保凑近英杨，向他附耳道，"今晚何少爷要去仙罗莎给西子露捧场，我这里有两张票，你要不要去？"

"何锐涛？"英杨奇道，"他不是看上夏巳了，怎么又去捧西子露？"

"这样的少爷，怎么可能拴在一个地方？西子露好看得很，小少爷同去看看吧？"

英杨有些犹豫，他想回去陪微蓝，并不想去仙罗莎。但是回展翠堂又要碰见夏巳，十之八九要啰啰唆唆，很讨厌。英家则更加无趣，而且他刚同英柏洲讲，说晚上不回去的。现在新房子又在修，乱得没地方插脚，想来想去，上仙罗莎是个不错的选择。

何锐涛虽然不讨喜，但结识他也没坏处。英杨搞情报要八面玲珑，并不能只挑自己喜欢的做朋友。他于是道："那么我陪冯处长去吧。"

"好！好！"冯其保大喜，又夸耀，"今晚西子露表演水上钢琴，这票可是加钱买到的！"

英杨知道，他要跑去假装邂逅何锐涛，但一个人上舞厅实在太假，有人陪着自然了许多，今晚这票也未必是替英杨买的，只是可巧遇上了，不必另寻他人。

眼看时间也不早了，冯其保不许英杨走，把他拉到自己办公室熬时间。

两人喝了茶，讨论当下生意门道。英杨特意讲到魏耀方，冯其保便说："日本人有条运煤的铁路，它要经过八路的根据地，老是被扒被炸，小林头痛得很！魏耀方狠得来，他把沿路村镇的保长家眷全捉起来，若有一段铁路出问题，全部杀光！"

"啊！那么保长还替他干活？"

"但是安全运达了，非但不杀人还有重赏！弄得那些保长拼死和八路斗！他们是地头蛇，哪家少了人、谁是干什么去的都能打听到，查到有帮助八路嫌疑的格杀勿论！这下铁路是安全了，沿途百姓恨死他们了！"

英杨也恨得牙痒，却说："只有中国人明白中国人，知道七寸在哪儿，怎么打才狠。"

"要我讲魏耀方也是十三点，他干这事情拿不到多少钱！日本人喜欢他，就为他不贪钱！"

"不为钱他为什么呢？"

"哪能晓得呢？脑子坏掉了吧！李若烟就不一样，李若烟是为了钱！"

英杨："……哪个李若烟？"

"还有几个李若烟？就是你们李副主任啊！"冯其保笑道，"这人最欢喜做生意，烟土、药品、棉纱、军火，什么挣钱他做什么，还特别喜欢赚日本人的钱！"

"日本人知道他这样吗?"

"不知道吧,这我不清楚。"冯其保挠挠头,"时间差不多了,我们现在出发,找间咖啡馆吃晚餐吧!"

他们在仙罗莎附近找了间咖啡馆,叫了当天的例餐来吃,是牛排面包和罗宋汤。英杨在法国和俄罗斯都吃过好品质的牛排,回上海再没吃到过,但是阿芬做红焖牛腩特别到位,比牛排好吃得多。

他想念着阿芬的手艺,又记着要给韩慕雪回封信,收到她上封来信已经两个礼拜了。一顿饭吃到七点多,冯其保才带着英杨去仙罗莎。

"西子露不会这么早出来,何锐涛也不会早来。"冯其保边走边嘀咕,"现在去要等好一会儿。"

"冯处长,你上次讲的华兴券,究竟怎样用它发财?我这人笨得很,要请你详细指点!"英杨忍不住打探。

"这事情讲不清楚的,小少爷若相信我,那就等我通知。等到政府搬到南京去了,我叫你买什么,你就跟着我买,保管你发达的!"

英杨只好点头,又多谢他指点财路。冯其保眯眯眼笑道:"你的任务呢,就是替我哄好何少爷。你们这些少爷公子玩的东西,我有许多是不懂的,有你在,靠近何锐涛也方便些!"

"好呀。"英杨答应,又说,"还有个事情,今早金灵给我挂了电话,说她下周要回上海来。"

"啊?"冯其保满面惊讶,"这就要回来了吗?"

"是的,她去苏州照料老姑妈,这一晃也半年了,说是姑妈身体好多了,她可以回来了。"

"哦,那是好事啊,恭喜你们可以团聚了!"

"是的,是的!我刚拿到愚园路的房子,本想要大修的,为了她也不弄了,修补整洁就可以了!"

"金小姐没过门,她跟你住英家不方便的!她在汇民中学的教职辞掉了,没有宿舍可以住,所幸还有你,能给她落脚之地!"

英杨笑一笑:"若非冯处长居中协调,只怕找房子不顺利呢。"冯其保打个哈哈:"看来我和太太注定要做你俩的红娘,她帮你找姻缘,我帮你找房子,这缘分是跑也跑不掉的!"

他说得无心,英杨却入耳有意。出于做特工的直觉,这种"跑不掉的缘分"太过凑巧。但没等英杨细想下去,忽然有人凑上来,低低道:"先生要票吧,只要加二百元!已经便宜了!"

"不加,不加!"

冯其保不耐烦地推开,拽着英杨进了仙罗莎。这是英杨第三次来了,但他进门一惊,整个舞厅已是大变样。舞池放了水变成水池,中间架起浮岛、放上钢琴,几朵睡莲错落漂浮,潋滟水波映着舞厅灯光,摇动得如梦似幻。

"为什么要放水?"英杨问。

"有俄罗斯舞团表演水上芭蕾。"冯其保夸耀道,"西子露小姐弹奏钢琴,她们出来伴舞。"

暖风熏得游人醉,直把杭州做汴州。时隔千年,当时的亡国之叹再次无比适合。站在富贵迷人的舞厅里,谁能想到这是在孤岛上海?侵略者侵占国土、滥杀无辜,这里却莺歌犹在、燕舞正酣。

他心底涌起厌恶,表面却叹道:"这么漂亮的排场,抢不到票也正常。"

"我这票子贵的,是好位子!"冯其保两根手指捏着票,在英杨眼前微晃,"就在钢琴正前方。"

英杨恭维冯其保高明,把他逗得哈哈大笑。这纸醉金迷又璀璨夺目的世界,比酒精还令人沉醉。

西子露出来还有好一会儿,英杨说要去方便,起身向盥洗室走去。他绕着水池走了半圈,抬眼时正遇着七彩灯旋过来,一刹光亮扫过,英杨猛然看见似曾相识的身影。

他收脚站住,定了神放目看去,那身影果然是陈玄武。他依旧穿着麻灰大衣,身边陪坐着一位时髦女郎。女郎浓妆艳抹,打扮花哨,旗袍却长及脚面。

英杨来仙罗莎几次,这里的舞女旗袍只过膝。看来这女郎不是舞女,但未出阁的小姐不会来舞厅,难道她是嫁了人的太太?

是陈玄武的太太吗?英杨又觉得不像。

女郎身后站个双辫垂肩的小丫头,看样子只有十三四岁。她微佝偻着腰,两手互绞站在沙发后头,十分局促紧张。

如果没猜错,这小丫头应该是伺候女郎的。这种年纪小又胆怯的丫头,十个有九个是人牙子卖到上海的。上海本地人出来做小大姐,跟在主人身边都是昂头挺胸,比如阿芬。

陈氏兄弟放高利贷挣了些钱,但他们这种苦出身,不会娶个太太还买丫头照顾。战乱时世道艰难，即使英杨这样有身份有收入的，要自立门户也不会买丫头，大多请个娘姨。

更重要的是，陈玄武待这女郎的态度，并不像丈夫待妻子。他说话时微微倾着身子，一副讨好的姿态。

英杨敏锐地意识到，这个女郎很可能是陈玄武的突破口。

做保镖的人对环境十分敏感，英杨的注视让陈玄武感到不适，他忍不住回头张望，英杨早已向盥洗室去了。

陈玄武巡视一圈，郁郁收回目光。身边的时髦女郎嗲声问："又看见什么了？"陈玄武摇摇头，举起酒杯与女郎碰杯，旋即仰脖子饮了。

"你少喝点吧，"女郎笑道，"也许他半夜找你。"

"吓破胆的人了，半夜敢出门吗？"陈玄武不屑，"跟着个废人，天天窝在房子里，快要闷死了。"

女郎轻叹："那么你不跟着他，又何来出路呢？"

陈玄武唇边闪过一丝阴笑，又喝干一杯酒，目光继续在舞厅里逡巡。他总觉得刚刚有人在看自己，却又找不到那个人。

几分钟后，英杨从盥洗室出来，溜到吧台要了杯加冰威士忌，同时借用电话。他把电话拨到展翠堂，点名找成没羽。

"你马上来仙罗莎舞厅，"英杨告诉来听电话的成没羽，"17号桌有个穿麻灰大衣的男人，带着个穿花旗袍的女人，你帮我盯着他们，看他们去哪里，是什么关系。"

✦ 十八　章台柳 ✦

给成没羽打过电话后，英杨在吧台泡了一会儿，喝光威士忌后才离开。等他回到座位上，却见何锐涛正与冯其保热闹聊天，同桌而坐的却是沈云屏。

"哟，小少爷回来了，快来快来，我给你介绍，这位沈先生你晓得吧？上海滩大名鼎鼎的沈三公子！"

冯其保忙不迭起身，拽着英杨向沈云屏道："三公子，这位是英家小少爷，你们之前见过吧？"

"何止是见过，我们在梦菲特经常比枪。梦菲特只有两位七星会员，就是我同小少爷。"

"啊！那真是太好了，大家都是老朋友！"

冯其保和沈云屏并无交集，能在这里攀上交情让他很兴奋。英杨与沈云屏心照不宣，客气着互相问好，何锐涛却道："沈三，你不要搭架子。英杨叫我杰森，为什么叫你沈先生？"

沈云屏不答，却指着何锐涛问英杨："你知道他爷爷吧？何礼贤老先生，上海头批做纱厂的！"

这话很明白了，何家也是世代官商，才能最先抓住商机。这类官商比政客还要强势，他们手上有钱，朝中有官，谁坐江山都要同他们合作。

英杨真是惊讶："原来何公子家传渊源，我竟不知道呢！"沈云屏笑道："何家的诸多故事都在我肚子里，讲出来吓你们一跳！"

这天晚上，沈云屏、冯其保、英杨轮番上阵，把何锐涛奉承得犹如身在云端，飘得下不来。九点过后，舞厅里一阵铃响，灯光忽地暗了，没等人群喧哗，却见水池蒙起浅淡蓝光，天花板上垂下或长或短的光点，此起彼伏地闪烁着。

在人们的欢呼声中，一束追光打向舞台，引出身姿曼妙的西子露。她一袭白色蕾丝鱼尾长裙，波浪长发松散披垂，每走一步便踩出银粉印记，简直美不胜收。

也不知谁起了头，舞厅里掌声雷动，直到西子露走到池中的钢琴边，掌声渐渐止住。静默一两秒后，美妙的钢琴旋律奏响，琴声悠扬舒缓，灵魂都被它洗礼了，连纸醉金迷的舞厅也变得澄静如海。

"太美了。"何锐涛喃喃道，"怎么能有这么美的人？怎么能有这么美的琴声？"

英杨很想问问他，夏巳的琵琶和西子露的钢琴，究竟谁更美些。

表演的高潮随后才到。当西子露奏出的旋律越发高昂时，静谧的池水忽然有了动静，三五个美女从水下钻了出来。舞厅再次爆出欢呼，灯光随即啪地大亮，光影交幻中，白俄美女头戴珠冠、身着泳衣，鼻翼夹着闪亮的钻石鼻夹，仿佛出水芙蓉，在水池里忽上忽下、翩然起舞。

观众里三层外三层涌在池边，兴奋得仿佛在瑶池见到王母。二十分钟后琴止舞住，西子露和白俄美女结束表演，在暴风般的掌声和叫好声里退场。

何锐涛意犹未尽，叹道："若能与西子露对坐小酌，才是人生幸事！"

"这个容易，"沈云屏笑道，"我有朋友和西子露关系不错，可以托他预约。但西子露太红了，约她的人也多，时间要紧着她。"

"完全没有问题！"何锐涛立即说，却又打听，"约她的有日本人吗？"

"你对日本人感冒吗？"沈云屏反问。

何锐涛撇撇嘴不答，沈云屏于是顺着他说："听说西子露和美国人走得近，并不买日本人的账。"

"那太好了。日本人有股臭味，是洗不掉的尸臭气！我不想美女沾上那样的臭气。"

沈云屏放声大笑，英杨倒也罢了，冯其保着实尴尬。看来这张桌上，认真给日本人卖命的只有冯其保了，不，冯其保也不是卖命，是借着日本人保命。

"等你父亲上任新中央银行，你就不必跟日本人混了。"沈云屏举起红酒杯，揭开何家的打算，"让你爹窝在伪政府财政部，本来就委屈了。"

"哪里，哪里，这都是传言，八字没一撇呢。"何锐涛一面举杯，一面假谦虚，"不过在金融界，我父亲只服气一个人，就是远在重庆的贺明晖。"

"贺明晖"三字一出，英杨的心哗地拎到了嗓子眼，却立即自嘲想，紧张什么？和你有关系吗？

可他的心不受指挥，仍旧关心着"贺明晖"。沈云屏道："贺行长还是有手段的，华兴券硬是叫他打回去了。"

"有贺明晖在，中央银行断然轮不到我父亲坐镇。而今时局如此，竟能有个新中央银行请我父亲主持，也不知是幸还是不幸。"

"这是哪里话？依我看，贺明晖很不如令尊！"冯其保接着奉承。然而这一次，沈云屏也嗤之以鼻了。

冯其保并不识相，依旧喋喋道："何少爷是金融神童，能接何次长的班！贺明晖的儿子算什么？没有名气！"

英杨蓦然被冒犯，还在愣神呢，便听何锐涛道："贺明晖的儿子叫做贺景杉，黄埔十期生，很得九战区司令长官赏识，年纪轻轻已经做到代理副团长了。"

他说着指了英杨，向沈云屏笑道："你讲小少爷像不像贺景杉？我头回见嘛，狠狠吓一跳，以为贺景杉跑到上海来了！"

"像吗？我远远见过贺景杉一次，他那时候还小，面孔什么样我记不清爽了。"沈云屏语气淡漠。

沈贺两家的不对付由来已久，何锐涛心知肚明。他不挑明，若无其事地笑道："贺明晖还有个小女儿贺景枫，这小丫头比他哥还难缠！当然冯处长说得也对，贺家儿女同金融不搭界，我虽不比他们优秀，却是做金融的。"

　　沈云屏笑问："贺小姐有多难缠？"何锐涛摆手："这位小姐厉害的，乍看温婉可人讲道理，翻起脸来凶得要死！而且特别保护她哥，谁也不敢当她面说贺景杉一个不字！"

　　"说了又怎样？"英杨忍不住问。

　　"她露出牙齿来咬你！我就被她咬过的！"何锐涛指着没有异样的手背夸张道，"我小时候说了一句'贺景杉是小狗'，差点被她咬掉半只手！"

　　大家哈哈笑起来，当作过耳不入脑的笑谈，只有英杨为之神往，很想何锐涛再说些贺家的事。可是何锐涛打住了，举杯笑道："贺家远在重庆，我们在这儿操什么闲心？喝酒！喝酒！"

　　英杨饮尽杯中酒，觉得何锐涛有点意思，有了与他长久往来的心意。

　　闹到快到十二点，四人都酒意浓重，这才各自作别。英杨走到盥洗室，先挖喉咙吐了酒，又用冷水洗了脸，接着到吧台要了杯热茶慢慢吃了，这才醒了七分酒意。

　　他开车回到展翠堂，今晚没有客人摆酒，整个院落静悄悄的。英杨先摸到梅园，吹了几声口哨，低低唤道："成没羽！成没羽！"

　　不多时，成没羽穿出梅园而来，冲英杨抱抱拳："小少爷，麻灰大衣的男人带着花旗袍女人去了左敦道18号，是个大宅子，附近警卫森严，不知是什么人家。"

　　"左敦道18号？"英杨皱起眉头，"那是魏耀方的家啊！"

　　"大汉奸魏耀方？"成没羽也吃惊，"我说怎么戒备那样严，路口有查人查车的。所幸屋后山坡有片竹林，我从林子里绕过去，也只能看见他们进了院子！"

　　"……他们进去后是什么光景？"

　　"那男人有点像司机，"成没羽回忆着说，"他拉开车门让女人下来，全程低着头。而且女人进了大宅，他没进去，只是开车到后院去了。"

　　"停车之后也没进去？"

　　"对！一直没进去！"

　　"女的不会是魏耀方的姨太太吧？"英杨喃喃琢磨，"听说魏耀方身边只带着正房、九姨太和新娶的十七姨太，这女的是谁呢？"

"小少爷想知道，我明天再去盯盯，看有没有机会。"

"那么麻烦你了！魏耀方树大招风，你做事千万小心，以你的安全为重，打听消息不着急的。"

"没关系。"成没羽咧嘴笑笑，"不过今天晚上，麻灰大衣的男人对那女的可是，嗯，不像是个司机。"

英杨明白了，便说："男人叫陈玄武，他的枪法很准。"

"能有小少爷准？我不信。"

英杨哈哈一笑，拍拍成没羽的肩膀。成没羽却道："小少爷，你若要帮手，黄仙女、金财主都可以的。这几个家伙回上海闲得难受，六爷恨得牙痒，成天叫十爷去找五爷，要把这几位送走！"

这话正中英杨心意，他眼下真是缺人。但黄仙女等人江湖习气太重，不如成没羽踏实稳重，有些事英杨不敢交托出去。

他沉吟一时，问："有没有反跟踪的高手？"

"有啊！赵科长就是！他以前在中统、军统都干过，因为看不惯上司贪墨，被踢了出来。他最熟悉军统做事那一套，很厉害！"

赵科长？英杨恍惚想起在琅琊山时，五爷佛龛后的密室里坐着的高个男人，穿着洗到发白的军用衬衫。

"他在上海吗？"

"不在，跟五爷去黟县了。小少爷要用他，我给小飞儿打个电报，叫他送回来就是！"

"好，这样最好！你抽空去打电报，把他叫回来。"

成没羽答应，英杨又与他聊了几句，这才回屋上楼了。他刚推开书房的门，黑暗里有人问："是谁？"

英杨听出微蓝的声音，不由笑道："你怎么还没睡？睡觉又不插门，是在等我吗？"

啪的一声，微蓝按亮了台灯。她在紫檀木榻上铺了被褥，齐整整睡着，这时候支起身子来，揉了眼睛笑道："你怎么又来了？不必回家吗？"

英杨走到她身边坐下，叹气道："我真不想回去，一踏进英家的门，就想到英柏洲的脸色，真是难受！"

微蓝同情他的遭遇，主动握他的手说："那么你在愚园路的房子怎么样了？"

"张七说总要五天才能行。"英杨边说边在微蓝身边躺下，"你往里面去去，让我也睡一会儿，可累坏我了。"

"你把衣服脱了吧，这样大衣皮鞋的，可怎么睡？"微蓝说着披衣溜下床来，去茶焙子里倒了温水来道，"闻着一股酒味，去哪儿喝酒了？"

"仙罗莎舞厅。"英杨脱了外衣鞋袜，钻进被子里说，"今晚可不得了，又是水上钢琴，又是水上芭蕾。"

微蓝垂下眼睫一笑，却不追问钢琴、芭蕾是什么。英杨知道她对这些没兴趣，当下接过杯子喝了水，却道："你别披衣裳坐着，会冻到的，快进被子里来。"

微蓝脸上一红："你睡吧，我去和瑰姐挤一挤。"

"几点了你还去挤人家？怕我是大老虎吗？"英杨不高兴，"另外请你懂点人情世故吧！这么晚把十爷撵出去像话吗？"

听了这话，微蓝的脸更红了，却揪衣裳站着不动。英杨叹道："我枉担了姑爷的名声都不着急，你却处处别扭着。"微蓝被气笑："你很委屈吗？"

"我委屈啊，"英杨抱住她，仰面恳切道，"有名无实，能不委屈吗？"

❧• 十九　孤雁儿 •❦

这天晚上英杨仍是"有名无实"，醒来时微蓝已不见踪影，但英杨明明记得，昨晚入睡前她是在的。

吃早饭时十爷面色有异，起初英杨并没放心上，等他喝罢了粥要告退，十爷却道："有件事不该我多嘴，现在兵荒马乱的，礼数不周也是有的。但我总要问一问，你和兰儿打算什么时候定名分？"

这是昨晚留宿书房叫十爷知道了，因此有这一问。英杨嗯嗯啊啊一会儿，悄声道："十叔，我在愚园路找到了宅子，想接兰儿同住。您看这事是悄悄地好呢，还是张扬起来？"

十爷严肃着脸想了一会儿，犹豫道："你是英家少爷，她又是老爷子的掌上明珠，论理这事办得越大越好！但现在……"

"我最怕她要走，"英杨赶紧诉苦，"她若走了，我很不好交代！否则我当然要操办起来,越热闹越好的。"

十爷苦思良久,领悟到只要微蓝不点头,他和英杨说什么都白搭,于是虎起脸说:"你办不办这事我也管不着,但是你不许对不住她!"

"十叔!"英杨委屈道,"你不相信我呀?"

十爷无言以对,半晌将筷子一丢:"行了,算我多管闲事!"

******

这天下午刚过四点,英杨接到成没羽的电话,说是瑰姐叫他送来两筒茶叶,已经到了特工总部门口,请示英杨怎么进去。

英杨情知没有什么茶叶,是成没羽打听到陈玄武的事,找过来回话的。

"我出来拿吧,"英杨于是说,"你在门口等我。"

他开车出了特工总部,果然看见成没羽等在门口。上车之后,成没羽立即道:"小少爷,真被你猜对了,昨晚那女人正是魏耀方的九姨太。"

"九姨太?那陈玄武……"

"陈玄武和九姨太关系不一般。今天九姨太出门去金楼,又是陈玄武开的车,他们在金楼里择了几件首饰,之后去了万国大酒店。"

"开房吗?"

"不,是长包房。房号是601,陈玄武去办的。"

"你怎么知道这么详细?"

"我买通了负责登记房间的服务生,他说九姨太经常来。但他不知道是谁,以为是陈玄武的家眷。"

"哪有常带家眷去酒店的?陈玄武胆子够大的,连魏耀方的九姨太也敢勾搭!"

"小少爷,我们下一步要做什么?"

勾搭九姨太这事若被魏耀方知道,陈玄武绝没有活路。以此事要挟陈玄武,论分量是够的,但没有关键证据,只怕陈玄武未必会买账。

越是机会当前,越要小心筹划。冒冒失失错失良机,以后再想搞掉魏耀方就难上加难。

英杨静气凝神想了好一会儿,才道:"你接着盯住陈玄武,什么都不干,就是盯着他。千万别叫他发觉了,宁可跟丢不可暴露!"

"是!"成没羽一口答应,又犹豫着说,"小少爷,兰小姐问我在忙什么,我把你交代的事给说了。"

"若非昨晚喝多了酒,原本我要告诉她的。"英杨说,"她有没有说什么?"

"兰小姐说,她天天闷在屋里无趣,想跟我一起盯着陈玄武……"

"啊?"英杨圆睁双目,"你答应了?"

"我不敢不答应。老爷子都不敢违拗她,我怎么敢?"

英杨无语凝噎,半响才道:"都是被你们惯坏了!她在上海乱跑很危险!现在去了哪里?"

"在魏宅附近。陈玄武今天在魏宅值班,如果魏耀方和九姨太不用车,他不会出来。"

"你赶紧去找兰儿,就说我讲的,不许她管这件事!"英杨说得斩钉截铁很有魄力,成没羽很是佩服,放眼八卦门,敢管兰小姐的只有小少爷了!

事不宜迟,成没羽领命赶到左敦道,还没到去魏家的路口,先看见了微蓝。

她换了男装,穿身酱色粗布裤褂,戴一顶灰布毡帽,打扮成卖苦力的,正靠在墙脚闲站等活计。成没羽三步并两步赶过去,正要转告英杨的提醒,却听微蓝低低道:"她出来了。"

成没羽愣了愣:"谁出来了?"

微蓝抬抬下巴:"那小丫头出来了!"

成没羽放眼望去,只见梳双辫的女孩抱着只泥黄瓷缸,从街对面卖南北货的店里出来。瓷缸格外硕大,女孩又太过纤瘦,抱着它十分吃力,走起路来一步三晃,很是艰难。

"这是跟着九姨太的小丫头啊!"成没羽认了出来。

微蓝点了点头,轻声吩咐:"你想个法子,把她的缸子打破。"

"为什么?"成没羽不由一怔。

"我在旁边卖汤圆的铺子里,听见九姨太叫她去拿定制米酒,说这米酒只此一缸,若是砸了,就要剥她的皮。"

这么凶狠的话,叫微蓝轻声软语说出来,仍旧让成没羽心底生寒。他不由忿然道:"为了一缸子酒就剥人皮?这个九姨太很不讲道理!"

"所以你打破了她的酒缸,她准定不敢回去。"微蓝道,"我看她对着九姨太直发抖,想来平时没少挨打挨骂。"

听微蓝说到这里,成没羽大致明白了她的思路,是想从这小丫头入手,问出些魏家情由来,再去同陈玄武谈判。否则只靠远距离盯梢,只怕十天半个月也没收获。"

成没羽正要答应了过去,想了想却说:"兰小姐,小少爷说了,让您别管这里的事!他说魏耀方家门口太危险,全是特务!"

"你把她的酒缸打破了,我就回去。"微蓝不紧不慢地说,"这丫头能同我们合作,就不必守在这里了。"

成没羽情知拗不过她,只得过了马路,迎着小丫头慢慢走去。等到了跟前,他猛然间直冲过去,结结实实撞在小丫头身上,把她撞得啊哟一声跌坐在地,泥黄瓷缸应声落地,啪嚓跌得粉碎,米酒的香气立时蓬出来。

成没羽满口抱歉,小丫头却充耳未闻。她呆望着地上胡乱蜿蜒的酒水,失了魂一般,喃喃自语道:"没有命了!没有命了!"

"一坛米酒而已,怎么就没命了?"成没羽赔笑劝道,"我赔给你就是,你不要哭了。"

"这酒是我们太太三个月前订下的,花钱也买不着的东西,上哪儿能赔?"小丫头泪汪汪瞅一眼成没羽,也不再理睬他的道歉,只抱膝坐着不语。

"这坛米酒多少钱?我赔你三倍的价可好?"成没羽赔笑道,"酿这酒只是费时间,并不是酿不出了。你太太拿了三倍的酒钱,不过晚三个月吃酒罢了,她必定愿意,不会责骂你!"

"你知道什么?"小丫头斜了成没羽一眼,"我家太太什么都缺,就是不缺钱!三坛酒才多少钱?她怎么看得上?这事赔钱解决不了,她会剥了我的皮!"

说到剥皮,小丫头打个寒战,仿佛刀尖已经戳到她,逼得她一轱辘爬起来,慌乱道:"我不能回去!绝不能!"

成没羽满面同情地问:"你在哪家做工?为了坛酒就要剥你的皮?这也太毒了!"

小丫头不回答,只是站着发呆。成没羽又赔笑道:"你叫什么名字?我替你想法子摆平可好?"

听了这话,小丫头道:"你能有什么办法?横竖都是个死,我可不想被她折磨死!"

她说着漫步向前走去,成没羽赶上小姑娘笑道:"是我害你砸了酒缸,就算赔钱没用,我也要尽力帮帮你。你叫什么名字?要到哪里去?"

"告诉你也无妨!我叫小莲,没有地方去,我爹妈都死啦,我是被卖到上海的。"

成没羽也是父母早亡，不由对小莲生出同情，于是说："那么你跟我走吧，我带你去个不挨打的地方。"

小莲停下来，盯着成没羽看了一会儿，问："你要把我卖掉吧？"

成没羽不料她直通通的，无奈道："怎么会？"

小莲却不在意，笑一笑说："哪怕把我卖到窑子里，我也不要回去。我们太太心里有病，不会赏我痛快死的。"她说着卷起半截袖子，露出来的小臂新伤叠着旧伤，简直没一块好地方。

"我跟你走好了。"小莲很认真地说，"你找个好些的窑子，我不会逃跑也不会偷懒，只要别打我就行。"

成没羽心下不是滋味，安慰道："放心吧，我不卖你，也不打你。我姓成，你叫我成大哥好了。"

他说着向对街看去，见微蓝偏了偏下巴，示意成没羽带小莲离开。成没羽再不犹豫，领着小莲离开左敦路，搭电车到了城门附近。

小莲见了城下岗哨，不由问："我们要离开上海吗？"成没羽摇摇头，却问："你饿吗？"

"饿。"小莲坦白说，"我很饿。"

成没羽领她进面馆，要了两碗阳春面，两个葱油饼。食物香喷喷送上来，小莲立即狼吞虎咽，吃得眼睛都直了。

"你究竟在哪家做工，弄得这么饿？"成没羽再次引她说话。小莲吞下一大口面，这才说："我家老爷叫魏耀方，你听说过吧？"

"那是大老板！大老板家下人也有油水的，你怎么会弄成这样？"

"有油水的下人都是本地人，我是被卖到上海的。进了魏宅就被拨去伺候九姨太。之前也还好，但是十七姨太进了门，九姨太就失宠了！"小莲轻声说，"她天天在屋里发火，气都出在我身上。不许我吃饭都是小事，气狠了就不让我喝水！若是我太渴了，就逼我喝她的尿！"

成没羽目瞪口呆："她这样欺负你，就没有人管吗？"

"我无父无母无依无靠，又拿不出钱来买通管家，可不是由着她作践？有一次她不让我睡觉，连着好几天不许我闭眼，我实在熬不住睡了过去，她就点着我的头发，差些把我烧死！"

小莲一面说，一面拽开领子，给成没羽看脖子上成片的烧伤。成没羽没想到有这样狠毒的女人，竟说不出安慰的话来。

"那次闹得很大，我在医院躺了好久。老爷说她精神不正常，为此更加躲着她。等我出了院，九姨太更恨我了，也越发不拿我当人！"

"你要是跑了，她会找你吧？"

"叫她找到就惨了！"小莲害怕，"或许她不知道为了酒，她肯定告诉魏老爷，说我偷了金子！"

"偷了金子？"

"九姨太打了金戒指，今天可以取货，她让我拿完米酒去拿戒指，我若不回来，她必然以为我带着戒指跑了！"

"她这么讨厌你，还让你去拿金戒指？"

"她的首饰极多，几克重的金戒指不当什么的。而且我没家也没地方去，她时常吓唬我，跑出去就被人牙子抓住，直接卖到窑子里，成天伺候日本人！"

成没羽眼珠轻转，问："是哪家金店？"

小莲掏出张粉红纸条递过来："庆祥金楼。"

纸条是张提货单子，成没羽接过来瞧瞧，在右下角找到地址记住。他交还给小莲道："这戒指千万别去拿，他们肯定守在店铺，你去了就被捉回去！"

小莲连连点头："我知道，我不贪这点金子，我只是不想再被她折磨！"

"今后不会了，"成没羽这话发自真心，"快吃吧，不够我再给你买去。"

吃罢了饭，成没羽带着小莲逛了好久，直等到薄暮沉沉，才领着她搭电车回到展翠堂。

"成大哥，这就是窑子吗？"小莲有点紧张，紧盯着展翠堂高高挑起的红灯笼。

成没羽不想解释长三堂子和普通窑子的区别。说到底这生意是瑰姐的，他跟的是十爷，展翠堂做什么样的生意，那也不关他的事。

"这里不是窑子。"他简单说，"我带你去见兰小姐，怎样安排都听她的，你别乱说话。"

小莲乖巧答应，跟着成没羽走进后门，穿过梅园到宅子后门，远远见着两个白衣黑裤的丫头，正倚着门嗑瓜子儿。成没羽认出来，高个的是夏巳，矮个子的是秋桔。

看着成没羽领了小莲过来，秋桔怯生生招呼："成大哥，这是谁呀？是新来的吗？"夏巳却不把成没羽放在眼里，翻个白眼接着嗑瓜子。

成没羽要避嫌，素来没十爷的招呼不进正屋。此时便对秋桔道："麻烦你去找瑰姐出来，就说我有要紧事。"

秋桔答应着要去，夏巳却冷冷道："秋桔，你可真不值钱，什么人都能使唤你了？"秋桔一怔，羞涩笑道："给成大哥帮个忙吧，也不是什么使唤。"

她说罢纳头跑了。夏巳知道英杨待成没羽好，因而对成没羽也憋着气，眼见秋桔不听劝跑了，她气得嘀咕："年纪不大，心思挺多。可惜都是跑腿干活的，巴结到头也是个下人。"

这话虽不入耳，但成没羽不肯同夏巳计较，只装作没听见。本来这事过去了，可夏巳不知无意还是成心，嗑着瓜子吐出皮来往前一唾，不偏不倚落在成没羽鼻子上。

成没羽皱起眉头抹掉，冷淡道："你小心一点。"夏巳却还要犟嘴："你自己要撞上来怪谁？该小心的是你！"

她说罢了又嗑一枚瓜子，指头捏着瓜子皮照准成没羽丢过去。刚才还能说无意，这回真正是故意了！成没羽往后撤一步，沉默着没有发作。

夏巳越发得意："下人罢了，还指点别人小心呢！"

小莲跟着成没羽逛了一下午，觉得他人又帅心肠又好，很不高兴他被欺负。眼看夏巳白衣黑裤像个婢女，她忍不住轻声道："好像你是上人似的。"

夏巳终于找到发脾气的由头，指着小莲骂道："哪里来的野货，在这里嚼舌头！"小莲不敢顶嘴，往成没羽身后躲了躲，紧张地看着夏巳。

然而夏巳在展翠堂霸道惯了，一点小事便要使出全身力气来计较，这时不依不饶，一手拽住小莲往外拖，一手扬起来，就要抽小莲的脸。

成没羽看不过去，攥住夏巳的手腕低喝道："住手！"夏巳要挣，可哪里挣得过成没羽？她用力太过，脚下不稳反倒绊个趔趄，直气得胸脯起伏，就势跌在地上怒道："你打我！"

成没羽还没答腔，便听着有人悠悠道："哟，谁敢对夏巳姑娘无礼啊。"

这个替夏巳说话的不是别人，正是何锐涛。他今天穿套淡蓝深绿的格子西服，颜色撞得花哨夺目，在昏暗的楼梯间里闪闪发光。

二十 独倚楼

外面完全黑了,楼梯间昏黄的灯光下,何锐涛似笑非笑地走过来,打量着成没羽不说话。

成没羽十分机警,他早看出英杨在笼络何锐涛。见此人要为夏巳出头,成没羽心知不好,想着要尽快脱身。

然而见何锐涛来了,夏巳非但不哭闹,反而掸尘起身,冷着脸说:"何公子楼上请坐吧,我叫瑰姐准备酒菜。"

她说着便走,却被何锐涛一把拖住。

"别急着走啊,"何锐涛道,"谁欺负你同我讲,我叫他跪下来叩头,给你赔罪!"

夏巳一双清水眼幽幽放光,盯着何锐涛似嗔非嗔地说:"我可不敢!"

何锐涛被她盯得又爱又恨,喃喃道:"你不敢,我却是敢的!不叫他跪下给你磕头,我就枉做了人!"他说罢扯嗓子叫起来,"瑰姐!瑰姐在不在!有活人吗!"

他的喊声未休,楼梯上一片山响,瑰姐闻声下来了。她看见成没羽愣了愣,旋即堆笑上前道:"哎哟!何少爷来了!怎么不先来个电话?灶上没备着像样的小菜呀!"

"小菜等会儿再说,我先问你件事。"

"何少爷什么吩咐?"

何锐涛指定成没羽:"这只乌龟动手殴打夏巳,这事怎么个说法?"

瑰姐不作他想,已认定是夏巳作出来的。她不想开罪何锐涛,又要回护成没羽,于是和稀泥:"他们日常闹着玩呢,何少爷别当真了。"

"哟!"何锐涛睁大眼睛,"这堂子里的姑娘,平时还同乌龟拉扯着玩呢?对客人规矩老大,这不行那不行,原来是关起门来自家开心!拿我们当冤大头吗?"

这种话特别拱火,瑰姐不悦道:"何少爷,我们开门做生意许多年,从没有客人自称冤大头!你哪能这样讲?"

她说着递眼色给夏巳,示意她帮帮腔。夏巳一门心思要成没羽难堪,哪里肯上前帮腔,这时候横了颗心低头咬指甲,假装没收到瑰姐的信号。

"以前没有冤大头,我来了就有啦。"何锐涛闲闲道,"你们这清倌人身价昂贵，要包下她，不论其他先摆三十天的台面！结果我捧金捧银养出来的人，给个乌龟打跌在地上，这算什么？"

他一口一个"乌龟"，听得瑰姐心头火起。

说起来瑰姐身世可怜，十三岁被卖到长三书寓，遇到个青帮流氓，非要将她抢回去做姨太太。十爷看她还是个孩子，忍不住出手相帮，把那个流氓教训了一顿。

那时候八卦门"四杀"在上海名头响亮，等闲流氓不敢同"四杀"舞弄，因此保下了瑰姐。十爷守她到十八岁，才将瑰姐赎出来，又替她盘下展翠堂主持。

从十三岁起，瑰姐就当自己是八卦门的人，在她心里，成没羽就是自己的家人。如今何锐涛骂成没羽，就仿佛在骂她，瑰姐这老鸨儿当了许多年，其实年纪不大，因此心气也高，火气也旺，按捺不住冷笑一声，张口就要骂人了。

却在这时候，小莲排众而出，走到何锐涛面前咕咚跪下，以额触地磕了三个响头，仰面道："大爷，千错万错是我的错！这姐姐骂我是野货，又要动手打我，这才被成大哥拦住，错了劲叫她跌在地上，绝没有刻意殴打她。"

她说着停了停，又磕个头，道："然而大爷说得对，开门做生意不能责怪客人。事是我惹的，我磕头认错，大爷消消气吧！"

小莲细声细气的，却把事情说得清楚，听来就是夏巳惹事。瑰姐猜中剧情，脸上刚有得意之色，夏巳却冷冷道："好好的，我做什么骂你是野货？"

何锐涛立即附和："对！你不惹她，她为什么骂你？"

瑰姐实在看不下去，夹枪带棒劝道："何少爷，堂子里人多，日常嗑牙拌嘴的都是小事。您身份贵重，何必裹进琐碎里？弄得站在这吃冷风，又是何苦来哉？"

何锐涛替夏巳出头，所为不过博得美人心。他以为成没羽无足轻重，瑰姐必定向着自己，逼着成没羽磕头认错便过去了。谁知瑰姐说来说去一堆道理，就是不肯向成没羽说句重话。

这么简单的事，瑰姐愣是不懂，何锐涛原本装装样子的生气，渐渐化作真实恼火。他板住脸正要撕破面皮，却听走廊里有人细声慢语问："瑰姐，是你在前面吗？"

瑰姐闻声回眸，只见微蓝从昏暗处一步步走来，走到灯底下站定，微笑道:"后廊的灯太暗了,远远看着像你,又不敢认呢。"

瑰姐见她来了,立即收了齿爪,秒变贤妻良母,温声笑道:"你要什么叫她们送去就是,做什么自己跑下来?"

"我成天坐着难受,因此下来走走。"微蓝美眸轻转,盯住何锐涛又笑笑,"我是不是冲撞了客人?"

她说话不急不躁,七分笃定托着三分娇羞,嘴里说着不敢冲撞,声音里没有半分慌张。

何锐涛自认是风月场中的老手,但又何曾见过这样的人物。他脑袋里关于夏巳的事被抽剥掉一半,忍不住搭话:"不错,你真正冲撞了我!我在这里讲事情,你为什么要转出来?"

瑰姐瞧他没正形,立即拦了话头向微蓝道:"你走后楼梯就不是冲撞!正经客人哪能堵着后楼道?"

微蓝的美貌犹胜夏巳,这也罢了,她那不慌不忙的气度着实令何锐涛神迷。他像忘了恼火,哈哈笑道:"瑰姐说得对,应该是我抱歉!我是不正经客人!相请不如偶遇,这位姑娘是谁,瑰姐给介绍介绍。"

"这是我远房表妹,住两天就走。"瑰姐连忙打岔,"何少爷,小丫头惹了夏巳,她已经磕头认错啦,您大人大量不要计较了好吧?"

"做啥要小丫头认错?谁打人谁认错好吧?我要这个乌龟认错!"何锐涛终于想起正事,指定成没羽道,"他动手打夏巳,就要他给夏巳磕头认错!"

眼见这家伙又绕回去了,瑰姐气个倒仰,差些没背过气去,却一句话也说不出来。

微蓝见了,伸手托了小莲一把,款声道:"我同你讲过的,在家里人人都让着你,出来要懂事情!我们来投靠表姐,怎么还要惹出麻烦来?"

小莲并不认识微蓝,听她温言软语同自己讲话,不由心生好感。后楼道灯色昏黄,微蓝的黑眼睛却清澈湛亮,引得小莲下意识道:"是的,是我错啦!"

微蓝转眸,冲何锐涛恬然笑道:"先生,这丫头是我从乡下带来的,粗野不懂事体,这才冲撞了城里的贵人。那么,我替她赔个礼吧?"

她穿件粉白小袄,配着清头挂面学生头,像朵出岫轻云似的站着,嗲兮兮娇滴滴,边说话边微微躬身。何锐涛看着她,魂魄全部飘散进梅园去了,只像老僧入定一般,傻站在楼梯底下。

夏巳早看明白,暗骂何锐涛十八代祖宗,只恨男人都靠不住!瑰姐却心虚得要命,情知兰小姐在她这里叫人占了便宜,那她也不必活着了!

就在这紧要关头,英杨夹只皮包一步跨进来,脱口道:"咦,这许多人!站着做什么?"

瑰姐念一声佛,赶紧道:"小少爷,你怎么才回来?"英杨听出瑰姐语气,知她情急,却先向何锐涛笑道:"何少爷,这是怎么了?展翠堂这样大,为什么堵在这里?"

"你来得也巧,给我评评理看!我今晚上来给夏巳捧场,结果撞见这乌龟动手打人,我要不要问个道理?结果瑰姐偏心呢,不许我问!"

英杨不信成没羽会欺负夏巳,但跟何锐涛讲道理,那是自寻烦恼。他顺着何锐涛道:"这当然是展翠堂欠妥!客人真金白银捧的姑娘,怎能叫人随便打了?"

何锐涛立即高兴:"对!还是小少爷明事理!这些人夹七夹八,讲东讲西,就是不肯认错!"

"那么我替他们认个错,"英杨笑道,"森少,咱们来是求快活,做什么生气?走!走!我陪你上去喝两杯,叫夏巳来奏一曲吧!"

何锐涛不得不给英杨面子,被劝着上楼去了。事情好不容易了结,瑰姐先安慰成没羽:"这些少爷公子的都少根筋,你不要放在心上。"

成没羽点头称是,却看向微蓝。微蓝晓得他有话要讲,便向瑰姐道:"瑰姐,我去梅园逛逛,就不耽误你们了。"瑰姐正要盘问小莲从何而来,见微蓝拉着小莲,以为是她带来的人,索性也不问了,只叮嘱微蓝不要冻着。

眼看微蓝等三人进了梅园,瑰姐松口气,扯手帕揩揩脸上的粉,剜一眼夏巳:"你找我麻烦就罢了!若是麻烦找到十爷头上,死都不知怎么死的!"

"成没羽是十爷吗?"夏巳翻个白眼,"下人罢了!"

"他成家兄弟在八卦门是半个主子!老爷子都宠着让着,十爷能为了你责罚他?今天亏着英杨来了,否则你怎样收场!"

"我看不是小少爷救场,"夏巳不服,"是你表妹能耐大!"

瑰姐虎起脸:"少扯我表妹!明话告诉你听!展翠堂宁可得罪何锐涛,也不能叫成没羽给你认错!请你拎拎清爽,不要脑子稀昏!"

她说罢啐一口,拎着手帕上楼去了。夏巳独倚楼梯站着,半晌自语道:"我当然清楚,我是连狗都不如的!"

****

却说微蓝走到梅园深处，这才驻步转身，望着成没羽问："是什么事？"

成没羽知道她要假作不知，连忙配合道："这丫头叫小莲，是在魏耀方家伺候九姨太的。她早上出门买米酒，叫我不小心撞翻了。我本来讲赔钱给她，她却说砸了米酒要被剥皮，怎么都不肯回去了。"

"一缸子米酒罢了，就要剥人皮？"

"那不是普通的米酒，"小莲怯生生道，"是九姨太提前三个月订下的，叫做月桂引。有钱也买不着，现在订还得再等。九姨太脾气不好，她说剥皮就是要剥的。"

"你把袖子卷起来，给兰小姐瞅瞅伤。"成没羽提醒。小莲卷起衣袖，成没羽又道："后颈子烧伤一大块，简直不能看，都是九姨太做的！"

微蓝看了直皱眉："她这样打你，你为什么不跑？"

"我是被卖到魏老爷家的，跑了也没地方去。若不是被她折磨得受不了，我今天也不敢跑的。"

微蓝沉吟一时，又问："你是哪里人？"

"我也不知道。"小莲咬咬嘴唇，"我从记事起就被卖来卖去，先前在苏州乡下，后来打仗了，又跟着主人家逃难到上海，结果刚安置就把我卖到魏家……"

微蓝见问不出什么，便向成没羽道："你带着她并不方便，让小莲跟着我吧。"

"那再好不过了，"成没羽喜道，"这孩子也机灵。"

"魏家丢了个用人，只怕不会轻易罢休，他们不会查到展翠堂吧？"

"我带着她绕了一下午才回来。除非有人刻意跟着我，否则不会发觉的。"

微蓝沉吟不语，小莲却道："我是伺候九姨太的，只要她不讲，魏家就不知道我丢了。最近老爷偏疼十七姨太，九姨太失宠闹了几次，惹得老爷越发厌烦。丢了用人老爷必定生气，又要责怪她，我猜九姨太不敢讲。"

微蓝听她心思灵活，口齿又清楚，叹道："你这么个聪明丫头，为什么招九姨太讨厌，要把你打成这样子？"

"她不敢欺负别人，"小莲眼里蒙起泪花，"只有我是孤儿，没人帮我说话，由着她打骂。"

微蓝抬头看看天色，说："你们还没吃晚饭吧？我们出去找地方吃点。"

成没羽知道微蓝还要问事，立即接上道："前面有间酒馆还算干净，我们去那里吧。"

二十一　金缕词

成没羽说的酒馆叫"陆记"，距离展翠堂百十步，开了很多年。陆记有个小包间，清静隐蔽，很适合说话。

老板与成没羽相熟，见他来了直接引到包间里，道："今天有大黄鱼，小哥要不要来一条？"

"我们就三个人，你看着点吧，清淡些不要太油腻。"

老板答应着自去。等菜的工夫，微蓝问小莲："魏老爷家爱吃什么菜？"小莲摇了摇头："我也不知道。"

"九姨太不给老爷做饭吗？"

"她一来不会做，二来做了老爷也不吃。老爷吃东西讲究呢，之前在九姨太屋过夜，晚上要宵夜来，也叫九姨太先尝过，老爷才肯吃。"

"九姨太要替魏老爷试毒吗？"微蓝笑问，"你们九姨太能愿意？"

"她当然不愿意，她肚子里窝着气，成天就拿我出气！"

"外头都讲魏老爷宠九姨太，除了正房太太，就是肯把她带在身边。"

"宠也没用，九姨太不生孩子的。她急得要命，到处看中医吃方子，只是不见效。她半夜在床上坐着叹气，说没孩子就没钱，老爷死了她什么也没有。"

话说到这里，老板送菜进来，是糖醋大黄鱼、荷叶粉蒸肉、肉末酿茄子，外加一碗开洋冬瓜。微蓝见小莲望着菜咽口水，便给小莲夹菜，让她多吃。

小莲哪里受过这待遇？九姨太喜怒无常，伺候她常要误了饭点，饥一顿饱一顿的，这样满桌菜好好摆着等她来吃，只在梦里出现过。

她顾不上客气，抓起筷子先捡块肉塞进嘴里，烫得稀稀溜溜却舍不得吐。成没羽看着心酸，说："你慢些，要吃什么都有，不必着急。"

小莲艰难吞下肉，冲成没羽笑笑："成大哥，幸亏你今天撞翻了米酒，否则我还在魏家挨打呢。你真是好人，小姐也是好人，你们都是好人，除了那个……"

她话到嘴边忽然塞住了,微蓝不由问:"除了谁?"小莲勉强笑笑:"除了那个姐姐,还有护着她的少爷!"

"过两天我就要搬出去啦。你跟着我,再不用看见他们,把这事忘了吧?"

小莲认真点头:"小姐,我要把之前的事都忘掉,好好过日子。"

"把以前的事都忘掉?那可不行!"微蓝半玩笑半认真道,"我喜欢听你说魏家的事,太太姨太太打架,老爷今天宠这个明天宠那个,这些热闹比小说都好看!"

"小姐也爱看小说吗?"小莲吮着筷子说,"九姨太也爱看,她特别喜欢张恨水,一边看一边抹眼泪呢。"

"啊!你们九姨太认字吗?"

"她何止认字?还上过女高呢!她爹爹以前做炒货生意,家里环境不错,不知什么事欠了老爷的债,这才把女儿抵送了。老爷偏宠九姨太,也为着她又识字又会西洋画,带出去应酬脸上有光呢。"

微蓝听得频频点头,脑子里已有了老夫少妻的画面。她在这里寻思,小莲已经吞下一碗饭,吃了半条大黄鱼。

成没羽用筷子夹住鱼头鱼尾,要给它翻个身。小莲却道:"这鱼不能翻身,不吉利的!"

"船家才讲究这个,你又不是船家。"成没羽笑道。

"不跑船的不讲究吗?"小莲失笑,"也是,陈大哥之前混码头的,所以他特别讲究。"

微蓝立即抓住了话头问:"哪个陈大哥?"

"老爷的司机兼保镖,我只知道他姓陈,九姨太讲他枪法特别好,跟着他出去很安全,因此每次出门都要陈大哥开车。"

"她用了陈大哥,老爷出门怎么办?"

小莲顿了顿,习惯性压低声音:"这事真不能说出去!我们老爷不敢出门!外头都讲他是汉奸,说是有很多人,躲在墙角啊楼房顶啊树丛里头,又或者扮成拉黄包车的、卖报纸的、唱戏的,总之是要他性命!他哪里敢出门呢?"

"那陈大哥,就是九姨太的专属司机兼保镖了?"

"可以这么说,总之陈大哥不在,九姨太不出门。"

"魏老爷待九姨太真好!他自己不安全,还把这么厉害的保镖拨给九姨太用!"

小莲却摇摇头:"我听陈大哥同九姨太讲,自己枪法比谁都准,老爷却不器重他,不肯将生意交给他去做,只把他当司机看。"

"那么让九姨太帮着说话呀!"

小莲悠悠道:"她不吹风只怕还好些。"

微蓝不吭声,等着她往下说。果然小莲又道:"九姨太看了几年的医生,吃了数不清的苦药,最近有效果了。"

微蓝心里一动,对成没羽道:"你问问老板有什么汤,加份汤来喝。"

成没羽起身出去了,微蓝才低低问:"她怀孕了?"

"我只知道她两个月身上没来了。"小莲道,"但是老爷,也有三个月不到九姨太屋里来了。"

******

微蓝在烧菜的顾嫂屋里加了张床,安顿小莲住下。

她弄妥了上楼回书房,看见英杨正倚在榻上喝茶。微蓝还没靠近他,先闻着冲天的酒气,不由道:"这是喝了多少酒?"

"何锐涛拽着我不放,转着圈儿打听你是谁。"英杨喝得面红耳赤,"魏书记,你坐在屋里就是,何必去管闲事?这里是旧式堂子,并不是根据地田间地头。"

微蓝脸上作烧,岔开了道:"我去叫厨房做醒酒汤。"

"你别走。"英杨一把捉住她手腕,把人拖到面前,揽住她的腰道,"夏已做什么欺负成没羽?是不是冲你来的?"

"那真不是,你莫冤枉她。"微蓝笑道,"是为了小莲。"

"哪个小莲?那个生面孔的丫头?"英杨皱眉问。

"她是成没羽捡回来的,魏耀方九姨太的婢女!"

一听"魏耀方",英杨哎呀一声,酒醒了大半,连忙追问小莲的来历。微蓝把小莲的来历说了,英杨沉吟道:"九姨太和陈玄武的事最好能问问小莲。"

"小莲说九姨太有了身孕,但魏耀方三个月没进她的屋,你说这孩子……"

"是陈玄武的?"

微蓝点头,又道:"今天上午我看着成没羽领小莲走了。他们刚离开,有流浪狗来舔食地上的米酒，你猜怎么着！"

英杨心里打个突："狗被毒死了？"

"你怎么猜到的！"微蓝略有不服。

英杨笑起来："瞧你神秘兮兮的，我就往最惊悚的猜去。"

"狗被毒死了，说明那坛酒有毒！你再猜猜，是谁下的毒？"

"有两种可能，一是魏耀方知道了九姨太的奸情，在她订好的酒里下毒！二是九姨太知道自己怀孕了瞒不住，因此订了毒酒，想把魏耀方毒死！"

"会不会有第三种？陈玄武知道九姨太有孕，他怕事情败露被魏耀方处置，因此往九姨太订好的酒里下毒！"

屋里静了静，英杨喃喃道："若是如此，此人也太过心狠了。"

"所以你同他打交道千万小心，"微蓝道，"这人绝不会老实合作。"

英杨点点头："他若是配合我们狙杀魏耀方，我会尽全力保着他和九姨太远走高飞。但若不配合，也不能怪我了。"

"另外，成没羽还有收获。这是小莲给他的取货单，九姨太在庆祥金楼打的戒指。"

"太好了。"英杨接过单据道，"我明天就去庆祥金楼看看！"

******

第二天上午，英杨带成没羽直奔庆祥金楼。

这间金店挺有派头，店堂里摆着三四只玻璃柜台，陈列着各类金银首饰。英杨指了只赤金方戒叫伙计拿出来看。

伙计掏出戒指奉上，英杨接过觉得不对劲，戒指轻飘飘的根本不是纯金，是铝皮贴金纸的玩具。

"这是十足真金吗？"

"先生，您先看准样式，样子满意我们有真货的！现在谁敢把真货摆出来？会被劫掉的啊。"

"那么我还要成套镶钻的首饰，你也有假样子吗？"

"您稍等。"伙计说罢走出柜台，仰面冲楼上唤道，"老板！客人要看镶钻的！"

"要看镶钻的啊？楼上请，楼上请！"

老板人未到声先至，一边热情招呼一边赶下来迎接。这店的二楼是骑楼，沿着四周加盖的一圈，楼板颤巍巍的，上面走人下面落灰。

英杨示意成没羽在楼下等,自己跟老板上楼去了。这老板生得面皮白净,满脸生意人的精明。他把英杨让到沙发上坐好,亲自沏茶送上,赔笑道:"先生是给太太置办呢,还是给小姐置办?"

英杨想了想微蓝,说:"给小姐置办。"

"哦,我这里刚到了两套货,一套粉钻的,一套蓝宝石的,都是法国最新的样式,俏皮漂亮,小姐笃定喜欢。"

"那最好了,你拿出来看看吧。"

老板高兴着去开保险柜,从里面拽出两只黑丝绒板子,小心翼翼捧过来。那套粉钻的倒罢了,那套蓝宝石的真漂亮,像把大海的心挖出来用链子串了,钉在黑丝绒上,闪着幽深莫测的光。

"这个只有项链吗?"英杨问。

"还有耳环和镯子,一套的。"老板笑眯眯回答。

"给我包起来。"英杨脱口说,并不问价钱。老板见他爽快,贪心不足道:"先生,我还有顶级的黄钻,亮得很,戳得眼睛都睁不开,您要不要看看?"

"好啊,"英杨假作随意道,"九姨太讲你们家有好东西,果然没介绍错!"

"啊呀,原来是九姨太带来的客人!先生哪能不讲呢?九姨太这块招牌亮出来,价钱好说的!"

这老板提到九姨太如此兜揽,说明小莲出走并没有闹到金店来。按说用人跑了,头件事就该到金店来打招呼,不要损失掉新打的戒指,为什么不声不响呢?

除非这戒指不能被提起。

英杨振作精神,看着老板从保险柜里拿出一粒雪亮的裸钻,不由奇道:"这还没有镶呢?"

"好东西不敢镶的,镶错了卖不出价钱。先生如果看中了,我们有很多样式的,包你镶到满意的。"

"那么这钻我要了,也放在你这里镶,请你用心点打理,我要订婚用的。"

老板一迭声"好好好"。英杨掏出支票簿来,道:"我今天把蓝宝石的带走,黄钻付定金给你,你叫银匠画出最新的款式来,过两天我未婚妻来挑。"

老板点头答应,又忙着打包,又忙着写单子收定金,英杨故意在这时候问:"九姨太最近订了什么好东西?"

111

"她打了一对金戒指，龙凤方戒。"

"今年流行方戒，男的女的都要戴。"

"正是呢！去年讲鸡心好看，鞋子上的挖孔都要鸡心！今年又要方戒指，风头转啊转的。"

"老板，九姨太的方戒什么样子？我也想打一对。现在订婚嘛要中要西，金戒指金镯子也不能少。"

听说又要来生意，老板想也没想，笑嘻嘻道："先生等一下，我这就拿给你看。"

他说着取出一只丝绒盒子，打开了递过来："就是这样子，一龙一凤，戒指里能刻字。"

"刻什么字？英文名字吗？"

"不啊，刻中文的！"

英杨拿起戒指细看，龙戒内圈刻着"媚"，凤戒内圈刻着"武"。他心下有数，微笑着送还戒指，说："谢谢你。"

不多时，英杨从金店出来，转过街角找到成没羽，道："九姨太打的是龙凤戒指，上面刻着名字，你找人把戒指拿出来。"

成没羽带了两个青衣人来，这时叫他们拿提货单去金店，很快把戒指取了回来。英杨在车上打开，拿了龙戒给成没羽看："抽空问问小莲，九姨太的闺名里，有没有一个媚字。"

二十二　念奴娇

等回到展翠堂，英杨捧着首饰盒子进书房，见瑰姐和微蓝坐着说话，小几上摆着花生瓜子，堆着些橘子皮。

见英杨进来，微蓝先笑道："你回来晚了，特别甜的橘子被吃完了。"英杨放下纸盒佯嗔："你不想着我，不替我留着就罢了，还要说出来炫耀！"

瑰姐一笑起身："小少爷今天回来得早，不耽误吃晚饭。我去厨房瞧瞧，不在这里妨事。"

英杨和微蓝有些不好意思，由着她走了。等瑰姐脚步声消失，英杨回身笑道："我给你买了些东西。"

微蓝早看见那几个盒子，听提到便说："我在上海留不了多久，不必置办些用不着的……"

她越说声音越低，渐渐没声了，因为英杨把蓝宝石戒指送到她面前。这东西着实可人，微蓝也被吸引了，不由叹道："好漂亮。"

"你戴上试试。"

英杨拉过微蓝的手，要把戒指套在她中指上，可是小了，只得换了无名指试试，却是正好。

"真好看。"英杨表扬道。

微蓝不觉得好看。她在根据地帮老乡干农活，把手指弄得粗糙，只留着曾经纤长如玉的影子。她黯然缩回手："怎么想起来的，要去买这花哨东西？"

"没看你戴过首饰，我想，别人有的你也要有。"英杨撩起微蓝的头发，看看她的耳垂说，"没有耳洞呢，明天请瑰姐替你打出来。"

"要那个做什么？"微蓝失笑道，"回到根据地用不上，它又长实了。"

"那么我买的这些都没用处了。"英杨捧过整套来，"你看这项链，宝石心子墨黑的，太美了。"

微蓝望着眼前的丝绒盒子，它打开珠光宝气的世界，与自己格格不入。她娘常年病着，没心思摆弄首饰，也没精力打扮微蓝，由着她混在男人堆里。可微蓝究竟是女孩子，天性里也爱这些亮晶晶的。

英杨初次造访汇民中学，带去的百合是微蓝第一次收到的花，粉红瓷白的喷香百合，娇艳得让人挪不开眼。微蓝当时表面镇定，心底却起了小小波澜。

她在根据地是魏书记，在英杨眼里却是普通女孩子，本就该喜欢花朵、喜欢珠宝的。

"没有机会用到呀。"微蓝依旧这样讲。

她穿着天水碧波纹旗袍，低头拘谨坐着，仿佛珍宝首饰比枪炮更可怕。这样子让英杨意气上头，不由握住她的手说："我们结婚吧！"

微蓝从不敢想结婚，能和英杨共度的时光都是偷来的，哪里敢想结婚？这两个字从英杨嘴里蹦出来，她本能地逃避说："你今天去买首饰肯定有别的发现，快说给我听听！"

英杨知道她在躲，也知道她为什么躲。短暂沉默后，英杨还是选择了顺从，微笑道："你想得不错，今天有大发现。"

"是什么事?"

"九姨太在庆祥打的不是一只戒指,而是一对龙凤方戒!戒指上刻了字,一个是'武',一个是'媚'!"

"'武'是陈玄武,'媚'是九姨太的闺名?"

"应该是这样。如果证实九姨太的闺名有个媚字,我就可以同陈玄武摊牌!"

"你拿到戒指了吗?"

"当然!"英杨拿出龙凤戒,"如果陈玄武不承认,我就把这个给他看。陈青龙宽限郁峰三天还钱,明天就要到日子了,我今晚必须见见沈云屏。"

"见他干什么?"

"他想让我身在曹营心在汉,多少得出点血吧。"英杨笑着收起龙凤方戒,"要陈玄武干活光威胁不行,还要利诱。这个利得沈云屏出。"

"那你不在家吃晚饭?"

微蓝顺口说出的这句话,却让英杨心里一暖。"家"这个字,要有微蓝在才有意义,他于是柔声说:"愚园路的房子明天就完工,可以往里抬家具了。我在卧室里装个保险箱,专门给你摆珠宝首饰,好不好?"

微蓝想说"好",又有些不好意思,便笑道:"你要出去就快些,只站着说不完!"

"我这就走啦。"英杨冲微蓝挥挥手,拉开门走了。等他的脚步声在楼梯上消失,微蓝对着灯细看手上的蓝宝石戒指,它真的很美,像星空下沉静的海。

******

成没羽在后门撞见英杨,忙说:"小少爷,小莲说九姨太的闺名叫艾媚。她很喜欢这名字,时常向用人们炫耀呢。"

"太好了!你这回可立了大功!"英杨高兴道,"若非你把小莲捡回来,魏耀方家还是铁桶一只无处下手呢!"

"这不是我的功劳,是兰小姐叫我办的。"成没羽道,"她在早点铺听见九姨太说话,知道小莲要去拿酒,于是让我冲上去把酒缸打翻。"

英杨这才知道,偶遇小莲是微蓝的主意。虽然微蓝出手一个顶俩,但英杨不希望她操心,太危险。

他告别成没羽走出展翠堂,到街角的烟杂店打电话去右罗小馆,铃响三声后，传来郁峰低沉的声音："哪位？"

"是我，我今晚想去你那儿吃饭。"英杨按约定说，"三公子在吗？我也想见见他。"

电话里沉默了一会儿，郁峰说："好，你来吧。"

英杨挂上电话，暗想自己临时要见沈云屏，郁峰竟不推拒，可见刺杀魏耀方有多么重要。

******

右罗小馆是间西餐厅，餐桌铺着雪白的桌布，配着绿色皮面坐椅，显得干净整洁。

现在是饭点，屋里有两三桌客人，厨房传来炙烤面包的香气，橙色灯光与朦胧音乐都恰到好处，只是没有服务生出来招呼。英杨正没奈何，便听着楼梯轻响，郁峰下来了。

"英处长晚上好。楼上请吧，给您留好座了。"

郁峰不紧不慢，仿佛英杨只是熟客。他把英杨带到二楼包间，屋里，沈云屏倚在窗边抽烟斗。

"小少爷来了？"沈云屏转顾笑道，"酒菜已备好，快请入座吧。"

英杨客气两句坐下，桌上摆着一瓶红酒、一篮面包和一盆水果。郁峰随即进来，送上刚煎好的牛排。

"牛排是我带来的，"沈云屏斟着酒说，"保证新鲜。"

英杨假作不经意问郁峰："你欠的债还了吗？"郁峰飞快溜一眼沈云屏，含糊着支吾两句，推说要上菜转身走了。

屋里安静下来，沈云屏笑问："有什么大事吗？这么急着见我？"英杨切着牛肉说："是关于魏耀方的事，我不敢耽搁，要第一时间找你商量。"

听说是魏耀方，沈云屏明显有兴趣，催着英杨快说。英杨把陈玄武与九姨太的事讲了，末了道："我打算拿着戒指找陈玄武摊牌，但是想让这人做事，没钱是不行的。"

沈云屏放下刀叉，摸摸胡子问："要多少钱？"

"准备他狮子大开口，黑市价翻个倍吧。"

"要这么多？"

"这钱买的不只是魏耀方的命，还有陈玄武的命。认真算起来，还有九姨太和她肚子里的孩子。"

"有点道理，"沈云屏龇牙挠头，"我能不能还价？"

英杨望着他笑笑，不说话。

"小少爷给个机会吧，打个八折。"

"这我说了不算，要等陈玄武开口。不过沈先生的价位我清楚了，明天同他谈判往这靠就是。"

"你弄个什么由头去找他呢？"

"既然沈先生问到了，我就要替郁峰说句话。"英杨笑嘻嘻道，"郁峰算是忠心耿耿，忧国忧民了！没有他借高利贷，我也拎不出陈玄武这根线！"

沈云屏听说郁峰借贷买黑市情报，不由冷哼道："我早就讲过，不许在黑市买情报！买到假的还好说，买到圈套可是往里填性命！你不要替郁峰说情，十万块他自己出！我不管！"

"那我明天没由头去见陈玄武！陈家兄弟不会放过郁峰，非常时期人手紧张，郁峰总比十万块要值钱！"

沈云屏像是被说动了，品着酒不吭声。

"你怎么管下属是你的事，但刺杀魏耀方是我的任务，这任务现在不能完成，你不管我也不管了！"

听他要撂挑子，沈云屏蓦然抬眉，眼角逸出一缕杀气，英杨却不怕，毫不退缩盯着沈云屏。刹那之间，沈云屏隐了杀气笑道："不就十万块钱吗？给你！再拨给你十万法币经费，行不行？"

"这钱不算在陈玄武的酬劳里吧？"

"不算！"

"好，"英杨满意笑道，"跟着沈先生做事爽气。"

沈云屏向英杨举杯："预祝成功。"

英杨举杯与沈云屏清脆一碰，道："放心吧。"

饮尽杯中酒，沈云屏道："你不会亲自去见陈玄武吧？"英杨怔了怔："您的意思让谁去？"

沈云屏笑一笑："我只是想提醒你，对男人来说，女人和孩子有时候没那么重要。万一陈玄武走个险招，先向魏耀方自首摊牌，那你怎么办？"

英杨早想好了怎么办，但他不想告诉沈云屏，只是说："和陈玄武谈判必须我亲自出面，别人弄不了。"

沈云屏之前拉拢英杨，只是想借中共除掉魏耀方，现在他真心希望英杨能加入军统,与自己同一阵营。

"给你个小物件。"沈云屏掏出一只镀金壳打火机,"这玩意表面是只火机,其实是个照相机。打火时触动快门,胶卷藏在机匣里。"

英杨接过打火机,发现它太眼熟了。

"如果没记错,捏这个'福'字能弹出小刀。"英杨边说边揿下打火机正中镂空的"福"字,嘭地应声弹出小刀。

"你怎么知道的?见过呀?"

"是的,秋老板给过我一只,但我……"英杨咽下送给骆正风的事实,转而道,"但我嫌沉,没有用。"

"这东西其实鸡肋。打火机送给目标人物要设法拿回来,才能取出里面的胶卷。冲洗后,根据目标人物见过的人,去过的地方,分析可能存在的情报。"沈云屏道,"笨法子,但有时候也管用,总比毫无线索要好。"

"你想我送给陈玄武?他会用吗?"

"弹出小刀能吸引他携带打火机。毕竟在乱世,谁不想身上多把刀呢。"

"他就不会把打火机拆了?"

"见到你之后,他应该没心思拆打火机。"沈云屏微笑道,"同魏耀方的姨太太通奸,实在是件大事。"

二十三 掷金钱

与沈云屏告别时,英杨说:"我女朋友回来了,我打算带她住到愚园路去。"

"你是说那个美术老师?出现在浅间日记里的人?"

"对,她叫金灵,原先是汇民中学的美术老师。去年秋天她姑母病了,把她叫回苏州乡下,现在姑母病情好转,她可以回来了。"

沈云屏切着牛排问:"她不是你们的人?"

"不是。她给冯其保的女儿做家庭教师,冯太太保媒认识的。"

"有缘分,就是配不上你的身份。"沈云屏笑道,"本来我有个人选,想介绍给你的。"

英杨一怔:"谁呀?"

"林想奇的女儿林奈。"沈云屏眨眨眼睛,"小少爷,婚姻要互惠互利,金小姐对你毫无帮助。"

英杨正要驳斥,沈云屏却伸手止住,又道:"别给我说你喜欢,你喜欢可以搞小公馆,一个不行就两个!可是选太太不能随便!"

"沈先生,我大哥早把林奈当作未婚妻了!林想奇是我大哥的老师,把女儿嫁给他当然名正言顺!"

沈云屏牵了牵嘴角,轻描淡写地说:"那可不一定。"

******

第二天,英杨带郁峰去麻子染坊。

他上车把十万块支票递给郁峰:"这是我第二次救你了。"郁峰接过支票沉默着,等车开到一半时才说:"谢谢你。"

"你不能只说谢谢。"英杨说,"要来点实惠的。"

郁峰不再搭茬,车子向前沉默疾驰。快到麻子染坊时,郁峰终于开口了:"我能帮你什么呢?"

英杨弯嘴角笑笑:"我还没想好,想好了会来找你。"

他说着停车熄火,开门下车。郁峰只得跟上他,两人一前一后走向麻子染坊。

染坊里依旧彩布高悬,左边一片绿右边一片黄,分明还在寒冬,这里已经有了春天的意思。他二人刚刚进门,染坊伙计走出来喝问:"站住!找谁?"

"我们来还钱的。"英杨说,"找你们陈老板。"

这伙计还记得英杨,听说来还钱也没二话,领他们穿过密密层层的布匹阵,绕迷宫似的进了正房。屋里摆设简单,仍旧是坑坑洼洼的青砖地,陈青龙坐在八仙桌前吃馄饨,吃得稀里哗啦满头冒汗。

"陈老板,我来还钱的。十万块一分不少在这里。"英杨拿出支票展示。

"把支票拿给账房,验定无误就叫他们走!"陈青龙头也不抬,呜呜噜噜地盼咐伙计。英杨却叫道:"且慢!陈老板!我想见见令弟,陈玄武陈先生。"

陈青龙放下馄饨碗:"你找他干什么?"

"上次同陈先生比枪,我十分敬佩他的枪法和为人,想同陈先生交个朋友。"英杨边说边掏出两根金条搁在桌上,"烦您引见。"

陈青龙盯视金条良久,抬手取来掂了掂:"我弟弟这么值钱?见一面要两根金条?"

英杨正要说话,屋里有人道:"谁花两根金条见我?"话音未落,陈玄武已从里间跨出来,见是英杨不由愣了愣,"是你?"

"是我!"英杨含笑道,"别说两根金条,只要能见到陈先生,十根金条、二十根金条都不在话下。"

陈玄武眯眼打量了一会儿英杨,说:"大哥,烦你准备些茶水,我请两位客人里面坐坐。"

陈青龙诸事都听弟弟安排。陈玄武借张罗茶水让他回避,他便起身走了。

"两位里面请。"陈玄武道。

英杨略略客气,踏进里屋先惊了惊。这里与外屋迥然不同,贴着米色墙纸,铺着宝蓝色地毯,摆着胡桃木围边皮沙发,墙角木几上有部留声机,窗台上搁着一对水晶花瓶,里面插着火红玫瑰。

"抱歉没有茶,只能以酒代茶了。"陈玄武边说边斟了三杯酒,"我哥不喜欢这屋,他喜欢硬桌子硬板凳。这是我在染坊的休息室,没人进来,二位有事请说吧。"

"也没什么大事,是给陈先生准备了一件小礼物。"

英杨不绕弯子,拿出庆祥金店的首饰盒搁在茶几上,推到陈玄武面前。

陈玄武犹豫了一下,还是接过盒子打开。看见龙凤方戒时,他起初面无表情,甚至有点迷惑。英杨瞬间判断,戒指是九姨太精心挑选的信物,陈玄武并不上心。

"陈先生,这对戒指有刻字的,您看看。"

陈玄武这才翻转戒指,找到了那对刻字。他的脸色霎时铁青,翻起眼睛狠狠剜向英杨,却是一句话不说。

"陈先生,我来此是想交个朋友。"英杨道,"请您不要生气。"

"这是你交朋友的诚意吗?"陈玄武冷冷问。

"如果没有诚意,这对戒指应该在魏耀方手里。"

英杨话音未落,陈玄武勃然大怒,他用力一踹茶几,厉声道:"你想干什么!"茶几上三个酒杯被踹得乱晃,甩出大摊酒液,溅湿了英杨的裤子。

郁峰忙掏手帕递给英杨,又指了陈玄武喝道:"你客气点!我们来找你总比魏耀方来找你好!"

英杨忙拦住郁峰,冲陈玄武笑道:"陈先生少安毋躁,我没有半点与陈先生为敌的意思！请听我讲清楚！"

"你们要么跟踪我，要么调查我，否则绝不会拿到这对戒指。"陈玄武切齿道，"做出这等小人行径，还说什么不想与我为敌？想用此事要挟我，要我免了那十万元债务吗？"

"哈哈，陈先生也太瞧不起我！十万元对我来说，不过是指甲盖大的事。"英杨拿出沈云屏的支票，"除了还给令兄的十万元，这里的数目请陈先生笑纳。"

看了支票上的数字，陈玄武眉头微挑，隐约明白英杨的来意。他低低道："你们有事要我办？"

"是的。一件利国利民，也对陈先生有利的大好事！"

一阵静默后，陈玄武牵嘴角笑笑："你说的大好事，不会和魏先生有关吧？"

"陈先生聪明，就是和魏耀方有关，我们想要他的命。"英杨语气平淡地说。

又是一阵静默，陈玄武咯咯笑起来："要魏先生的命就去找魏先生，来找我干什么？"

"魏先生不肯轻易纳命，我们很苦恼，只能来找您。"

陈玄武盯视英杨一会儿，皱眉道："英家小少爷，特工总部的英处长，你是替日本人做事的，怎么要为难魏先生？"

"因为他坏了规矩！替日本人做事都是为了钱，如果魏先生也是为了钱，那么一切好说的。可他转错了念头，替日本人做生意从我们碗里抢吃的！"

"你们？你们是谁？"

"这事不重要的。"英杨笑道，"你拿钱办事，事成之后远走高飞，其他的与你无关，知道太多没好处的。"

陈玄武起初的愤怒消散，此刻低头不语。英杨知道他要把事情想透，于是留出时间。他真心希望，陈玄武能聪明点，把事情弄得简单点，杀人、拿钱、出走，干净利落。

这是最好的结果。

但不知为什么，在英杨直觉里陈玄武不会这样配合。太过精明的人常会犯傻，陈玄武显然是这类人。

沉默一分钟后，英杨拿出雪茄匣子："陈先生，小雪茄要不？纯正的英国货，朋友坐船从英国带回来的，你尝尝？"

陈玄武瞥了一眼，很精致的橡木匣子里躺着八根小雪茄。

"有钱人家的少爷就是不一样，"陈玄武喃喃道，"我们挣再多钱，也不过买筒三炮台抽抽。"

英杨拈着雪茄递上："想有钱很容易。你不喜欢法币，我可以等额兑换成金条。事成之后直接离开上海，去美国还是日本，都由着你挑。"

等陈玄武接过雪茄，英杨掏出金壳打火机，打着了送上火。陈玄武就火深吸一口，吐着烟雾问："就我一个人走吗？"

英杨把火机搁在茶几上，笑道："还有九姨太，以及你们的孩子。"

陈玄武夹烟的手一抖，甩过凌厉的眼风："什么孩子？"

"陈先生，我们请你做事，当然要把所有细节都搞清楚。魏耀方又不傻，这种事他有数的！等九姨太肚子大起来，你可就被动了啊！"

九姨太怀孕是陈玄武心里的刺。他这几日表面平静，其实是沸锅上的蚂蚁。得罪魏耀方不只是丢饭碗，是要命的，甚至要赔上陈青龙和麻子染坊！

"我要去日本，"陈玄武不再绕弯子，"你们给的太少了，再加日本一处房产，拿房契来我们再谈。"

"等房契办好，九姨太的孩子也瞒不住了。陈先生，我们能等，你不能等啊！"

陈玄武脸色微变，英杨立即说："或者在日本给你开个户头，折算房价汇过去，我们拿汇款单说话。"

片刻的沉默后，陈玄武咬牙道："好！"

"那么我告辞了。"英杨不再耽搁，"等办好了汇款，我还来此地找您？"

"我每周三放假，午饭前都在此地，你可以来找我。"

英杨告别要走。陈玄武却说："喂！你的烟没有带。"英烟笑道："这盒雪茄送给您尝尝，至于这只打火机嘛……"

他边说边拿起火机，按动"福"字弹出利刃，笑道："不值一提的小东西，送给陈先生赏玩。"

陈玄武伸手接过，他见过许多法子暗藏利刃，有在皮带里，有在腕表里，也有在烟斗、手杖、鞋尖等地方，但都不如打火机精致小巧，又不会伤到自己。

那时候的打火机是稀罕物，陈玄武爱不释手，喃喃道："我原先有只铁锚801，后来滚轮坏了，擦不着了。"

"这外面镀的是真金，"英杨夸耀，"比铁锚的亮。"

"有意思，"陈玄武掂掂重量，"那我就收下了。"

二十四　吹柳絮

回到特工总部，张七汇报说愚园路完工了，英杨迫不及待地带着他去验房。

两人走到食堂门口，远远看见大师傅老吕在骂人，被骂的男孩十六七岁，身量纤薄，穿着脏兮兮的灰布棉袄。英杨也不知怎么，就觉得那男孩可怜，于是摸出香烟过去，递给老吕道："吕师傅，什么事气成这样？"

见英杨递支烟来，老吕忙躬身接过，笑道："一点点小事情，不该惊动处长。"

英杨望望男孩，他的头发挡住半张脸，人瘦棉袄又肥大，站在那里晃悠悠的没个正形，像个小混子。英杨不由问："这是谁呀，我在食堂没见过嘛。"

"他叫华明月，刚进来没多久！因为认字，于是叫他管采买，谁知这孩子不像样啊！"

姓华！

英杨想起来了，这是华慕玖的侄子，托骆正风安排进来的。但华慕玖的侄子总不至于这样，整个人愈懒邋遢。

"他犯什么错了？"

"他偷钱！偷买菜的钱！偷别人衣柜里的钱！他有撬锁的本事，能开柜子拿钱！"

吕师傅一口气说完，停下来呼哧喘气。华明月却气定神闲，毫不在意地摇晃身子。

英杨看不下去，戳戳华明月肩膀："喂，是这样吗？吕师傅没说错吧？"

华明月没骨头似的，被英杨戳得后退了一步，又摇摇摆摆站定，从齿缝里吐出两个字："没错。"

他承认得如此爽快，英杨还挺意外。但这人是骆正风的关系户，开掉没那么容易，至少要先同骆正风打招呼。英杨转而问吕师傅："他偷了多少钱？

还回去没有？"

"早前也有人丢钱，什么三十五十、一百两百的，都没有证据。但今天，他开别人柜子被捉到了！钱当然还了，但这人，我们不敢再留了。"

"钱还回去就好，这人我带走发落。"英杨安慰道，"吕师傅也别生气，之前食堂里谁丢了钱，丢了多少，写下来报给张七，查清楚了自然给说法。"

"多谢处长！"吕师傅高兴道，"您放心，这事我会盯着的，不叫他们浑水摸鱼乱报多贪。"

英杨笑一笑："有吕师傅看着食堂，我最是放心！"

他说罢使个眼色，张七立即拽了华明月一把，低斥道："快走！"华明月倒也听话，垂头跟张七走了。

离开食堂后，张七小声问："处长，我们把他带去哪儿呀？"

"去愚园路。"英杨说，"带他上车。"

汽车驶出特工总部，英杨问："华明月，你用什么东西开的锁？铁丝吗？"

华明月窝在后座薄薄一片，只看见棉袄看不见他人。他不回答英杨的问话，纹丝不动地窝着。

"我用过铁丝，也用过金簪子，但还是挖耳勺好用。"英杨从口袋里挖出铜制长柄挖耳勺，亮给华明月看，"你用过吗？"

华明月瞥了一眼，微微仰起脸，过长的额发随之滑开，露出清秀的脸庞。英杨发现他的眼睛很干净，和邋遢无所谓的外表格格不入。

"这个不好用，"华明月终于开口了，"我不用。"

"那你用什么？"

华明月犹豫了一下，伸手从裤子口袋里掏出样东西，捏在指尖说："我叫它香馍，很好用。"

这个"香馍"有半根筷子长短，前端软嘟嘟的，缠成一团绑在半根竹筷子上。

"这是什么？"

"这是用钓鱼线缠的。把它塞进锁眼里，往回抽时能卡住锁芯，再转动竹筷，就像一把钥匙。"

英杨微惊，不敢相信有这等好物。他接过"香馍"细看，那团钓鱼线被加工过，线缠得看似杂乱，其实非常讲究，先编成小小球，再汇成小球，再次第结球成形。

"用完怎么退出锁孔呢？"

"这里有绳结，一抽钓鱼线就散了，'香馍'就退出来了。"

"那么下次要用，还要再结起来，岂不麻烦？"

听英杨这么说，华明月嘴角掠过嘲讽的笑："做什么不麻烦？结个钓鱼线都嫌麻烦！"

英杨无言以对，只得转开话头问："谁教你做这个的？"

"我自己琢磨的。"华明月说，"你如果喜欢可以卖给你，三十个大洋。"

"多少？"英杨以为听错了，"三十大洋？"

"长官，用它能拿到的东西，肯定比三十大洋值钱！"

他说话时盯着英杨，眼神平静毫不躲闪。良久，英杨笑笑说："你可真有意思。"

话说到这里，车也到了愚园路。张七早办好了车辆出入证，顺利通过岗哨进入住宅区。

这天虽没有太阳，却不太冷。安静阴沉的冬日上午，愚园路透出些岁月静好的味道，此地权贵不受战火荼毒，他们有钱有权势，总能设法安之一隅。

张七把车停在二层半小楼前。见过愚园路的各式洋房，这排小楼显得格外寒酸，没有花树错落的大院，没有洋气威风的铁艺大门，只有敝旧褪色的红色砖墙、窄小的入户小院以及半人高的竹篱院门。

然而进了屋，英杨眼前一亮。里面粉刷一新，楼梯修缮妥当，家具虽简洁却新崭崭的，很是干净舒适。

英杨正要夸奖张七，却见厨房里转出个五十来岁的婶娘。她梳圆髻穿蓝花布袄，带着些局促的笑。

"处长，这是我娘。"张七小声说，"家里各处要打扫，我让她先来做事。"

英杨赶紧笑道："伯母好，这真是麻烦您了。"

张七的母亲没受过这待遇，一时间手足无措，不知该说什么。张七便圆场道："处长不要太客气！她是来做事的，这样会吓到她。"

英杨只好问："那么我怎样称呼呢？"

"我娘在别处做事时，东家都叫她珍姨。"

"您好珍姨，"英杨再次见礼，"我天天在外面忙，我未婚妻也是不会做家务的，这个家就拜托您了。"

珍姨之前做过几个大户人家的娘姨，多少有些阅历，一听英杨开口，她就是知道这是真有钱有家世的。

越是真贵人，待下人越和蔼，偏是生意场上的暴发户、黑道起家的大流氓、乡下逃难来的小地主，特别喜欢苛待用人。

她一面庆幸儿子得遇贵人，一面恢复自信笑道："先生放心好了，您想吃什么用什么只管吩咐我！我们小七多亏您照顾，您就当我们是自家人看，不好客气的！"

"好，好。"英杨微笑颔首。珍姨却向华明月望望，哟一声道："这位小公子是……"

"哦，他是我们处里的小兄弟，和张七是同事。"英杨说着望望华明月，道，"叫人啊，叫珍姨。"

华明月正在低头垂目看脚尖，忽然被拉了出来，愣了愣才哼唧一声："珍姨。"

"哎，哎，好。"珍姨又打量他两眼，"你这头发太长了，要不要我替你剪剪？"

"不用。"华明月后退一步，警惕着说，"我自己会去剪。"

英杨瞅他一眼，转而劝慰珍姨："不管他，让他做野人去！"

张七也说："娘，他那么大了不知道剪头发？您有儿子呢，真能操外人的心！"

珍姨这才呵呵笑道："我这……就是爱多管闲事，英处长，您别见外啊。"

"娘，你在屋里别叫英处长，听着生分。叫小少爷好了，我们处长在家时，娘姨小大姐都这样叫他。"

"哎，好，好，小少爷，那么中午在这里吃饭吧？我早上去买了点鸡蛋小菜，简单吃点好吧？"

英杨暗道惭愧，他这菜金还没给呢，珍姨已经自掏腰包买菜回来了，暗想着，今天要把本月的生活费都交给张七安排清爽。

他推说要去展翠堂，让张七和华明月留下吃午饭，临走前又把华明月叫到院子里，道："你的'香馍'我不买，但想借来玩几天，给你十个大洋行不行？"

华明月沉默一瞬，甩了甩额发说："好。"

"另外呢，你也别回食堂了，就留在总务处，跟着张七跑腿打杂，工资仍旧按食堂的份例开,好吧?"

华明月有些意外,愣着问:"你不开除我?"

"不开除,但我有个条件。"英杨说,"缺钱就来找我要,别到处瞎开锁。总务处和食堂可不一样,闹出事来不只是赔钱,要赔命的。"

华明月咬了咬下嘴唇,不说话。

"除了开锁,你还会什么?"英杨又问。

华明月犹豫了一下,索性抬起脸,迎着英杨的目光说:"我会偷东西。我师父叫唐九,道上人都认识。"

英杨怔了怔,不理解华慕玖怎么有个偷儿侄子。

"那,你师父呢?"

"他死啦,去年死的。"华明月明亮的眼神黯淡下来,"临死前留下话,不许我再偷,让我去找二叔。"

"那你爹呢?"

"我爹早就死了,我爷死之前他就死了。后来我爷也死了,几个叔叔分家产,就把我娘和我赶了出来。再后来我娘得了肺痨,差些病死了,幸亏遇见我师父。师父收留了我,却没治好我娘,十岁起,我就和师父相依为命。"

英杨皱了皱眉头:"你的叔叔为了家产把你们赶出去,怎么你师父还叫你去找他?"

华明月冷哼一声:"我师父给钱了。他这么多年攒下的身家全给了二叔,说给我换个好前程。"

原来是这样。看来唐九对华明月真不错,混在道上的孩子,眼睛却清亮干净。英杨轻叹一声:"可你有了前程还是要偷。"

"在食堂买菜算什么前程?"华明月不屑,"还不如混江湖自在舒服。"

这孩子长相好,人又机灵,只做小偷小摸实在可惜。但人还是要自己争气,华明月若只能看见小利,英杨给再大的提携也不顶用。

"那么进总务处算是前途了吧?你跟着张七好好干,将来也当个处长,让你爹这房也在华家风风光光。"

英杨这段话打动了华明月。他父亲早逝,孤儿寡母被撵出家门,若能风光着回去,想想作践几个叔叔的场景就叫人高兴。

"我答应你,不偷就是了。"华明月坚定地说道。

"把'香馍'给我,你进去吃饭吧。"英杨伸出手。

华明月犹豫一下，掏出"香馍"放在英杨手里，却道："我真能拿到十个大洋吗？"

"当然。下午就给你。"

"……我还会做别的。您若有空去我住处瞧瞧，看上合用的都能拿，价钱好商量。"

英杨掂了掂"香馍"："你要那么多钱干什么？"

"我想给师父修墓。他把所有钱都给我二叔了，死后连口棺材都买不起。"华明月轻声说，"我想给他买个像样的墓地，有人打扫看守的那种，还要给他置办个好棺材，最好是楠木的！"

英杨静了几秒，说："过几天我有空了，就去你住处看看。"华明月兴奋地睁大眼睛："好！我等着您！"

英杨点点头，却又道："让珍姨给你理个发吧。总务处有仪表要求，你这发型不过关。"

******

英杨驱车直奔展翠堂，先把房子弄好的消息告诉微蓝。微蓝听了很高兴，住展翠堂实在诸多不便。两人合计着下午就搬走，又去向十爷、瑰姐辞行。

瑰姐照例要弄桌菜送送的，等饭的工夫，英杨拿出"香馍"给十爷看，笑道："十叔，您瞧这东西做得怎样？是个开锁的小物件。"

十爷接过"香馍"就抱怨："这什么呀？滑不唧唧脏死了，做工真粗，筷子都生霉了！"

英杨挠了挠眉心，有些后悔。十爷是做武器的行家，看这小玩意儿当然不入眼。然而十爷掰着钓鱼线细看良久，抬起头问："这东西是谁做的？外面是糙些，但这手艺真天才啊！"

"是我处里一个小兄弟做的，"英杨忙道，"他说还会做很多东西，让我有空上他家看去呢。"

"带我去！"十爷立即道，"这做武器和别的不一样，工艺只是卖相，关键要设计！你瞧这团钓鱼线，编成小球，内里中空，受挤压就能变换形状，很方便卡住锁芯。用完了抽这个活结，最外面的小球散成钓鱼线，轻轻松松出来了！"

看着十爷兴奋，英杨故意苦笑："看来我上当了，十个大洋买这东西，只能用一次。我可不会编小球，不能复原了！"

"你们处的小兄弟敢坑你这个处长?"十爷哑然失笑,"这孩子有意思,等你把新家弄妥,让我会会这小子!"

二十五　萍宫春

听说愚园路的房子弄好了,十爷比英杨还操心,非要瑰姐跟着微蓝过去,说帮着收拾打扫,又要成没羽带青衣人也去,说是干些粗重活。

英杨不忍拂他心意,只得领着四五辆车,浩浩荡荡到了愚园路。路口岗哨照例只放有通行证的车,成没羽便带众人步行入内。

这架势不小。屋里还在收拾呢,便听着门外有人唤道:"小少爷!英家小少爷!在家吗?"

英杨从厨房赶出去一瞧,认得是冯家的小大姐。小大姐也认出英杨,高兴着回头叫道:"太太,是小少爷呢!"

冯太太躲在路口远远瞧着,见坐实是英杨了,这才忙慌慌赶过来,哦哟一声道:"小少爷!侬这样见外吧?搬过来也不同我讲!还是我家娘姨回来,说仿佛看见英家小少爷来了!"

"对不住冯太太,是我的错。"英杨连忙道歉,"不过我同冯先生讲过的,以为他会告诉您。"

"指望他呢!"冯太太撇嘴,"天天不晓得忙什么,大早上不见了人,要忙到半夜才回来!他哪有空同我讲这些?你搬过来缺什么吧?缺什么到我家去拿!哎呀这太见外了,都不同我讲的!"

冯其保不是名门公子,在和平政府只是普通官僚,冯太太保持着邻里热忱,倒让英杨感动。

他连忙道谢,又把冯太太往屋里让,又把微蓝叫下来见礼。等见到微蓝,冯太太又是一通埋怨,只说微蓝回上海为什么不去看她。

微蓝赶紧说昨天刚到,想着今天安置了就去冯家,哄着冯太太讲了半天话,才算是过了关。现在韩慕雪去了法国,冯太太自认是英杨与微蓝的长辈,在这新屋子里指点江山不亦乐乎,直闹到日头西斜,才心满意足离开。

送完冯太太,英杨笑道:"她现在有了伴,必定天天要到家来的。"微蓝也笑道:"冯太太来我不怕,我只怕林小姐来。"

英杨瞅着她说:"你在展翠堂住几天,性子也变了,是拜夏巳做师父了?"

微蓝不跟他斗嘴,笑眯眯转身走了。

成没羽带人跟着张七回英宅,把英杨的衣物细软尽数搬来。瑰姐同着珍姨做了一桌菜,等收拾齐整,众人围桌吃暖房酒,倒也和乐融融。

等吃完饭,瑰姐、成没羽要告辞了。小莲这两天总跟着微蓝,此时竟舍不得走。

微蓝看出她不好意思提,便对瑰姐说:"新屋子只有珍姨忙不过来,不如把小莲也留给我吧!小姑娘待在展翠堂不妥。"

本来小莲也与瑰姐无关,微蓝要她,瑰姐没什么不答应的。小莲十万分地高兴,拉着成没羽告别,说:"成大哥,你有空要来看我啊。"

"舍得下这个,又舍不下那个,你可真忙。"英杨忍不住打趣她。成没羽保证会来看望,这才走了。

闹了一整天的小屋静下来,张七陪珍姨在厨房收拾,小莲陪微蓝在卧房收拾,英杨独坐无聊,便在小院里抽烟。

张七有心,在这巴掌大的小院里种了细竹,在客厅窗下挖了长方形的水池,养着几尾红鲤、两只乌龟。晚上就着厅里的灯光,能看见鱼儿摇头摆尾。

英杨正独坐得趣,却见华明月从屋里出来,一声不响坐在英杨对面。这一下午闹哄哄的,英杨没顾上华明月,不料他一直在家里。

虽然与华明月接触不久,但英杨直觉这孩子心高气傲,他治傲气有偏方,就是凡事不宜主动。

华明月坐了一会儿,见英杨不搭话,只得自己开口:"长官,那十块大洋还没给我呢。"

英杨不料他为这事,不由失笑:"在这儿忙了一下午,就为了要十块大洋的账?"

"也不只是为大洋。"华明月嘀咕。又等了等,他小声问:"长官,那位成大哥是干什么的?"

"是我的朋友,怎么了?"

"他很威风,很厉害。"华明月赞叹,"我看他检查屋瓦,墙壁上蹬两蹬就上去了!"

看来在华明月眼里,自己的魅力远不如成没羽。英杨暗自叹气,却说:

"你在处里好好干,我让成没羽教你。"

"好!"华明月挺起干瘦的胸脯,"长官,你跟别的官不一样,我会好好干的。"

"别叫我长官,跟着张七叫处长。还有啊,你不要欺负张七老实,让我知道你同张七耍滑头,那我就不要你了!"

华明月在屋里看了半天,觉得所有人都厉害,除了张七,未免拿他不当回事。此时听英杨特意提醒,不由吐吐舌头道:"知道啦!"

"今天太晚了,你不要自己回去。张七有特别通行证,让他开车送你。"

"好。"

英杨想想又问:"你师父怎么过世的?"

华明月欲言又止,简短说道:"生病的。"

英杨知道这里面有故事,但华明月不愿意讲。他并不逼迫,伸个懒腰说:"去看看张七忙完没有,弄完你们早点回去吧,今天挺累了。"

华明月答应着起身,进屋去了。

再次静下来的小院里,英杨仰头望了望天空。冬夜的天空深邃辽远,像能把人吸走的黑洞。

无论如何,我有个家了。英杨想。

张七带着华明月走后,属于英杨的小家彻底安静下来。珍姨带着小莲住在楼下,已经关门安顿了。英杨蹑足上楼,二楼有三间卧室,微蓝一间,英杨一间,还有一间书房。

英杨在微蓝卧室门口站了站,敲了敲门。

"进来。"微蓝的声音泰然传来,可英杨听出声音里夹着的细微的紧张之意。他自嘲着笑笑,推开了门。

微蓝坐在床边,穿着细蓝格子的夹旗袍。无论英杨买了多少衣物首饰,她还是习惯素净的打扮。

英杨悄叹一声,掩上门说:"喜欢这个家吗?"

"我不知道这算不算家。"微蓝说,"也不知道自己能住多久。"

英杨不满:"为什么要说穿?保有希望不好吗?"

微蓝笑一笑说:"我以前总是骗自己,我娘的病能治好。但后来才发现,早点接受现实更好过些。"

"可你现在不是在骗自己,你是在骗我。"英杨靠近她,低声说,"我愿意让你骗,我愿意相信你永远不离开。"

"骗你,也是在骗我自己。"微蓝低垂眼睫说,"骗太深了,就出不来了。"

"谁出不来?"英杨伸手抚住微蓝脑后,让她抬头看着自己,"你是魏书记,你怎么会出不来?"

"就因为是魏书记,所以别人可以做的,我都不可以!"

英杨怔了怔:"比如呢?"

微蓝眼睛里涌出的情绪一闪即逝,笑说:"也没什么。也许我太喜欢这里,越喜欢越怕失去,所以有些伤感。"

"我问了你这么多,就想听你说喜欢。"英杨高兴起来,忽然拦腰抱起微蓝。

"你干什么?"微蓝攀住他脖子急道,"你要干什么?"

"我带你去看样东西,你肯定喜欢。"英杨兴冲冲说着,抱着微蓝走出去,转进自己的卧室,把微蓝放在床上。

"闭上眼睛。"英杨说,"等我说睁开你再睁开!"

微蓝听话地闭上眼睛,不多时,她忽然觉得温暖柔软的唇落在自己唇上,虽然只是一触,已经让她急忙睁开眼睛。

她看见一幅画。远处是雪山,近处是草原,穿着破旧军装的红军女战士站在画中央,帽子上的红五星格外闪亮。

微蓝着实没想到,不由惊喜道:"原来被你拿回来了!"

"是。我还把它的伪装剥掉了!"英杨得意笑道。

微蓝摸了摸画的右上角,题着两个娟秀的楷体小字:信仰。

"我以为它会被扔掉,还在担心被劈成柴烧时,会不会有人发现画里的秘密。"微蓝轻声感叹着。

"你的胆子也真大。"英杨忍不住嘀咕,"身在敌区还画这个,你也不怕暴露!"

微蓝抱膝坐好,笑微微道:"有时候太寂寞了,画画总能排解的。"

"那么你在这里,把伪装再填上吧。"英杨拥住微蓝说,"等你回根据地了,我可以看着画里的草原,排解我的寂寞。"

"你的胆子也真大!"微蓝歪头笑道,"这可是愚园路!身在此地还挂这个,也不怕暴露!"

"怕死不革命,我怕什么?这画算作我们的信物,我把它抢救回来,你要对我好些。"

他说着要吻下去，微蓝却伸手推着，笑道："这画只能算伤心物！我看见它就想到静子夫人，想到你在窗边吻她，逼得我呀，急急忙忙逃离上海，才把这画丢下的！"

英杨听她又提静子，便说："原来魏书记不能做的是这样！所幸你是魏书记，若不是，可不要天天酸死？"

微蓝听他这话觉得也对，可自己满腹的心思，哪里只是捻酸这样简单？她心里软了软，推着英杨的手臂失了力气，也就任由他了。

******

第二天清晨，英杨蒙眬睁开眼睛，第一眼先看见十爷，把他吓得瞬间清醒，一骨碌爬起来，蒙着问："十叔！你怎么，怎么大早上的……"

"不错，还算君子，没和兰儿睡一屋。"十爷微笑道。

"啊？"

"你们还没成婚，必得守礼相待！"十爷又正色道，"老爷子把兰小姐托付给我，我可得对她负责任！"

英杨这才反应过来，一时间哭笑不得，倒不知说什么好。好在十爷见好就收，捭掇衣裤起身："穿衣起床吧，瑰姐早上现磨了豆浆带来，新鲜好喝。"

说罢，他挽着小叶檀佛珠出去了。英杨坐在床上拍拍脑袋，深感无可奈何，只能穿衣下楼。

等他下楼吃早饭，却见十爷把成没羽也带来了。英杨、微蓝陪着十爷、瑰姐坐下，也给成没羽设了座，五个人围桌吃饭。十爷问些安排，英杨想到魏耀方的事，便道："十叔，我想借用成没羽几日，你看行不行？"

"行啊，"十爷无所谓，"他在家也是淘气，跟着你跑跑也好。"

"那么，我这屋还有亭子间，就让成没羽搬过来吧？"

"这个你们自己商量，我不管。"十爷搁下碗，取丝帕擦擦嘴，"但有一条，不许他进特工总部。你们汉奸窝子的浑水，可别带着他蹚。"

微蓝听着不服："您自己还和岩井公馆打得火热呢！那不是做汉奸？"

"我那是韬光养晦！惹着小日本，顾金梦留下的生意哪一项能支撑下去？八卦门那么多兄弟都靠着这几个钱呐！再说我不过是参加几次沙龙，装模作样听他们吹大牛，又不出钱又不出力！"

"兰小姐，十爷为我好，他怕我年轻，不知道分寸。"成没羽连忙解释。

微蓝也明白，于是笑笑丢开。

等吃罢早饭，张七来接英杨上班，出门前，英杨叮嘱成没羽送十爷和瑰姐回去，又小声道："叫兄弟们把陈玄武给盯牢了，去了哪里都要报！"

"我安排了两拨，一拨看着魏宅，一拨看着麻子染坊，应该没问题。"

"那么你若有空，就和小莲多聊天，看看能不能套点别的出来。"

成没羽答应，把英杨送到门外。要上车了，英杨又回头道："再叫兄弟们留意，看陈玄武有没有用金壳子打火机，上面镌个'福'字的。"

"好。"成没羽一口答应，"小少爷放心就是。"

二十六　油葫芦

中午，英杨驱车直奔右罗小馆。

他进门拣清净角落坐下，点了肉酱面和蘑菇汤。等菜的工夫，郁峰来了，他大大方方坐下，陪英杨说了两句闲话后，压低声音问："进展顺利吗？"

"陈玄武事成后想去日本，要我们办好手续。他还提了个要求，在日本给他开个户头，把金条换成日元存进去，他要看见汇款单。"

"金条不比日元值钱？这家伙在想什么？"

"他到日本人生地不熟，拿着金条也没法使啊，当然换成日元方便。"

"行吧。这两条都不是问题。对沈公子来说是小事。"

"日元存款要抓紧。这种事不能给陈玄武太多时间，免得他玩花样。"

"放心吧，我现在就去汇报。"

"还有，要找我别去特工总部，给我新家打电话。"英杨说了电话号码，又道，"别用酒馆电话，可以用邮局或者烟杂店的，但不要是附近。"

"我知道，"郁峰龇牙笑笑，"你放心吧。"

"那就好。李若烟很有经验，咱们最好小心点。"

说到这里，服务员捧来英杨的午餐，郁峰就此告辞。

******

晚上回到愚园路，英杨和微蓝钻进书房，听成没羽汇报陈玄武的行程。

"此人整天窝在魏家大宅，没出门，也没回麻子染坊。小少爷，这算好事还是坏事？"

没出门有两种可能,英杨盘算着,要么是安心和我们合作,准备击杀魏耀方。要么是向魏耀方坦白了,此时正在设法呢。

"如果他坦白了,日本人该来抓人了。"成没羽道,"魏耀方知道小少爷要杀他,肯定第一时间报告给日本人。"

"那不一定,"微蓝摇头,"英杨的大哥是林想奇的学生,杜佑中、李若烟不敢凭陈玄武的一句话抓人,他们必定要拿到证据!"

英杨知道微蓝说得不错。杜佑中还罢了,李若烟精明谨慎,绝不会偏听陈玄武的一面之词。买凶杀人向来是先付定金,事成后再付尾款,他们要拿住买凶的证据,就得捉到英杨和陈玄武交易。

微蓝和成没羽是江湖出身,当然明白其中关节。三人默不吭声,看似各想各的,其实想到了同一件事。

过了好一会儿,微蓝说:"魏耀方不死,你就不会现身,他们就拿不到证据。"

"怎么才能让我相信魏耀方死了呢?"英杨接着问。

"那办法极多,我随便想想都能想出两三种来。"成没羽道,"小少爷是想让他假死变真死吗?那还是要靠陈玄武呢!"

"是啊,说来说去,动手的还是陈玄武。"英杨叹道,"再说陈玄武有没有背叛也不能确定。"

"可惜小莲已经出来了,"成没羽惋惜道,"她若还在魏家,也能帮我们打听打听。"

"这样,你们继续守着魏宅,看见陈玄武出来,设法搞清楚,他有没有用金壳打火机。"

"他用的!"成没羽立即说,"陈玄武早上进宅子之前,在路边抽了根烟,用的是金壳打火机!"

"太好了!"英杨兴奋起来,"这就该华明月出场了。"

"他有什么办法?"

"华明月的师父叫唐九,你听说过吗?"

"唐九?千神唐九吗?他是个偷儿,据说手艺出神入化。但他这人不合群,我也只听过名号,没见过人。"

"那就没错了,华明月也是个偷儿。明天你带他去魏宅,找机会接近陈玄武,把他的金壳打火机偷回来!"

成没羽听了狐疑:"打火机有什么玄机吗?"

"拿回来就告诉你,现拆现卖。"英杨笑道,"我现在去找华明月,叮嘱他明天好好干活。"

"我听张七说,这小孩你带着才两三天。这就派上用处,会不会太急了?"微蓝提醒道。

英杨冲她笑了笑,却没答话。他说不出理由,但凭着直觉,他知道华明月可以相信。

******

第二天英杨去上班,特工总部很平静,各处各人该干什么干什么,只是李若烟一整天都不在。

英杨到秘书室晃了两圈,他自己没问,只听见纪可诚来打听,秘书回复说李若烟上办公厅开会去了。

李若烟兼着警政部副部长之职,时常参加小范围的会议,这个内容不好打听。英杨回到办公室心神难定,只盼着华明月能顺利得手。

熬到下午四点多,成没羽打来电话,说珍姨做了腌笃鲜,要英杨务必回家吃饭。这暗号是说华明月得手了,若没得手,珍姨做的就是糖醋黄鱼。

英杨大喜,又坐了半个钟点,找借口溜回愚园路,华明月已经等在书房了。

"神乎其技!"成没羽说,"他跟陈玄武擦肩而过,没看见两人接触啊,东西就到手了!"

英杨从没听过成没羽夸人,不由对华明月刮目相看。然而华明月不以为然:"这都是小偷小摸,大偷比这个难多了。"

"大偷是什么?"微蓝不由好奇。

"吹牛再吹就破了!"英杨不许华明月炫耀,打岔道,"去问问珍姨可要帮忙,别在这儿淘气。"

华明月一甩头发,潇洒地下楼去了。微蓝笑道:"你待他挺亲近。"英杨也笑道:"这孩子不错。"

成没羽递上打火机,英杨找工具把它拆了,拿出里面的胶卷。

"原来藏着微型照相机。"成没羽道,"也不算什么。"

"对我们来说足够了。魏耀方和陈玄武都是烟鬼,我不信他们谈事情不抽烟。"英杨说。

他们把洗手间改作临时暗房,冲洗时三人屏息以待,等着影像慢慢显现。

打火机只拍到六张照片。第一张是街景,第二张就是魏耀方。他坐在沙发上,脸上很严肃,眼睛里凶光隐隐。

"你猜他们在说什么?"英杨轻声道。

"把这张给小莲看看。"微蓝拨弄着第三张说。这张里没有人,是个空房间,布置得很豪华。

成没羽答应着去,过一会儿回来了,进门就说:"小莲讲这是魏耀方的书房,她认得茶几上的象形绿铜香炉,送出来擦时在厨房见过。这是魏耀方的爱物,很值钱。"

"魏耀方的书房能随意进吗?"

"我问了小莲,她讲除了魏耀方邀请的客人,谁都不能进,太太不行,九姨太也不行,更别说司机保镖了。"

英杨长出一口气,说:"陈玄武这个油葫芦,很可能把我们卖了!"

"陈玄武肯定还要约见你。"微蓝说。

"他再约,小少爷千万不能去。"成没羽急道,"那肯定是陷阱!"

英杨眯眼睛想了一会儿,道:"我想赌一把!陈玄武不会完全相信魏耀方,他再约见我,也未必会告诉魏耀方!"

"这太危险了!陈玄武向魏耀方坦白,肯定出卖了九姨太。此事了结后,无论陈玄武怎样,魏耀方绝不会放过九姨太和她未出世的孩子!一个连自己骨肉都不顾的人,我不同意你再接触他!"微蓝严肃道。

"对!我也不同意!"成没羽立即附和。

"我这时候躲来不及了,只能向虎山而行,拼个翻盘的机会!"英杨苦笑道。

屋里沉默了一会儿,微蓝问:"你有什么打算?"

"我想陈玄武并没意识到,动了魏耀方的九姨太,不是出卖我就能搞定的。"英杨道,"我希望他明白,魏耀方的命再重要,也不如他自己的命重要。"

******

三天后,陈玄武果然约见英杨。见面的地方不在麻子染坊,是在一条渔船上。

这类船是用来吃江鲜的。舱里摆张圆桌,坐七八个人,船头挂着鱼篓,船尾做菜。

等上菜的工夫，英杨把汇款单递上。陈玄武很满意，他拿出英杨送的雪茄匣子，打开来奉上道："我没有好东西，小少爷送的雪茄还剩几根，就借花献佛了。"

英杨觉得他看上去很轻松，仿佛奸情败露和刺杀魏耀方都是小事，不值得担心。

枪手需要心理素质过硬，但陈玄武的心理素质也太过硬了。

英杨接过雪茄，就着陈玄武送来的火点上，明知故问："送你的打火机呢？"

"我这人吧，就留不住好东西。"陈玄武沮丧道，"没两天就丢了，也想不起丢哪儿了。"

华明月果然神乎其技，偷东西神不知鬼不觉。英杨笑笑道："回头再送你个新的。"

"英处长果然大方，"陈玄武拱拱手，"我不能光受恩不办事，有个情况必须说说，再过三天，是魏府一年一度的新春大席。"

"新春大席？什么意思？"

"魏耀方妻妾众多，这事大家都知道！现在世道乱，他身边只带着三位夫人，其他都放出去生活。但到了年跟前，就要办个新春大席，阖家团圆。"

"就是说，那些姨太太只有这天能见到魏耀方？"

"是呢！新春大席的特点就一个字：乱！但是英少爷，你们要办的事，就该趁乱呀！"

"你是说三天后能动手？有把握吗？"

"新春大席放在中午，在花园里摆。这事对我来说很容易，一枪打在这儿，"陈玄武指了指脑门，"然后就是逃跑的事。"

"你有什么打算吗？"

"中午十二点开席，毙了魏耀方之后，我趁乱出门，我哥带车等在魏宅附近，接了我直奔码头！"

"码头？为什么要去码头？"

"去日本当然要坐船！不然该去哪里？"

"魏耀方出事后，日本人会立即封锁上海，码头客轮收到消息会即时停运！你的汽车跑得再快，也快不过一通电话！"

"啊？那么我怎样离开上海？"

"这事没有我,你绝对跑不脱!"英杨夸耀道,"龙华机场每天中午有架小飞机去香港,最多只带五个人!我替你买三个位置,一点半钟起飞!"

"去香港?不是去日本吗?"

"从香港走方便些!龙华是军用机场,日本人算不到你从那里溜出去!"

陈玄武不由紧张起来,低低问:"那飞机票呢?"

"这种内部事务哪里有票?"英杨笑道,"你知道沈三公子吧?这是托了他才办上的!到了机场,全靠熟人带着,才能上飞机!"

听到沈三公子,陈玄武眼睛又睁大一圈。这些上海滩响当当的名号,之前离自己十万八千里远,现在也近在咫尺。他寻思了一会儿,又问:"那我到香港……"

"放心啦,到机场会把香港船票给你的。你今天才讲三天后动手,我现在如何办来船票?"

陈玄武蹙眉半晌,下了决心说:"好!"

"陈先生,杀了魏耀方日本人会很恼火,他们要报复的。"英杨实施恐吓,"日本人有多残忍,不必我说了吧?"

陈玄武心里打个突,脱口道:"也许我不该同你合作。"

"你没资格后悔,九姨太的身孕瞒不住。你不杀魏耀方,魏耀方也不会放过你。被保镖动了姨太太,这事他不会忍。"

陈玄武勉强一笑:"他有那么多女人……"

"他有上百个姨太太,那也与你无关!陈先生,不要心存侥幸了,等九姨太把你供出来,等着你的就是死路一条!你该庆幸能同我合作,有出路,又有钱拿!"

陈玄武脸上阴晴不定,默然不语。

英杨下了最后的猛药:"陈先生,我看你枪法精明,但做人稀昏!混青洪帮不要命可以,不能不要脸!你动了魏耀方的女人,是撕了他的面皮!这事不好侥幸的!"

陈玄武瞳孔放大,良久才沉声说:"英处长,你不会过河拆桥吧?"

"我向来以诚待人,"英杨目光坚定地盯着陈玄武,"以真心换真心,总能交到朋友。"

片刻沉默后,陈玄武挤出笑来:"好。我信你一次!"

"那么预祝你顺利!也祝你和九姨太在日本生活愉快。"英杨笑而起身,微微一躬道,"我告辞啦!"

******

三天后,魏耀方果然开摆新春大席。驻屯军司令部出动了一卡车的宪兵,把魏宅的警戒线直接拉到路口,周遭店铺被勒令停业一天。

早上十点过后,魏耀方的姨太太们逐一到达。汽车一辆辆开进花园,魏耀方的儿女们逐一下车,他们有的已经成人,有的还是孩童,他们的母亲无一例外精心打扮,有的已然是美人迟暮,有的还是豆蔻佳人。

陈玄武站在花园里,默默看着眼前的热闹。不可否认,在魏耀方的所有女人中,九姨太是最漂亮最有韵味的。这个得到魏耀方多年宠爱的女人,被陈玄武染指了,这种事真能一笔勾销吗?

陈玄武一向自负,特别是在码头拉起偏门生意后,他从人下人一跃而起,享受到一呼百应的滋味。这些给了陈玄武一种错觉,仿佛魏耀方没什么了不起。他能吃到的山珍海味,自己也能吃到,他能穿到的绫罗绸缎,自己也能穿到,甚至他能娶到的女人,自己也能分杯羹。所以他斗胆向魏耀方摊了牌,说英杨想要他的命。

陈玄武是这样想的,就算奸情不可饶恕,但救了魏耀方一条命,总能换一条自己的命吧?然而见过英杨之后,陈玄武的想法动摇了。他意识到在魏耀方心里,自己比不重要的九姨太还要命如草芥。一旦英杨被捕,魏耀方捡回性命,他头一个要清算的就是自己。

陈玄武把右手伸进裤袋,那里有两枚橡皮子弹,这是魏耀方给的。按照约定,陈玄武将装填它们向魏耀方开枪,击破魏耀方胸口暗藏的血包,造成杀人假象。随后,陈玄武将一路奔逃到码头,在船务公司的贵宾室里,特高课早已张网以待,等着现场抓捕英杨。人赃俱获,又有陈玄武做人证,无论是林想奇还是英柏洲,都只能无话可说。处置了英杨后,魏耀方将履行承诺,送陈玄武兄弟去日本。

当然,在船务公司贵宾室见英杨,这是陈玄武杜撰的。他宁可信英杨,毕竟英杨与他无冤无仇。

陈玄武换了左手抄进裤袋,那里面是两枚真正的子弹。摸着冰凉的子弹,真实的想法在他脑海里耸动:枪杀魏耀方,按计划跑出魏宅直奔机场。等他搭飞机离开上海后,日本人说不定还在码头发疯呢!至于事后日本人会不会找英杨麻烦,陈玄武并不关心。那与他何干呢?要知道,他连九姨太都舍弃了！想到娇滴滴的九姨太和她肚子里的孩子，陈玄武多少有点不好受，但比起他自己的性命，这些也顾不得了。

花园里的热闹继续着，九姨太也出来了，她今天打扮得甚是娇艳，裹着鹅黄底丝棉夹袄，披着烟灰貂鼠披肩，颈间的金项圈在日头下熠熠生辉。

他想起她的闺名——艾媚。这名字不好，一听就犯桃花。

二十七　斩将台

魏家大宅的座钟敲到十二点，管家准时来请，说外头席面备好了。魏耀方说要换衣裳，点名陈玄武陪他去。

更衣室里，魏耀方的秘书和正室所出的两个儿子都在场。当着陈玄武的面，魏耀方的长子替父亲裹好血包，秘书检查了陈玄武的枪。

"十二点半左右，后厨上大菜炖双参，那时候你动手。"秘书叮嘱。

"好。"陈玄武温顺回答。

说话间有人敲门。魏耀方长子去开门，特高课课长织田长秀带着李若烟走了进来。

魏耀方立即笑脸相迎，讨好着点头哈腰。织田用生硬的中文说："魏先生，小林君再三嘱托，要保证你的安全，请你放心。"

"谢谢，谢谢。"魏耀方忙道，"您辛苦了。"

李若烟也给日本人卖命，却瞧不上魏耀方的谄媚样儿。他踱到陈玄武面前，问："你确定英杨等在码头？"

"是。"陈玄武稳住声音说，"英处长讲了，他在贵宾休息室等我，拿到船票可以直接上船，不必到外面过闸。"

"你确定是英杨吗？"李若烟压低声音，再次确认，"他大哥很受重用，他为什么要为难魏先生？"

"我跟着魏先生多年，受了他的大恩，怎么能骗人？"陈玄武信誓旦旦，"真的是英处长，织田科长带我看照片指认过。"

受了大恩，结果却搞他的姨太太。李若烟在心里冷笑。他是不相信陈玄武的，奈何织田长秀像捡到宝一样，还在琢磨英柏洲会不会也通敌呢。这个新任特高课课长，一点也不懂中国人。

但李若烟从陈玄武这里问不出东西，也只能威胁道："你最好老老实实的。"

"我会的，只求留我兄弟的性命！"陈玄武拔高声音哀求。

魏耀方听见了。他对镜整理领口，说："你的所有要求我都会满足。一会儿动手的时候，你不要有顾虑，和命比起来，别的都是浮云。"

陈玄武把心提起来晃了晃。魏耀方又道："你能听懂吧？女人不算什么。"

陈玄武的耳朵尖莫名发烫。他想魏耀方在说谎，如果女人真不算什么，此时就不该被提起。看来魏耀方在乎，很在乎。

但陈玄武依旧平稳表态："先生，您的大恩大德，玄武铭记在心。"

魏耀方点了点头，说："走吧。"

******

魏家院子里热闹得像在过年。

花园里的低矮灌木上都扎了五颜六色的纸花，粉蓝黄绿令人眼花缭乱。高大树木上则垂着各色绸带，它们随风轻荡，在阳光下格外鲜艳。

四季常绿的外国草坪上，梅花式展开四张圆桌，姹紫嫣红坐着十七位太太。桌子偏小，做母亲的又要带着孩子，身后又站着娘姨使女，里三层外三层密密匝匝。

桌布是大红烫金边的，碗碟是绳银边的英国瓷，三十大洋一个的水晶杯，配着牵金链的象牙箸，衬上满桌珍馐更显得富贵无边。

魏耀方陷在这人间富贵里，被挡得严严实实，即便此时冲出来个杀手，魏耀方也能轻易拽两个人挡在身前。

陈玄武是近身保镖，原本没机会上草坪，这次却被选为贴身保镖。有不知内情的恭喜他，说大席过后魏先生要重用提拔，陈玄武一律笑笑。

他只想捡条命，带着英杨给的钱，顺利逃去日本。

陈玄武今天也穿着麻灰大衣，这衣裳是魏耀方给保镖统一制作的，料子轻而密，长度到膝上，右手口袋是通的，伸手进去能摸到别在腰间的枪袋弹匣。

陈玄武爱琢磨。他师父就这样讲，说带了许多徒弟，只有陈玄武爱琢磨，因此枪法高超。给魏耀方当保镖后，为了得到信任，陈玄武也努力琢磨，比如他有手绝活——单手换弹匣。

在别人眼里，拥有这项技能没必要，陈玄武也不夸耀。此时他挺庆幸，之前的琢磨终于派上用场。他站在那里，右手掩在口袋里，神不知鬼不觉地换上了弹匣，装实弹的弹匣。

席面上酒过三巡，闹哄哄的敬酒开始了，场面混乱到一时间找不到魏耀方。约莫十二点半的时候，后厨捧上硕大的青花海碗，伴着吆喝上菜："红参炖海参，炖双参上喽！"

这碗着实太大了，又冒着腾腾热气，姨太太们和小孩纷纷躲着。陈玄武知道时候到了，他三步跨到主桌，右手藏在衣袋里，左手作势拨开人，嘴里道："小心海碗！很烫！小心小心……"

有资格坐主桌的，除了魏耀方的正经太太，就是几个有成年子女的姨太太。她们年纪大了怕烫着，很听招呼地歪身子让开，把魏耀方完全暴露在陈玄武正前方。

陈玄武不假思索，右手拔枪出袋，指向魏耀方。

在开枪的一瞬，他看见魏耀方胸有成竹的表情。这份笃定让陈玄武心生嘲讽，这些上海滩的有钱人太过自信了，他们总以为天下尽在掌握！

早该变天了。

枪响之后，魏耀方身子一震，胸口涌出大片的血。在铺天盖地的尖叫哭喊声里，陈玄武转身就走。他没时间回顾，必须在魏宅反应过来之前赶到码头。

因为地形熟人头熟，也因为事先的安排，陈玄武顺利从魏宅脱身。他跑出大门到了街口，看见事先租好的车停在路边，赶紧拉开车门跳上去。

"快走！"陈玄武说，"去机场！"

没等车门关妥，陈青龙一脚油门，已经窜了出去。汽车飙出警戒区后，慌不择路直奔机场。

李若烟安排盯梢的车立即跟上。然而越跟越不对，开出去老远，眼看确实不去码头了。开车的急问："这可怎么办？"坐副驾驶的咬牙道："你把我放路边，我找个电话汇报！"

"汇报完了怎么联络？这我也不知道他往哪里去呀！"开车的哀声问。

"你快停车吧！汇报总比不汇报要好！回头怪责下来，我俩都跑不掉！"坐副驾的也急眼了。

开车的这才一脚急刹停下，放人下去后，又急慌慌跟上陈青龙。又往前开了一段，开车的才渐渐明白，这是去龙华机场。

却说陈青龙带着陈玄武，一路狂飙到了龙华机场，远远就被岗哨拦下。站岗的穿军装，领头的军官表情很跩，嘴里咬着半根草棍，浑身兵痞子味。

"机场重地,禁止通行。"军官拍拍车门说。

"长,长官!"陈玄武从后窗探出脑袋,努力解释,"我们同人约好在机场见面,是英家小少爷,英杨!是他叫我们来的!"

"什么阴阳五行八卦的,"军官啐掉草棍,"不认识,没见过。"

陈玄武一急,后背心冒出层层细汗。但他立即补充:"那么沈三公子呢?我找沈三公子,同他约好了,搭一点半钟的小飞机去机场。"

军官面色微沉,打量陈玄武两眼后,态度好了点。他拍了拍车门,转脸吩咐身后的小兵:"带他们去三号仓库。"

小兵二话不说,拉开车门坐进副驾驶。看见小兵抱着枪,陈玄武不由紧张。他的枪里只剩一颗子弹,那是给自己留着的。

落到日本人手里,比死还可怕。陈玄武很明白。

岗哨的木头桩被抬开,陈青龙驱车驶入。通向机场的路填了黄沙,虽没有柏油马路平坦,也不算太过颠簸。这里地势阔平,远处零散着灰顶的仓库,更远处停着一架飞机。

"开到飞机跟前要多久?"陈玄武问。

"半个时辰吧。"小兵懒洋洋,"望山跑死马,看着近其实远呢。"

半个时辰?陈玄武掏出怀表看看,不由拎起心来。陈青龙把油门踩到底,汽车脱缰野马般向前冲去,十多分钟后,汽车逼近一处仓库,小兵用手指道:"拐过去,三号仓库到了。"

"这里没有飞机啊?"陈玄武狐疑问。

"看到飞机道了吧?有飞机道就能起飞。"小兵翻个白眼,不耐烦道,"飞机当然在库里,摆在外面淋雨会锈掉的!"

飞机淋雨会锈掉?那上天还要打伞吗?陈玄武隐隐觉得不对,但他眼前只有这一条出路,不敢轻易质疑。

他们在仓库前下了车,空旷一片,风呼呼地能把人吹飘起来。小兵领着陈玄武兄弟钻进仓库,陈玄武立即被眼前硕大的飞机震住了。

这是他第一次看见飞机,还离这么近,这巨大的机器怪兽令人畏惧。

"我们坐这架飞机走吗?"陈玄武喃喃问。

然而没有人回答。

陈玄武急忙回头,背枪的小兵已不知去向。陈玄武立即意识到什么,他丢下陈青龙,飞步向门外冲去,然而在接近库门时,一颗子弹贯穿了他的太阳穴。

几乎在同时，另一颗子弹击毙了陈青龙。

两声枪响后，空阔的仓库又陷入寂静，仿佛无事发生。

******

魏耀方死了，被近距离击穿心脏。

消息出来后轰动上海滩，街头巷尾全在悄悄议论，刺杀现场被越传越玄乎，陈玄武也被涂抹上各种传奇色彩，说他七岁便胸有大志，吃尽苦头练得枪法如神，双目如炬，抬枪即取汉奸狗命！

昔日码头上放高利贷的兄弟，瞬时被捧作英雄一般。

然而麻子染坊却被查封了，在染坊做过事的，连同账房和伙计，有一个算一个全被捉进大牢。英杨说得没错，日本人恼羞成怒，用尽手段报复，甚至把魏宅左近三十余户无辜百姓也捉进大牢。

盯梢司机从机场附近掉头，又开了十分钟才找到烟杂店打电话。李若烟带人迅速赶到龙华机场，那处拦下陈玄武的岗哨早没了踪迹。他们并没有找到陈玄武兄弟的尸体，只能推测陈玄武搭乘小飞机跑了。

虽然没能在码头捉到英杨，但是李若烟心生疑虑，所谓空穴来风未必无因，就算陈玄武要嫁祸，为什么非要找英杨呢？然而事实证明，陈玄武是军统的骗子，在小林健三看来，被军统供出来的英杨应该是无辜的。

两种不同意见让英杨免于被纠缠。李若烟却被小林健三严肃批评了。他上任特工总部没拿出政绩，先败坏了口碑，气得一连几天脸色阴沉。

骆正风特别幸灾乐祸，拉着英杨吃大菜庆祝，买单的是华慕玖。席间，华慕玖感谢英杨解决了侄子的饭碗问题，英杨不提华明月已成愚园路的常客，只客套着敷衍过去。

散席前，华慕玖借机感谢英杨，奉上的也是装金条的珐琅匣子。英杨随手打开，先看见嵌在正中的镂"福"字镀金打火机，他心里咯噔一响，笑道："这打火机别致，华主任从哪里得的？"

"就是这间银行配的呀，"华慕玖翻过盒子来，指底下一行细字，"喏，江苏银行！它家发行的生肖金条和嵌'福'字打火机，哎呀，在政府里很时兴！"

江苏银行。英杨认真记下，转而笑纳道谢。

饭局结束后，英杨在席间微醺，因此想散步回家。还没走出十步，忽然有人将他用力一撞，差些把英杨冲倒。那人顺手扶稳英杨，低低道歉后闪身走了。

英杨无奈继续向前，刚迈出两步，他忽然想起华明月讲过的偷儿套路，把人撞个跟头顺手牵羊是最低级的。英杨急忙摸索内袋，所幸钱包还在，但多了只蜡丸。

英杨情知有事，于是攥着蜡丸回到家，钻进书房里捏碎了，却是大雪约他在贝当公园见面。

英杨一时兴奋，连忙告诉微蓝。微蓝沉吟道："看来上海情报科撤得差不多了，大雪应该是同你告别。"英杨听了这话又伤感，酒涌上来堵在心头，竟说不出话来。

"我也有个消息要同你讲，"微蓝柔声道，"今天收到延安电文，批准你成为社会部直属特派员，从明天开始，你不再受上海情报科领导。"

英杨一怔："那么我如何与组织联络？"

"社会部给你安排了上线，此人只与你单线接触。他不日将到上海，会与你联络。"

"会与我联络？是怎么个联络法？"

"电文没具体说，请你最近当心，比如今天给你塞个纸条，或者打电话到特工总部，都是联络你的办法。"

英杨发了会儿呆，说："我知道了。"

✦• 二十八　花非花 •✦

贝当公园由法租界公董局辟建，原先只对外国人开放，全面抗战爆发后，随着上海沦陷、南京失守，这座公园也管理松弛，只要有钱肯买票的，都能进去。

英杨买了门票进去，见里面景物萧瑟，满目清冷。他曾在冬日游逛过南京玄武湖，虽也是草木凋敝，湖边枯柳却有肆意旷达之态，并不像眼前的园子，写满了国破山河败。

只是现在的南京，恐怕还不如这里了。

贝当公园不大，没有卓越景色，不过是树木花草、卵石小径以及涧池寂亭。

英杨往里走了几步，便见前面亭子里坐着个穿长衫的中年男子，正在袖手看风景。虽然有些距离，英杨还是认出来那是大雪。

他心生激动，三步并作两步赶上去，低低唤道："大雪同志！"大雪见他撞进亭子，也兴奋得站起来，伸出手道："英杨！"

握手之后，英杨惭愧道："我很内疚，没有发现军统的跟踪，以至于连累组织……"

大雪阻止英杨说下去，微笑道："敌人不是草包，斗争才有意义。这点小挫折不算什么，收到上级通知后，我们逐步撤出了大部分同志，除了我、小满以及一些能随时离开的岗位，上海情报科已经完成换血！"

"那就好！"英杨情绪复杂道，"只要你们安全就好！"

"我今天来是想问问，魏耀方的事与你有关吗？"

英杨点了点头。大雪道："我猜就少不了你！但又听说杀人的是个司机，这是怎么回事？"

英杨拣重点把魏耀方被刺一事说了，大雪听罢了，问："那么你怎么处置陈玄武兄弟的？"

"杀了。"英杨犹豫一下说，"如果他做人老实，也许我会让他带九姨太离开。"

大雪略略沉吟，道："仅凭打火机里有魏耀方书房的照片，就判断陈玄武出卖了你，会不会武断了？"

"不只是书房照片，是陈玄武只字不提九姨太。"英杨沉声道，"整件事最困难的环节是带走九姨太，拖着个女人跑出魏宅很不容易。所以我想，陈玄武根本没想过带她走。"

"没想过同九姨太远走高飞，就没必要刺杀魏耀方。把你卖给魏耀方，说不定还能全身而退。可他为什么又动手了？"

"我提醒他，魏耀方要面子大过要命。陈玄武自诩精明，他怕魏耀方秋后算账，这才起了真动手的念头！"

"好险，能杀掉魏耀方也是运气好！"大雪叹道，"你很应该杀掉陈玄武，这是个十足小人，留下他只会遗祸无穷！"

"我以为您会批评我，"英杨不好意思地说，"毕竟做完事取人性命，听着有点歹毒。"

"看来你对特工的理解还不够。全新的上海情报科正常运转后，我也要离开上海了,你一个人留在这儿,要记住做特工最重要的是活着。"

"活着?"

"对!只有活着,才能为组织工作!除了不得已的牺牲,任何的自我感动都是多余的,包括在感情上!"

英杨点了点头:"我知道了。"

"还有,魏书记的身份很重要,我建议,任何时候都不要说出她的身份,哪怕对自己的同志也不行!"

"是,我会记住的!"英杨郑重道。大雪又笑道:"今天来见你,除了替上海情报科报个平安,就是想做个道别。你是很优秀的谍报员,不要辜负自己,也不要辜负组织。"

英杨眼眶微微发热,问:"您什么时候离开上海呢?需要我做什么?"

"如果我撤了,沈云屏必定要找你麻烦。所以我想,至少等魏耀方的事平稳下来。此外,我们也该想想办法,让沈云屏盯着和平政府,不要老同我们作对。"

大雪的话给他带来了极大启发,英杨忽然意识到,给敌人找麻烦比解决敌人找来的麻烦要爽。他不能再像之前,只会被动应付局面,把谍报人生弄得艰苦不堪,他应该主动出击。

独立出上海情报科是件好事,英杨想,即便冒进,也不会牵累组织。

******

下午三点多,骆正风叼着香烟走进英杨的办公室,看上去十分悠闲。英杨瞧他得意,忍不住问:"骆处长遇到什么好事?喜上眉梢都遮不住。"

"我能有什么好事?"骆正风嘬口烟,晃着腿说,"我的好事,就是看着李若烟没好事!"

"怎么?魏耀方的事还没结束呢?"

"什么叫结束?这才刚刚开始!"

英杨一边起身兑开水,一边说:"人死如灯灭,哀痛两天就罢了,何必这样认真?"

"你可说错了!李若烟并不在意魏耀方的死活,他恨的是自己丢面子!"骆正风跷着腿说,"我就喜欢看他一筹莫展找不出线索的样子,哈哈!"

见他如此得意,英杨忍俊不禁道:"那么你说说,陈玄武去了哪里?"

听了这话,骆正风收起得意之色,盯视英杨道:"我看他未必活着!哎,你知道吧，魏耀方的九姨太也死了，听说是一根绳子吊死在房里！"

英杨心里微沉，脸上就讪讪的。他猜九姨太未必是自杀，也许是被知道内情的魏家人处置了。虽然九姨太虐待小莲可恨，但她毕竟怀着孩子，一尸两命也太惨了。

骆正风发觉英杨不悦，不由问："小少爷怎么了？脸色不太好。"

英杨赶紧回神，顺着骆正风的话头扯些闲篇。两人谈讲了半个钟点，骆正风终于起身告辞。他刚出门，桌上的电话就响了。

英杨走去拎起话筒，便听见李若烟的声音："英处长吗？你到我办公室来一趟。"英杨答应，挂了电话想一想，也许是魏耀方的事。

陈玄武是如何向魏耀方摊牌的，英杨并不知具体，他当然不晓得陈玄武杜撰出个码头贵宾室来。魏耀方死后，英杨一直在等特高课或者李若烟来找麻烦，却一直等不来，他心里也在忐忑。

现在该来的终于来了，英杨反倒轻松了。他复习一遍说辞，振衣上楼。

二楼副主任办公室里，李若烟正在给兰花浇水。见英杨敲门进来，他随意指指沙发道："坐。"这样子仿佛英杨与他极熟稔。

越是这样，英杨越是局促，于是小心坐下。李若烟仍旧在伺候兰花，屋里很安静，能听见三角铲拨土的沙沙声。

片刻之后，李若烟终于说："英处长，你对特工总部有什么看法？"英杨不料他问出这样大的问题，愣一愣道："上下同心，气氛融洽。"

"哈哈！"李若烟干笑两声，"英处长人缘好是有原因的，心思单纯！"

英杨被莫名夸奖，舔了舔嘴唇不吭声。

李若烟终于放下三角铲，他走到酒柜边倒了两杯酒，端到英杨面前，神秘道："这特工总部里，有军统的人，有中统的人，也有延安的人！"

英杨眉头微跳，接过酒杯仍不说话。

"我再问你第二件事，"李若烟晃着酒说，"陈玄武刺杀魏耀方，是谁指使的？"

"是……军统？"

"为什么呢？"

"我听骆处长讲，军统在黑市出高价买魏耀方的命。"

"呵呵，"李若烟一口饮尽酒，咂咂嘴说，"我本来以为这事太过明显，是以未必是军统的锅。但我仔细调查了龙华机场，你猜怎么着？这机场里同军统有关联的，共计二十三人！"

"这么多！"英杨脱口而出。他利用三号仓库击杀陈玄武，的确是沈云屏的设计，但龙华机场有二十余名军统特工，这却是英杨没想到的。

"我以前同军统打过交道，"李若烟叼起一根烟道，"上海站以小组为单位活动，小的组只有三个人，大的组也不过七八人。二十三个人是什么概念？整个上海站说不准也就这么多人啦！"

"……您的意思是，龙华机场是军统的大本营？"

李若烟撇着嘴摇摇头："我不知道，但我想知道，所以，我们有个紧急行动。"英杨怔了怔，不明白"我们"何指。

"我不相信特工总部，但我相信你，英杨。"李若烟紧盯英杨，目光恳切，"你跟我行动，我们去抓人！二十三个人，一个不漏给我抓回来！"

"我，我是总务处……"

"我认为你有主持行动处的潜力！"

"不，不，李主任，这要给骆处长知道……"

"你虽与骆正风交好，却不如我了解骆正风。在行动处和总务处之间，他首选的是总务处，你信吗？"

英杨相信。骆正风"一命二钱"的人生哲学和总务处太契合了，他待在行动处，是因为日本人错把他当人才。

"好吧，"英杨只好说，"什么时候行动？"

"今晚七点，晚饭过后最宜捉人。"李若风笑道，"现在是四点，还有三个小时。"

英杨牵了牵嘴角，说："好的，需要我做什么吗？"

"你跟我去就行了，记住，只有你知道。"李若烟捋捋头发说，"我们带警政部的人实施抓捕。"

回到办公室后，英杨点了根烟。这是个阴天，窗外的冬景越发萧凉，一株枣树只剩枯枝，上面落了只麻雀，左右顾盼后又振翅飞了。

天上的灰白云层很低，沉得像挂在人心上。这沉重感让英杨想起曾经游玩的法国小镇朗热，也是这样的天，敝旧又肃穆的古堡远远矗立，大片大片的薰衣草花田随风翻滚，像淡紫色的浪永不平息。

英杨站在花田中间，仿佛无根的漂浮物，不喜不忧。

好比现在，他心下没有任何感情，只是在想，该不该给沈云屏递个消息？

二十三个军统人员,如果全部牺牲掉,似乎太过残忍了。

可这会不会是陷阱呢?甚至是太过明显的陷阱。

李若烟是在想,英杨如果是军统的卧底,绝不能看着二十三位同袍身陷图圄,他一定会利用剩下的三个小时送出情报。

一条命,换二十三条命,无论怎样都值得。何况龙华机场很关键,它不只能带出杀手,也能带出物资,甚至是重要文件。

如果英杨不是军统的人,他当然临渊止步,袖手旁观。

这计划不错,幸亏英杨不是军统的人。

窗外起风了,枯枝随风晃动。英杨倚窗漠然抽烟,感觉到自己细微的变化。他的慈悲心越来越少了,他在逐渐接近"特工"的真实面目,虽然这感觉让英杨不免惆怅。

无牵无挂,因而时间过得飞快。五点半时,英杨陪李若烟在食堂用晚饭,在座的还有纪可诚、姜获和秦萧。今晚情报处和电讯处联合行动,巡街搜寻非法电台,行动处也应该待命,但骆正风不奉陪,只留下秦萧。

吃完饭,李若烟巡视一圈电讯处的准备工作,道了声"辛苦"就回办公室了。很快,他带着英杨坐上汽车,驶出了特工总部。

"他们以为我回家了。"李若烟说。

英杨没有答话。

汽车沉默着向前行驶,在夜色渐浓的街头奔向龙华机场。英杨从没有在晚上去过机场,有段路黑得令他怀疑人生,整个世界唯一的光是汽车的两道前灯。

"在这种黑暗里,你会把敌人也当作朋友。"李若烟忽然说。

英杨不敢接话。很久之后,他们看见前方隐约的灯光。英杨以为是龙华机场到了,驶近了才发现,是警政部参与抓捕行动的人员,一辆小车、一辆囚车、两辆卡车,它们的车前灯刺穿了黑暗。

有人摸到车边,向李若烟汇报已做好抓捕准备。

"出发。"李若烟简短说,随后摇上车窗。

汽车的光柱像剑,剖开黑暗的心脏,飞驶向前。

二十九　东风寒

龙华机场始建于1917年，1929年投入民航运输，1934年机场扩建后，成为当时中国最好的民用机场。上海沦陷后，日军占领机场，龙华机场便成了军用机场。

今晚的清理行动没透半点风。警政部到达宿舍区时，刚吃过晚饭的飞行员们正在度过一天中最放松的时光。看见李若烟从汽车上下来，已经收到通知的日方中队长宫部非澈立即迎上来，道："李部长，我们恭候多时了。"

"那就麻烦宫部君了，请所有人都到操场集合。"

宫部领命而去。英杨道："李主任，我刚刚在办公室想了想，军统上海站的大本营不应该在这里。"

"为什么？"李若烟态度悠闲地问。

"飞行员纪律要求高，他们很难随意出入营地执行重庆指令。这二十三个人，恐怕只是贪钱，帮着军统运人运货。"

"你说得没错，我也这样想。"李若烟弯起嘴角，"机场有三个中队的中国飞行员，一部分来自靖绥军，一部分是战俘。就是这批战俘偏向重庆，与日本人作对。"

"那也要按军统特工来执行吗？"

"这二十三个人仿佛是一张挑战书，我不管他们是不是特工，只想提醒戴老板，不要以为只有军统会杀人！"

英杨知道，李若烟要开杀戒了。从内心来说，他很疼惜这些飞行员，但是救他们就有可能暴露自己，英杨无能为力。

大雪说得对，做特工的首要任务是活着。只有活着，才能谈到为组织工作。面对李若烟如此明确的试探，英杨没有选择，只能忍耐。

远处响起整齐的跑步声，三个中队的飞行员被带到操场。整队完毕后，李若烟掏出一张名单递给英杨，说："念！"

英杨接过名单走到队伍前面，大声念着上面的名字。听到名字的人逐一答"到"出列，另成一队。天黑透了，机场的灯不算太亮，这些年轻的身影在暗淡的光线下轮廓英挺，他们本该是中国空军的王牌力量。

每念一个名字，英杨的心就往下沉一沉。他想到了高云，脾气暴烈、性格粗鲁的红军战士，能打仗、打胜仗的战斗英雄，他不认字不讲理，他没有笔挺的军装,但他至少有军人的尊严。

一个政府,把百姓暴露于屠刀下,把战士暴露于枪口下,把山河暴露于侵略荼毒下,它愧对这些年轻的生命。

名单念完了,英杨向后退半步,看向李若烟。

"带走。"李若烟冷淡下令。

操场立即起了喧哗,"凭什么带我们走"的质问此起彼伏。没有人解释,没被点到名的中国飞行员冷漠旁观,他们看着二十三个人被押上卡车,看着李若烟彬彬有礼地鞠躬,说:"打扰了宫部君,我告辞了。"

汽车驶离龙华机场后,英杨问:"回特工总部吗?"

"特工总部的地牢装不下这么多人。"李若烟道,"找个地方筛选一下。"

他找的地方很偏,在龙华寺的西边,无人的荒林里。

飞行员被逐一带下卡车,跪在泥地上被枪顶着头。李若烟问:"你替军统做事吗?和谁联络?"

他问三次,等不到回答,直接下令开枪,接着拖来下一个。起初两声枪响时,英杨心底涌起冲动,他觉得自己应该做点什么,至少不能眼睁睁地旁观屠杀。

但枪响到第六声时,英杨冷静下来,他现在冲出去于事无补,除了暴露自己,无法阻拦任何事。

等到枪响到第十声时,英杨完全平静了。这是个晴朗的冬夜,天边缀着几粒清冷的疏星,没有风,冬夜的密林里也没有小动物与虫鸟,寂静直渗进骨头缝里,除了忽然炸响的枪声。

尸体像破旧麻袋被扔下,血细细密密地透入泥土,屠杀悄然无声地进行,杀人者不呼喝,赴死的也不叫喊。英杨抽出烟斗叼着,走到一边去点烟时,发觉手在抖。

第十九个人终于屈服了。他抖着声音说:"我知道联络人是谁,我说。"

李若烟抬了抬手,冷淡道:"拖到一边。下一个。"

意志的堤坝只要破一个小口,就会被完全击溃。最后五个人全部求饶,表示愿意配合。李若烟对这个结果很满意,笑向英杨道:"五个挺好,太多了地牢装不下。"

英杨也笑笑。

他们押着最后五名飞行员回到特工总部。电讯处的巡夜还没有结束,姜获、纪可诚、秦萧、汤又江在玩扑克等结果。李若烟立即点名,让秦萧把人带去地牢开审。

当着所有人的面,李若烟浑不在意地说:"军统放在龙华机场的暗桩,全叫我拔了,二十三个人杀了十八个,带回五个肯吐口的。秦副处长,我看不必上刑了,五个人分房间同时审,防止他们串供。"

这席话让几位处长都紧张起来,秦萧领命而去,余下的也都站起来。他们站在雪亮的灯泡下,手脚没处放似的站着,看着一身血腥味的李若烟。

李若烟坦然微笑,打量他们一圈后,拍了拍英杨的肩膀说:"有潜力,有前途,好好干。"

他说完就走了,留下英杨感受来自几位处长的目光,如芒如刺,令人不适。良久,姜获打破沉默笑道:"英处长是管后勤的,怎么跟着李主任行动了?"英杨赶紧解释:"我事先并不知道,临时被叫去的。"

"李主任慧眼识英雄,"汤又江阴阳怪气地说,"英处长是从行动处提拔起来的,干抓捕是老本行啊!"

英杨并不想跟汤又江斗嘴,输赢都很无趣。纪可诚却呵呵道:"英处长是人才,说不定哪天就和李主任并肩,也安排上副主任了。"

"纪处长嘴下留情,让我多活两天吧。"英杨转开话题,"几位加班辛苦,我安排食堂给加个餐。"

他说罢就走了,并不管身后人是否回应。下楼梯时他腿有些软,密林里的枪声还在脑海深处当当响,十八条人命啊!

回到办公室,英杨先打电话回愚园路,说这几天有事,都不回来了。他和微蓝有约定,真出事不会打电话,没事但不能回家要打电话报平安。

之后,英杨又叫来张七,只说自己累了要睡觉,除了李若烟和骆正风,其他电话一概不接,只说不在。

交代完了,英杨便回小房间纳头倒下,关上灯。他在黑暗里盘算着事件走向。

和平政府成立之初,打出的旗号是"睦邻反共",但重庆绝不能承认两个政府,催促军统屡下杀手,去年秋天两个月的时间,锄奸团暗杀汉奸四十多人。

脖子上架着军统的尖刀,"反共"不再是当务之急了,和平政府慢慢明白,"睦邻"只是一厢情愿。沈云屏应该发现了这其中的微妙变化,所以他让英杨动手杀掉魏耀方，想把祸水引回延安。

然而坐镇重庆的戴老板一点儿不配合沈云屏。他的催促让沈云屏不敢从容布局，最终魏耀方是死了，李若烟仍把账算在军统头上。这件事彻底惹恼了李若烟，他今晚的突袭是一个表态，要和军统硬碰硬干到底。

总的来说，这事与江苏省委无关，也与英杨无关。但他担心沈云屏出损招，要在这时候把上海情报科推出来转移注意力。虽然情报科大部队已撤换，但大雪和满叔还在，英杨不能看着他们被牺牲掉。

今晚李若烟用警政部突袭，军统设在特工总部的卧底没能及时传递消息。但是现在，沈云屏很快就能知道龙华机场被端掉的消息。他肯定会来找英杨。如果没猜错，沈云屏必然要英杨以身犯险，像杀山猫一样杀掉五个肯招供的飞行员。这是最划算的办法。英杨不想冒这个风险，他只能躲着沈云屏。虽然厌，却是管用。

门厅忽然响起杂沓的脚步声，英杨一骨碌起身，走到小屋窗前，看见小楼前停着七八辆汽车，陶瑞波正在带人出发。

看来地牢里的五个人招供了，这是去抓人的。

英杨的判断没错。四十分钟后，陶瑞波带队回来了，押出来一串人，有的西装革履，有的长衫马甲，也有的破棉袄上补丁摞着补丁，应该都是军统的。

这样不停歇抓下去，沈云屏很快就坐不住了。英杨仰面倒在小床上，心里乱纷纷的。外间响起尖厉的电话铃声，英杨侧耳倾听，张七接起电话说英杨不在。直等到张七挂掉电话，英杨才放声问："是谁？"

张七忙推门探进身子，说："他留下话，说是秋老板找，让给尚华旅社回个电话。"

秋丹凤。

他们找上门来了。可英杨绝不敢接电话！如果他没猜错，此时接到特工总部的电话，都在姜获的监听范围内。这是特务部门的常规动作。沈云屏不会不了解，他是病急乱投医了，这么下去肯定要扯出大雪来。

英杨躺不住，也只能坐着发呆。此时的任何举动都是在自找麻烦，比如通知大雪撤离。李若烟现在的目标是军统，在枪口没转过来之前，晃动跳跃吸引注意是很愚蠢的。在伏龙芝受训三年，英杨可以战死，但不能蠢死。

熬到黎明之前，陶瑞波再次带队出发，凌晨抓回来的那批又有人招供了。英杨站在窗口，看着泛出鱼肚白的天际，给自己定下了方向。只要沈云屏讲义气，英杨可以适当帮忙。如若沈云屏出卖大雪，英杨只能设法提醒李若烟，对付重庆比对付延安重要得多。提醒李若烟的办法很简单，英杨已经准备好了。

他刚打定主意，外间的电话又响了。照例是张七接电话，说了两句就挂掉了。这次没等英杨发问，张七先敲门说："处长，还是姓秋的，问您回来没有。"

"知道了。"英杨说，"天快亮了，叫食堂准备早餐，要丰盛点，李副主任昨晚没回去。"

张七领命而去。英杨转身拉开抽屉，找出刀片和剃须水，又往脸盆里注了些开水，对着镜子摸索须根。新的一天开始了，他要让李若烟看见，自己不会因为军统沦陷产生丝毫不悦。

快七点时，李若烟给英杨挂电话，说要去吃早饭，让英杨陪着。英杨等在门厅里，外面是灰蒙蒙的冬日清晨，冷风飕飕的。李若烟挂着熬了一夜的疲惫脸走下来，出门时打个寒战，说："这天越来越冷。"

"食堂可以把早饭送来，"英杨道，"免得您冒着寒风去吃饭。"

"我喜欢在寒风里走走，保持头脑清醒。"李若烟说，"在上海滩混饭吃，必须头脑清醒，否则不管你是谁，都是死路一条。"

他话里有话，英杨不敢接话。走了几步，李若烟冷不丁说："有人说你是军统的人，我不信，我说英杨不像！经过昨晚，果然我是对的。"

他说着向英杨笑道："我最相信的就是你了。"

李若烟越这样讲，英杨越觉得这信任不牢靠。他敷衍着奉承两句，陪李若烟右拐进食堂。

张七早来照应着，端出的早餐果然精致。撒葱花的虾皮小馄饨，香甜的扬州千层糕，菊叶汤包怀着沉甸甸的汤汁，玫瑰腐乳红得发亮。

李若烟大加赞赏，说英杨能干，请的厨子好。正说话间，纪可诚、姜获几个也来了，英杨忙叫加碗筷，请各位一起坐了。

坐下没吃几口，李若烟便道："既然人到齐了，我就顺口说了，早上八点到三楼开会。"

大家纷纷答应，汤又江小声提醒："行动处没人在呢。"李若烟哦一声："秦萧在地牢干活，至于骆处长嘛，他能赶到就来，赶不上就算了。"

众人埋头吃饭，都不吭声。英杨想，照这样下去，骆正风很快要被边缘化。

"英处长,"李若烟忽然说,"我很想请你主持行动处,去和骆正风换换,可又怕他管不好食堂!"

这话来得太突然了,英杨愣在那里,不知该怎么接。

三十　马上催

上午八点,李若烟主持召开行动通报会。杜佑中推说身体不好没露面,骆正风向来不坐班,这种踩点进行的会议要提前通知他,否则他赶不上。

会议范围小,参会的只有各处处长,行动处由秦萧代会。李若烟简要通报了突袭龙华机场一事,表扬英杨保密意识强,说他提前三小时知道行动,并没有走漏消息。

"都像英杨这样,我就放心了。"李若烟隔山打牛,"现在军统无孔不入,特工总部不可能是净土。请在座的打起精神,把自己处室搞搞清爽!没几天要过年了,你们的肃查结果,要在年前报给汤又江!"

他说罢巡视众人,寒起声音道:"哪个处出问题,哪个处长负责任。今天算是打招呼,到时候不要讲你不晓得!"

屋里鸦雀无声。不多时,李若烟缓和口吻:"昨晚的行动成绩很好,除了龙华机场,我们还捣毁了军统联络点八处,抓捕成员九名。秦副处长,你说一下审讯情况。"

秦萧一夜未眠,黑眼圈比熊猫的还正宗,听见点名忙坐直了道:"在押的九人是分两批抓回来的,第一批六人,第二批三人,已经招供并表态配合的有两人,其余正在审。"

"对待军统就要这样!打到他疼!打到他怕!"李若烟接上话,"他们两个月敲掉我们大小官员将近五十人!这么搞下去谁还敢为共荣效力?"

在座的不吭声,屏息静听。

"都说重庆的戴老板难搞,我不信!一味退让退到什么地方去?重庆把正面战场搞搞好,我们都不必做汉奸!"李若烟越说越激动,"把我们丢在这里不死不活,他们天天做抗日英雄!打日本人束手无策,杀自己人越战越勇!我呸!"

这一声呸出来,英杨不由掀掀眼皮。虽然李若烟卖身求荣,不是什么好东西，但骂重庆倒挺解气。

然而没等李若烟骂完，会议室的门被敲了敲。这是秘密会议，机要秘书就守在外面，不是大事不会来打扰。现在敲门，说明有重要事情。

李若烟的激昂情绪被打断，板住脸叫了声"进"。推门进来的是情报处的，纪可诚的心腹，他缩在门口小声说："纪处长，有紧急情况。"

纪可诚赶忙走出会议室。李若烟也不再说下去，安静等着纪可诚回来。不过三五分钟，纪可诚又开门摸进来，小声道："李主任，我们拿到了很重要的情况！"

"说！"李若烟眼皮不抬道。

纪可诚环顾四周，仿佛有些为难。李若烟笑一笑："纪处长，在座的都是特工总部的核心，如果他们中间还有问题，那么我们什么活都不必干了，你说是不是？"

纪可诚满面尴尬，道："得到线人急报，在福建路附近的左登巷，有间锦云成衣铺，是共产党的秘密联络点。"

他刚说到"福建路"，英杨脑袋里发出咣的巨响，整个人像被塞进一口铜钟，四面八方都是声音，嗡嗡轰轰让他无处可藏。

沈云屏下辣手了，这个卑鄙小人！英杨恨恨地想。

你做初一，就别怪我做十五。英杨边想边下定决心。如果大雪、满叔出一点状况，他必要借此事敲打沈云屏，让他清楚英杨只是不想惹他，并不是怕他。

会议室陷入绝对安静，静得英杨能听见腕表上秒针的跳动声。就在空气要完全凝固时，李若烟笑了起来。

"哈哈！纪处长的情报来得真及时！不对付军统，就没有共产党的消息，这里刚要给军统点颜色，共产党先抢着开成衣店了，有趣，有趣！"

这番话夹枪带棒，让纪可诚摸不着头脑，讷讷无言。

"我把话讲清楚，这段时间不反共，就收拾军统！"李若烟收笑板住脸，敲桌子道，"共产党在根据地再翻精作怪，也没把刀架在我脖子上！军统的锄奸团不一样，他们天天琢磨咱们的命！明朝的上班路上，说不定就是我的葬身地！"他说罢了冲纪可诚笑笑，"纪处长，你怕不怕？"

纪可诚早已冷汗涔涔，听见问忙道："李主任，这个情报的确是刚刚收到的，这，这，我不是成心……"

眼看纪可诚诚惶诚恐,李若烟安慰道:"有心之人在这时候放消息,不怪你。纪处长是有功的,正好让军统搞清楚我的态度!不把军统赶出上海,李某人誓不收兵!"

"是!是!"纪可诚赶紧应和,抹掉脑门上的汗。

英杨松了口气,暗道侥幸。他看着纪可诚的狼狈样,想他幸亏是废物,否则真说不清楚。然而这念头在他心里一晃,响起不同声音——纪可诚真是废物吗?纪可诚虽然蠢笨,但官瘾十足;虽然业务差,但拍马屁功夫一流。反差极大的滑稽形象让他像个笑话,没人会跟"笑话"认真。这真是天然的保护色,或者,是人为织就的保护色。

此时,纪可诚依旧窘迫不安,他面色潮红,鼻尖一个劲冒汗。在这间会议室里,只有他公然紧张不会被诟病,因为他向来慌慌张张,既不会办事,也沉不住气。

"今天的会议就到这里。"李若烟总结收尾,"请各位配合行动处,瞄准军统狠狠还击,把它给打老实了,接下来再对付共产党!"

******

散会之后,英杨下楼回办公室,看见张七在和值班员聊天。英杨知道这是在等自己,于是放慢步子走到门口,掏出烟来要吸。

张七连忙跟过来,小声道:"处长,有个姓华的找您,说是华明月的叔叔。"

英杨一怔:"华慕玖?电影检查委员会的?"

"对,对!他说是什么管电影的!我叫华明月去送茶水,他回来讲就是他叔叔!"

李若烟的会议时间不长,这时候还不到九点,华慕玖这么早来做什么?

英杨想不出所以然,丢了烟头碾灭说:"回去看看。"

"处长,您电话都不肯接,见外人会不会不方便?"

"知道我不方便,你还留他在办公室里坐着?"

"他是华明月的叔叔,否则早让他走人了。您要不肯见,我这就打发他走。"

英杨想了想,说:"华慕玖除了钻营并没什么背景,见见也无妨。"

他说着话回到办公室,看见华慕玖坐在沙发上看报,便笑道:"哟!华主任!今天有空来坐坐?"

华慕玖依旧穿素色长衫,见英杨进来就起身,先鞠躬道:"英处长好!您这里是机要地方,我不打招呼跑过来,不会添麻烦吧?"

"再机要的地方,总务处也是闲差。"英杨边说边坐进沙发,打开烟盒敬给华慕玖,"华主任有何指教?"

华慕玖接过烟卷笑道:"我是无事不登三宝殿啊。有人托我给英处长带个话。"他忽然间表情神秘,压低声音说:"三公子想见英处长。"

英杨忽然僵住。他愣了五秒才展目看向华慕玖,后者却眼神湛亮,嘴角挂起意味深长的笑容。

"哪个三公子?"英杨不甘心,追问道。

"沈三公子。"华慕玖再次压低声音说。

片刻后,英杨发出一声冷笑:"华主任,有些话早点说透,你侄子我是断断不敢安排的。"

"英处长不要生气,我的事与小侄无关,"华慕玖坦然道,"替他找工作,本是找借口给骆处长送零花钱。"

英杨脑中灵光轻闪,想到珐琅盒子里的镀金打火机。英杨一度以为军统的鬼藏在江苏银行,不料就在眼前。

"那我同华主任是敌是友呢?"英杨不紧不慢问。

"那就要看您同三公子是敌是友了,"华慕玖不卑不亢地说,"华某以三公子马首是瞻。"

华慕玖若来得早些,英杨必然头痛。但李若烟已经表态,打击军统更重要,如此一来,主动权又回到英杨手里了。他现在可以见见沈云屏。

"行吧,三公子在哪里见我?"

"老地方,右罗小馆,他说请您吃午饭。"

"那就麻烦您回个话,我一点钟过去。"

华慕玖口讯带到,便起身鞠躬道:"我这就去回话。多谢英处长照顾小侄,告辞了。"

"等一等!"英杨道,"我知道你对华明月没什么感情,但是有句话我不得不说,咱们大人的事不要为难小孩子,您能明白吧?"

华慕玖沉吟道:"这里头有误会。是我两个弟弟嫌弃他们孤儿寡母,当时我在北京,虽不赞同却也无能为力。"

"这孩子一直在上海,华主任略加查访就能找到他。"英杨讥刺道,"您没想过害他,但也没想过帮他。若非唐九用毕生积蓄作交换,您至今也是不闻不问的。"

华慕玖默然不语。

"别为难华明月，别通过他打听我的事。"英杨加重语气，"这孩子今后归我了，我答应替他厚葬唐九。至于唐九的钱，华主任留着花吧。"

华慕玖愣怔片刻，低低道："好。"说罢撩起长衫走了。

安静下来的办公室里，英杨只觉得讽刺，他实在想不到酸腐秀才华慕玖也是军统的人！沈云屏手底下兵强马壮，精干忠心的郁峰，虽然疯却能豁出去的秋丹凤，还有这个伪装一流的华慕玖。不说别的，至少在招揽人才上，沈云屏很有一手。面对此人，英杨必须变被动为主动，不能让他牵着鼻子走。

他正在琢磨，冷不防门被撞开，骆正风怒气冲冲进来，大声道："小少爷！你竟学会巴结李若烟了！"

英杨神色漠然："我巴结他什么了？"

"小少爷还要瞒着呢，你昨晚立了大功，这事都传到政府办公厅了！"

"你把门关上，"英杨指挥道，"把门关上好好说话！"

骆正风怒瞪他一眼，乖乖回身关好门，气呼呼坐进沙发里："现在可以说了？"

英杨开柜子倒了两杯酒，送到骆正风面前说："他把我叫过去，讲三个小时之后带我去抓人，抓军统的人！还说这事只告诉了我，那么我怎么办？"

骆正风鼻子里出个冷气，不理。

"你晓得我的，抓军统关我屁事？我老实跟着就是了，不然怎样？明知是坑也要跳，拼着一身剐给军统报信？"

"李若烟真把你当心腹呀，给这么明显的坑！他就不怕你正是军统的，现下豁出几十条人命，保住自己潜伏？"

"我若是军统的人，豁出几十个自己人还想潜伏？骆处长，军统的风格你比我清楚，这种直接是叛徒！"

也许这话没说错，骆正风的气消了不少，却依旧不悦："说一千道一万，现在你是李若烟的心腹，以后我们少往来，不要耽搁小少爷的前途才是！"

"放屁。"英杨喃喃骂道，"你装什么糊涂？我的前途在这里吗？"

骆正风这才缓和脸色："你晓得这件事，总要给我通通气！这样大的事被秦萧顶上，我回来又插不上手！"

"你做什么要插手？"英杨奇道，"他现在对付军统，你是军统的老人，中间找个由头说你通风报信，你浑身是嘴都说不清！避开才是最好的呀！"

骆正风醍醐灌顶："你这官场修为精进神速啊！"英杨呵呵道："今早的会议你不在，李若烟这个人我同你讲，千万不要得罪他！"

骆正风忙问其详，英杨把会议内容讲了，点评道："李若烟心狠手黑，而且头脑清楚！我问你，被自己人咬一口，和被敌人咬一口，哪个更痛？"

"当然被自己人！"

"就是嘛！重庆恨死了和平政府，恨到想挫骨扬灰！李若烟很清楚，汪派求和，重庆绝不会答应！"

骆正风愣愣听着，半晌诡异地问："李若烟不会和你是一条道上的吧？汪派搞延安出十分力，搞军统只出七分力，他偏要反过来！"

"嘘！"英杨低低警告，"诬陷我没事，诬陷李若烟，你是在找死。"

❖ 三十一　壶中天 ❖

被骆正风打个岔，转眼快到十点钟了。英杨怕被李若烟跟踪，想着早点出门，多绕几个圈子再去右罗小馆。

可他刚要出门，华明月便蹭了进来，见着英杨小心翼翼的："处长，我叔叔来做什么？"

"没什么要紧事，得空过来坐坐。"

华明月显然不相信，他咬了咬嘴唇说："处长，他是他，我是我，我的事和他没关系。"

英杨不知该说什么。华明月虽是个偷儿，但心性还算干净，往正路上带未必不成事。但华慕玖的身份让英杨起了戒心，他并不能立即叫华明月安心，却也不忍打击他。

沉吟一时后，英杨道："你闲着没事，就去给你师父看看墓地，看准了我们就花钱办事，别在这操闲心。"

他这样讲，华明月反倒放下心，甩头发一笑道："好。"

英杨叫来张七嘱咐几句，自己出门了。他不肯开车，要装作闲来无事出去吃午饭的样子。出门右拐走过一个街口，计划着搭电车去右罗小馆。

今天运气不错，想着搭电车，电车就摇着铃过来了。英杨听着电车丁零当啷的，生出岁月静好的错觉，仿佛硝烟战火都是书里的故事，琐碎市井才是眼下的真实。英杨在车尾找空座坐下，人被车拉着向前，眼睛却回望街景，行人向后退去的样子让人心生惆怅，仿佛在看时光流逝。快过年了，又一年过去了，又一年要开始了。

他正在感叹，冷不防腰间一紧，被人用力捅了捅。英杨急忙回头，只看见一个穿灰夹袄男人的侧影，他已经匆匆起身，往车门走去了。

男人到站下了车，英杨想了想，伸手摸进口袋。

口袋里有张纸条。

英杨不动声色，等到电车再次到站，他立即起身下车。在僻静处展开纸条后，只见上面写着：雨生百谷，成翔旅社三楼甲字号房，即刻。

英杨的心像被无形利爪用力一握，顿时精神了。他在上海情报科的代号"谷雨"，正是雨生百谷的意思。能够用释义联络他的，必定来自组织。

作为新晋特派员，他的单线联络人终于现身了。

看着纸条上的"即刻"二字，英杨再不犹豫，连忙走到路边叫了黄包车。他并不知道成翔旅社在哪里，但车夫仿佛很熟悉，说就在附近。

五分钟后，车夫拐进弄堂，指着一块破木牌说："先生，这就是成翔旅社。"

这间旅社又小又旧。登记入住安排在楼梯底下，要把头塞进去才能见到人。英杨闪过登记处直接上楼，没有人阻拦他。

他沿着楼梯上到三楼，楼顶低矮，英杨不觉低头佝腰，就着昏暗光线识别房门上的木牌，找到走廊顶头的甲字号房。

敲门之前，英杨忽然有种奇异的预感，仿佛打开这扇门会进入另一个世界。

他抬起手敲门，三长两短，如果没有特别约定，第一次见面都用这个暗号。屋里很快传来沉稳的声音："请进。"

英杨稳定了一下情绪，推开门。浓重的烟臭味扑面而来，一个穿灰色厚呢西装的男人坐在窗边，他手边掉了漆的小几上搁着顶圆檐礼帽。

"你是英杨吗？"

男人微笑起身，一面招呼一面伸出手。英杨握住他的手，道："我是。"

男人的手掌很温暖，笑容也很坦荡，他握紧英杨的手晃了晃，道："久闻大名，见到你很高兴，我是姬冗时。"

姬……冗时？这个名字让英杨傻在当场。

姬冗时是八路军驻上海办事处副主任，由于长期工作在白区，他的履历在隐蔽战线是一份传奇。英杨早闻其名，却无缘得见真容，不料竟在这里遇见。

看着英杨愣着出神，姬冗时提醒道："英杨，你怎么了？"英杨猛然回神，紧紧握住姬冗时的手说："姬先生，您好。"

"你一定好奇，我为什么在这里。"姬冗时示意英杨坐下，微笑道，"是我给组织打了申请，把你从上海情报科调到八路军办事处。"

"可我接到的命令，是成为社会部的特派员。"

"是的，社会部不肯放人，只许我借用，不许我调动！"姬冗时笑道，"他们说在你身上下了血本，培养多年正是出成绩的时候，不许我截走！"

英杨并不知自己在大后方受到如此认可，一时不知做何反应，只是搓着手不说话。

"伏龙芝军事学院的特训班是绝好机会，"姬冗时又道，"只有那一届，叫你赶上了！你在上海的成绩我也有耳闻，做特工也是要天赋的，英杨，你很有天赋！"

"姬先生，您过奖了。"英杨谦虚道，"我还有很多不足，特别是处理浅间夫妇不够果断，如果不是仙子小组出手相助，我也做不到全身而退。"

"在情报战线，缺点也许就是长处，你根本不知道命运押在哪根弦上。有时候我们开玩笑说，干情报最重要的不是能力，是运气！运气好比什么都重要！"

姬冗时这番话半玩笑半认真，让气氛松弛下来。但他随即端正脸色，道："英杨，社会部既然把你借给我，那么你接下来的所有行动，都要服从办事处的安排！"

"我服从组织安排，姬先生，您说是什么任务吧。"

姬冗时笑了笑，拿过身后的黑色公文包，从中抽出一只信封递给英杨。凭着接过来的手感，英杨判断里面是照片。可他把照片抽出来后，再次愣住了。

照片上的人分明是英杨，他穿着短袖衬衫和丝绸长裤，坐在以海滩为背景的凉椅上，不远处有闯入镜头的尖顶洋房。英杨生出难言的诡异感，他没有这套衣服，也没去过这样的海边。

"他是谁？"英杨轻声问。

"很好，你能立即判断这不是你。"姬冗时压低声音，"默枫第一眼看见他时，认定了是你。"

"默枫？"英杨茫然抬起眼睛，"他不是去香港了？"

"这就是在香港。默枫在香港见到了他，他以为这人是你，上前叙旧被呵斥，这才用微型相机拍下照片，问我这是怎么回事。"

英杨蹙眉半响，道："您认识默枫？去年营救默枫是您的指示？"

"不算指示，是帮忙。用八路军驻上海办事处的名义，请江苏省委帮个忙。"

姬冗时1925年入党，在情报战线几经浮沉，参与过许多历史事件。从某种程度上讲，他的交友圈甚至模糊了民族、国家和党派。

这样的人与默枫有旧，太正常了。

"我想知道他是谁。"英杨丢开默枫，接着问道。

"他叫贺景杉，是中央银行行长贺明晖的儿子。"

"贺景杉"这三个字刚被说出来，英杨脑袋里嗡的一声，忽然明白了大半。面对英杨求证的眼神，姬冗时说："你猜的不错，他和你是孪生兄弟。"

长久的沉默后，英杨轻声问："为什么？"

"这故事很长，我费了很大劲才打听出来。"姬冗时叹道，"当年在杭州有五个义结金兰的舞女姐妹，她们的名字都带个'雪'字，因而被称作'杭州五雪'。"

英杨的眼睛闪了闪，想到了韩慕雪。

姬冗时接着说下去："其中的幺妹丁素雪，认识了来舞厅的客人贺明晖。他们很快定情，在杭州同居。不久后，丁素雪怀孕了，贺明晖为了娶她进门，回南京与家里沟通，却被母亲痛骂，其母言称绝不许舞女进贺家的门。"

英杨嘴角泛起一丝苦笑，真是好陈旧的故事。

"贺明晖苦苦相求，说出丁素雪怀孕了。贺母留了心眼，讲定如果生下来是儿子，就许丁素雪过门为媳。丁素雪抱着这一线希望，怀胎十月，生下了一对双胞胎男孩。贺明晖高兴极了，给他们取名为贺景桐、贺景杉。"

姬冗时说到这里，也忍不住叹一声："但是贺母食言了，她只要孩子不要娘，派人去把孩子抢走了。出事那天，正巧韩慕雪去看望丁素雪，紧急之中，她抱了一个孩子跑了，想给丁素雪留个将来谈判的筹码。"

姬冗时的叙述到此停住了，英杨打破静默，道："这孩子就是我吧？"姬冗时点了点头："但是你母亲丁素雪，为了抢回贺景杉，不小心摔倒在一块尖砖上，去世了。"

英杨的心像被人攥了一把，难受到窒息，却感觉不到疼。

他的亲生母亲，他没机会见到了。

"韩慕雪恨透了贺家，不想把你送回去，带着你东躲西藏，最后到了上海，在七重天继续做舞小姐，直到她遇见英华杰，嫁进了英家，你也正式改名叫英杨。"

姬冗时把这故事说完了，留了点时间让英杨消化。

几分钟后，英杨故作轻松道："所以这个故事，和我的任务有关吗？"

姬冗时点了点头："话说到这里，你也该猜出任务了。我们需要你回到贺明晖身边，完成深度潜伏。"

"我不。"英杨脱口而出。

姬冗时十分意外，想说什么却选择了沉默。过了一会儿，他问："你有什么顾虑吗？"

"我做英杨习惯了，不想去做贺景桐。"英杨浅淡道。

姬冗时想了想，转开了话题："我和默枫是旧交，因此我也知道魏青，同她打过几次交道。"

他把话题转到微蓝身上，英杨不知何意，却安静听下去。姬冗时接着说："社会部对魏书记的评价很高，认为她党性干净，沉着勇敢，组织能力强。她还有个特别的长处，别人做不通的思想工作，她总是可以。"

"您……要她来说服我？"

姬冗时摇了摇头："恰恰相反，你即将深度潜伏的事，绝对不能向她透露半个字。"

英杨心底掠过飞快的抽痛，他意识到这次任务的"深入"程度。在伏龙芝时，他的老师波耶夫曾经说过，最难完成的任务，就是把敌人当作朋友，把朋友当作敌人。然而判断一个特工是否优秀的标准，正是能否胜任这样的任务。

英杨曾无数次担忧，自己会面临这样的情境。可这一天究竟是来临了。

"我提魏青是要提醒你，魏书记也曾是卫兰。我们每个人，在参加革命之前都有一个身份，属于自己的私人身份。但一旦选择了为信仰献身，你的名字就只有一个：革命者。"

这种道理，在很久之前的南方局上海站，老火经常提起。他常说磨炼党性是组织的重中之重，老生常谈似的一遍又一遍说起。英杨听着，也曾热血沸腾，也曾习以为常，但是老火牺牲之后，再没有人说起这些。

立春不必提了，在他心里，党性应该是笑谈，抵不上五块银元一杯的威士忌加冰。大雪务实低调，他更多讨论具体事情，也很少提起大道理。

现在听姬冗时提起，英杨觉得陌生，也觉得亲切，但更多的，他忽然意识到"革命者"这三个字的分量。

"姬先生，"英杨勉强平定心绪，"我在特工总部经营日久，已建立起外围，内部也处理得不错，正是环境稳定可以做事的时候。我说不想做贺景桐，是觉得放弃上海太可惜了。"

"正因为你在特工总部处境良好，组织上才把这个任务交给你！"姬冗时正色道，"你要利用沈云屏与李若烟的矛盾，取得军统的绝对信任，在他们的安排下赴重庆休眠，等待组织唤醒。"

"不可能！沈云屏他知道我的身份！"英杨急道，"浅间三白留下的日记本原件，还在特高课织田长秀的办公室里。沈云屏可以随时揭穿我！"

"我知道！但我认为这是绝好的机会！你应该知道，普通人的机遇是特工的危机，普通人的危机是特工的机遇！"

英杨立即明白姬冗时的意指，他翕动嘴唇说："您是要我做叛徒？"

"这话不准确，是要沈云屏相信，你叛变了组织。"

英杨觉得脑后生出风来，呼啸着闪过耳际。让沈云屏相信他叛变？那么前提是，他的同志也要相信英杨叛变，包括大雪，也包括微蓝。

出于本能，英杨想拒绝，出于党性，英杨知道他应该服从。

"你能做到吗？"姬冗时问。

英杨鼓起勇气说："姬先生，如果我真叛变了怎么办？"

姬冗时没有回答，平静地看着英杨。

"姬先生，如果我没有叛变，但组织上误会我叛变了，那又怎么办？"

姬冗时还是不说话。

"姬先生，如果我按计划到达重庆，但最终无法得到唤醒，那么英杨就永远消失啦。百年之后，世人只知道贺明晖有个儿子叫贺景桐，却不记得上海情报科有个谍报员，叫做英杨。"

姬冗时还是没有说话。

"姬先生，"英杨说，"我不想变成那样！"

三十二　十二时

作为一个"老情报",姬冗时很清楚,英杨的三个提问都是情报工作者的"命门"。隐蔽战线的特殊性摆得明明白白,它的牺牲也清清楚楚。然而信仰是什么呢,它并非冲动之时的勇敢,而是衡量利弊后的执着。选择了这条路,就只能接受沿途风景。

"英杨,"姬冗时说,"你还记得夏先同吗?"

听到这个名字,英杨的目光闪了闪,开始泛出光彩。

"作为你的入党介绍人,夏先同说过许多次,你是做专业特工的苗子。他甚至让我离你远点,不要耽误了你。"

"这是为什么?"

"都知道姬冗时是共产党,接触我当然也沾着赤色。"

姬冗时的名号响亮,甚至比龙岩三杰更神奇。曾经的白区无人不知姬冗时的身份,却没人敢动他。比起特工,姬冗时更像是延安派出的外交人员,光明正大周旋在各方势力之间。

"我不是真正意义上的特工,"姬冗时承认,"我是一张红色名片,无论是谁,只要想与延安合作都可以来找我。"

"龙岩三杰是真正的特工吗?"

"他们曾经是,但现在不是了。夏先同理解的'真正的特工',是你刚刚提到的,消失了的人。"

英杨的心冷了冷,没有接话。

"没人记得上海情报科的谷雨,是对特工的最高评价。"姬冗时语重心长,"选择为民族复兴奋斗,就要做好牺牲的准备。牺牲并不仅指生命,我们也许背负终身骂名,也许消失得干干净净,没人知道曾经有人这样存在过。"

英杨猛然想起微蓝的名言,他下意识说了出来:"除了忠诚,我们可以虚假所有。"

"是的,除了忠诚。"姬冗时加重语气道,"如果你决定走这条路,作无谓之叹大可不必。"

这话像一道缰绳,猛然拉住了英杨四下狂奔的思绪,他瞬间觉出自己失于浮躁。姬冗时说得对,路是他自己选的,他只能走到底。

英杨回到之前的秩序,等着去处理的人和事纷纷露出来,像茶园里等待摘取的新叶。他看了看表,与沈云屏约定的时间快到了。

"我接受任务。以后,我与您直接联络吗?"

"我很快要去香港,不能协助你完成任务。但我可以推荐一位优秀联络员,这是他的名片,你可以直接找他。"

没有地点,没有时间,没有联络暗语,可以光明正大地去找他。英杨惊讶于姬冗时的作风,仿佛把上海当作了延安。

他按捺吃惊接过名片,却被上面的名字灼痛了眼睛。

"郁峰?他是我们的人?"

"是的。他很早就加入军统,全面抗战爆发前,因为抗日心愿得不到满足,他找门路接触到我。我们认为郁峰留在军统作用更大,因此安排他长期潜伏。"

姬冗时停了停,笑道:"郁峰是真正意义上的特工。"

"他的确是,"英杨喃喃道,"我真是没想到。"

"郁峰讲过你们在更新舞台的偶遇,他说本来想杀掉你,幸亏秋丹凤认识你,把你的名字叫出来。"

"他知道我的身份吗?"

"沈云屏跟踪上海情报科的任务,是由郁峰主持的蓝刃小组来完成的。"

"他知道上海情报科被监控为什么不汇报?他有没有想过,一旦沈云屏出卖了我们,很可能波及江苏省委!"英杨急了。

从更新舞台偶遇开始,他就不喜欢郁峰!这情绪有点莫名其妙,在知道他是自己人之后,英杨非但没改变看法,反而加重了反感。

"他向我汇报过,是我压了下来。"姬冗时解释道,"沈云屏非常精明,得到他的信任不容易,我不想损失郁峰。另外,我们分析沈云屏并不想对付上海情报科,他只是在设法控制你。"

不想损失郁峰,就能把上海情报科置于危险之中吗?即便对姬冗时充满敬佩之情,英杨也生出不悦。

姬冗时敏锐地发觉了英杨的情绪。

"我想你应该知道,没什么人能完美无缺,没什么事能面面俱到。在残酷的斗争环境里,我们要抓主要矛盾,保重点目标,选择最有利的方案。"姬冗时道,"我们每天都在两难选择,如果你求全责备,只能以失败告终!"

英杨没有回答,他并没有完全消化这段话。

"最后提醒你,李若烟并不像表面那样对日本人忠心。"姬冗时接着说道,"他很有野心,不只要钱更要权。他也自视极高,觉得自己有能力玩转各方力量。"

"那他为什么不同军统合作?"

"因为沈云屏看不上他。不给他任何与军统讨价还价的机会。李若烟恨死了,魏耀方被刺只是他报复的借口。他的真正意图,是让重庆明白他的实力,是要提醒他们,如果在上海做事,要先过他李若烟这一关。"

英杨恍然:"李若烟和沈云屏斗下去,我们好过很多。"

"你不能抱这样的指望。为利益而起的争斗,很快会因利益重新分配而结束。我建议你不要受干扰,不要管闲事,直奔自己的目标。"

"好。"英杨若有所思道,"多谢您的指点。"

姬冗时笑一笑:"即日起,所有工作由你自己做决定,郁峰是你的下线。"

"我知道了。"

"那么我宣布,由你执行的深度潜伏计划正式开启,代号'沉渊'。在军统安排你去重庆之前,你不能暴露贺景桐的身份!到达重庆后,也只能让贺明晖偶然得知你的存在!不要让敌人看穿你的企图,切记,切记!"

"好的,我会做到。"

姬冗时满意地点头,从包里拿出半枚袁大头:"到达重庆之后,你将进入休眠状态,直到有人持此银币来唤醒你。银币对合之后,你可以重新为党工作。"

英杨接过银币仔细端详,道:"是。"

"祝你好运。"姬冗时微笑道,"也希望我们能重逢在胜利的中国。"

这句话让英杨心绪复杂。胜利像浓雾中的海上灯光,只能隐约透出光芒,让人不忍遥看。但他依旧打起精神,与姬冗时握手告别。

他刚刚迈出甲字号房,就看见成没羽站在走廊上。

英杨吓一跳:"你怎么知道我在这儿?"

成没羽并不知道英杨在哪间房,此时喜出望外迎上来,低低道:"小少爷!你可算出来了!你后面的尾巴被赵科长捉住了!"

自从英杨同意合作,沈云屏撤掉了跟踪,但这次英杨表现不好,军统的尾巴又黏上来了。

"是什么人?"

"这家伙的衣服是特制的,上翻下拉左扯右扯能变成四件!帽子能变三种!赵科长说是军统特训的跟踪专家,他们不搞别的情报,就是跟踪!"

原来是这样,难怪英杨没有察觉。

"他现在守在外面吗?"

"是的。赵科长通知我来的!"

这报信太及时了。姬冗时大名鼎鼎,军统的人都见过他的照片,他与英杨见面若叫沈云屏知道了,那可是个大麻烦。

当下要紧的是撤出姬冗时。英杨吩咐成没羽:"你和里面的先生换个衣裳,让他扮成你的样子离开。尾巴跟了我这么久肯定认识你,见你走出去他不会跟的!"

成没羽答应,英杨带他走到房间门口,又站住了说:"今天的事要绝对保密,不能告诉兰小姐,你能做到吗?"

成没羽下意识点了点头:"放心吧,小少爷。"

英杨并不放心,但他也没办法。沉渊行动刚刚开启,不能让它折在跟踪者手上。他咬了咬牙,敲开了甲字号门。

******

右罗小馆。

还有五分钟到一点,郁峰坐在一楼窗边,向马路张望着,英杨还没有来。

沈云屏在楼上等了四十多分钟,他今天心情不好,脸比李逵还要黑,郁峰不敢招惹他,任由他在楼上独坐吸烟。

英杨怎么还不来呢?郁峰心想,姬先生见过他没有,有没有讲我的身份?

在军统工作多年,一直是组织上给他派联络员,这是第一次,由他担任联络员。

他对着窗外发呆,却见街角转过一个人,身形潇洒,衣履精致,正是英杨。郁峰不由自主站起来,开门走出去。

"英处长,"郁峰手抄裤袋招呼,"来吃饭吗?"

英杨抬眸冲他笑笑,点头问:"我没来晚吧?"

他的表情一如既往,看不出半点不同。郁峰客气道:"还有两分钟一点,虽然不够早,但也不晚。"

他一边说,一边伸手指向上戳了戳。英杨知道沈云屏在楼上等着,于是不再多话,走进右罗小馆上了二楼。

还是之前的包间,沈云屏黑脸坐着。看见英杨走进来,他没有转换脸色的意思,一言不发盯着英杨摘帽子脱大衣。

"沈先生,这么急着见我,是有事吗?"英杨潇洒坐下,明知故问。

沈云屏冷哼一声:"小少爷,我沈某人待你实心实意,可你有点不厚道啊。"

"这话怎么讲?"

"今天我听到汇报,上海情报科一夜之间大换血,我们掌握的名单里,还能用上的只有锦云成衣铺。小少爷这招釜底抽薪玩得好呀。"

"沈先生,你我已经是坦诚合作了,有些不相关的人,又何必为难他们?"

沈云屏恨恨盯着英杨,半晌翘胡子一笑:"你说得对,只要浅间日记还在,小少爷就只能坦诚合作。但是龙华机场的事我有点看不懂,小少爷是想以身饲虎,跟我们鱼死网破了?"

"我们的共同敌人是日本人,要鱼死网破也是同他们!沈先生这样讲,真正是多心了。"英杨温言劝道,"龙华机场的事,我可以解释的。"

"你说!"

"李若烟突袭龙华机场,事先没透半点风声,用的是警政部的人,整个特工总部都不知道,我怎么来得及通知你们?"

"可我听说,李若烟提前两个小时通知你要行动,这两个小时不够你打个电话?"

"沈先生也是特工精英了,这么明显的坑,换了你跳不跳?"英杨奇道,"你把浅间日记交出来,我是个死。跳进李若烟的坑里,我也是个死……"

"你为什么不选后者!"沈云屏凶狠打断。

"我为什么要选后者?为了党国利益吗?你的党国,它和我有关系吗?"

沈云屏答不上,注视英杨的眼神越发狠毒。

"你不要这样看我,"英杨笑道,"干我们这行越老越精,能指靠的只有自己!沈先生同我谈利益,我是愿意听的,但同我谈牺牲,还是算了吧。"

沈云屏的脸色风云际会,终于渐次平静。他放松表情,勉强说:"这是实话。"

"沈先生,你们在特工总部另有眼线,为何要赔上我?陈玄武之前把我卖了,李若烟嘴上只字不提,心里可没有放过。他分明是用龙华机场试探我,您又何必跟着为难我?我得到了李若烟的信任,难道不是大家受益的事?"

"大家受益?"沈云屏冷笑,"加上龙华机场,我损失了九个联络点!

这还没算上人命！"

"杀了陈玄武，你们就该打扫机场。"英杨不客气地说，"李若烟接下来的调查肯定是龙华机场，你们对接龙华的人都不换一换，这，这……"

沈云屏脸色难看，却无言以对。这件事的根本原因，是重庆一直错把汪派当软柿子。好比大老婆欺负姨太太习惯了，没想过姨太太敢还手。

他们太托大了，没料到李若烟是个狠角色。

"说回我们的事，"沈云屏点起雪茄，透过烟雾打量英杨，"现在请小少爷做事，要讲利益了？"

若非受领了"沉渊行动"，英杨要立即驳回，请沈云屏收起让他做事的念头！上海情报科已经完成撤离，英杨可以放手一搏，大不了鱼死网破互相出卖。

但是情况改变了，现在不能和沈云屏撕破脸，英杨还要取得他的绝对信任。

"必须要谈利益，做成交易公平合理。我替你传递消息，但每做一次，我要这个数。"英杨说着，伸出两根手指头。

"两根金条？"

英杨摇摇头："二十根。"

"小少爷狮子大开口啊！"

"不行吗？"

沈云屏犹豫了一下，满脸肉疼地说："我要知道李若烟的下一次行动，他去哪里，抓什么人！"

"好，"英杨笑微微道，"按黑市的交易办法，您得先付两根金条做订金。"

三十三　念香衾

结束同沈云屏的谈判，郁峰送英杨出去。出了右罗小馆，英杨貌似随意道："姬先生让我转告你，行动开始了。"

郁峰立即明白，不动声色地说："我知道了。"

英杨再不多话，请郁峰留步不要送。

他漫步在街头，看着阴沉沉的天空。整个冬季，上海总是阴笃笃的，仿佛慕尼黑的乌云从欧洲飘了过来，沉沉笼罩在中国上空。

直到此时，英杨才有时间整理与姬冗时的谈话。他的身世，贺家的故事，以及未来的工作，化成一个个问号，不停敲打着英杨。

相比之下，更令他担心的是微蓝。姬冗时特别交代，沉渊任务不能向微蓝透露，那么取得军统信任的同时，很可能会失去微蓝的信任，他们本就渺茫的未来，变得更加莫测。

英杨不甘心。

他走了两条街，抽了三根烟，终于拦住一辆黄包车。回去的路上，英杨触目所及之处尽皆失去颜色，整个世界都是灰白的。

战争什么时候是个头，革命又什么时候是个头？

英杨感觉到自己的烦躁，却无法平静下来。

回到愚园路，暂属英杨的小三层居然有颜色，一种沧桑浓郁的砖红。此外，有抹黄色从院墙里犹豫着探出，那是张七新种下的观赏竹，也许是营养不良，不够翠绿。

英杨开了栅栏门进去，水池里发出啪啦水响，是一条红鲤鱼在慌张来去。英杨驻足观看，想它再慌张也逃不掉，只能在这池水里。

他盯着鱼儿出了神，不知微蓝蹑脚走到他身侧，忽然喂一声。英杨吃一吓，望着微蓝笑道："怎么这样高兴？"

"那么你为什么不高兴？"

"我没有吧？"

微蓝伸手去抚他眉心，道："这一片皱起来了，不推开就要板结住！以后你笑起来了，也是皱着眉头的。"

英杨站着不动，任由她冰凉的手指在眉心搓弄。微蓝仰着脸，表情很认真，英杨低着头，能看见她眼底淡淡的蓝色，像婴儿似的。

英杨伸手搂住微蓝的腰，让她靠在自己怀里，想说什么又咽了回去。微蓝却轻声道："我要走啦。"英杨一怔，急问："去哪里？"

"回根据地呀，魏耀方被除掉了，仙子小组的工作也交接完毕，我应该回去了。"

"快要过年了，不能过了年再走吗？"

微蓝摇了摇头，轻声说："我收到命令，让明天就动身，杨波他们在城外接我。"

英杨愣愣听着，良久才问："还能回来吗？"

"应该有机会来上海吧。"微蓝也揽住他的腰，安慰着笑道，"我只是怕给你添麻烦。"

"不麻烦，"英杨忙道，"我公开讲过的，你苏州的姑母身体不好，因此总要你两地跑着照顾。"

微蓝点了点头，却没有说什么。她知道自己很难回上海的，却不想说开了让英杨难过。不要说上海，她留在苏皖的时间也有限了。这次来之前她收到风声，组织上想调她回延安。

延安离上海那么远，远得微蓝没了信心去想象未来。但这些话她不会讲，英杨时刻处在精神高压下，已经够烦心了。

"我有时候，真恨不得你不是魏青。"英杨抱紧她说，"那样我至少能向组织开口，请求把你留下来，做我的单线联络员。"

"哪有这么好的事？"微蓝笑起来，却又道，"你的联络员有找你吗？"

英杨不敢说实话，只能摇摇头："还没有。"

微蓝闻言皱眉，道："算着时间，从延安过来也该到了……"她没说完，忽然房门开了，小莲走了出来，然而一见英杨和微蓝相拥而立，她哎哟一声又缩回去了。

"明明是你的家，我们偏要在院子里说话。"微蓝放开英杨，羞涩笑道，"有什么进屋说吧。"

英杨答应，牵着她走进屋里。

客厅里，珍姨坐在窗下织毛衣。她手艺极好，张七的毛衣毛裤都由她织出来，微蓝听说了，便去买了毛线回来，请珍姨也给英杨织一套。

见英杨回来了，珍姨忙放下毛线活计，起身望望挂钟道："怎么这时候回来了？吃过午饭没有？"

"我吃过了，"英杨客气道，"您不必忙了。"

珍姨哎哎答应着，依旧麻利收起毛线，转进厨房去泡茶。英杨牵着微蓝在沙发上坐下，他这样能看见窗外，还是阴沉沉的冬日午后。

"上海总是这样，十天里有七天阴着脸，晴朗不起来的。"英杨低低抱怨。

"你心里是阴天，外头就是阴天。你心里若放晴了，走到哪里都是晴的。"微蓝笑而安慰。

英杨取笑道："你这话十分唯心主义，不顾客观事实。"微蓝摇摇头笑道："过日子不能总盯着客观，有时候也要躲一躲的，躲到想象里去。"

"那么你常想什么？"

"天冷了，我就想姆妈做的褥子，絮得又厚又暖。天热了，我又想姆妈做的乌梅汤，冰凉酸甜。不冷不热的时候，我就想日本人怎么还不走，新中国怎么还不来，等到胜利了，我也能看看春花，赏赏秋月。"

英杨听着，心里又酸又甜，像是喝到了那碗乌梅汤，于是感叹："若非我亲耳听见，绝不信这话是魏书记说出来的。"

"我说过我不想做魏书记的，"微蓝轻声道，"如果国家不是这样，我只想做卫兰。"

英杨心有触动。他也宁可她是兰小姐，能留在上海，没有敏感的身份，也没有丢不掉的工作，他也能天天见到她。无论"真正的特工"怎样要求，要背负骂名也好，要消失在人海中也罢，有兰小姐陪着，他都甘愿领受。

可是魏书记不一样。在取得军统绝对信任的同时，英杨必定会被彻底唾弃，到那个时候，兰小姐可以原谅他，魏书记却只能恩断义绝。

一念及此，英杨的心像被尖刀掠过，疼痛缓慢泛开。他约束思想，赶紧找话问："等到胜利了，你最想做什么？"

微蓝美眸轻转，笑道："我想去法国。"

英杨一怔："为什么想去法国？"

微蓝盯着他，要说什么却又不说。英杨以为，她是要去自己去过的地方，于是握她手笑道："去法国很容易，我带你去就是。法国最有趣的是乡间，但那边阴天比上海还多！"

微蓝的眼睛睁大了，充满了少女的好奇。英杨正要进一步忽悠她，却听门哐的轻响，华明月进来了。

"金小姐，小莲在不在？"

华明月进门就大声咋呼，等看见英杨就赶紧收声。然而想溜已经晚了，不溜又有点害怕，他于是僵在当场，像个姿势怪异的雕塑，十分滑稽。

英杨皱起眉头，不高兴道："你不用上班吗？"

"张，张哥叫我出去办事，我办完了就，就……"

"就跑到这儿来了！你找小莲干什么？"

"哎呀，他找的是小莲，又不是找你！"微蓝赶紧打岔，"你这么凶干什么？"

英杨虽不满微蓝回护，却隐忍不发。微蓝送个眼色给华明月，说："小莲在珍姨屋里，你去吧。"

华明月答应一声，脚底抹油般无声遁走。等他没影子了，微蓝才笑道："八成是小莲叫他弄什么东西。只要是小莲要的，这傻子千方百计也要弄来。"

"他是什么意思？"英杨皱起眉头，"我带着他，是要教他做正事！不是成天哄小女孩开心的！"

微蓝正要接话，外面院门轻响，成没羽又回来了。

"这个家人太多了！"英杨气急，"想和你说几句话，怎么这样难！"

他刚抱怨完，成没羽已经一步跨进来，紧接着说："小少爷，我有事同你讲。"

英杨知道是处理"尾巴"的事，真正无奈至极，只得起身道："去书房！"

英杨收起儿女心肠，带着成没羽上楼进书房，掩上门问："尾巴跟了多久？"

"这尾巴真厉害！我知道他在后面，却没一丝感觉！为了甩掉他，我只好去了鸦片馆。"

"之后他走了？"

"是的。我守到赵科长进来报信，说尾巴走掉了，这才回来的！"

"这家伙属王八，咬死了不松口。"英杨恨恨道。

"小少爷，要不要把尾巴搞掉？"成没羽问，"拿掉他很容易，一飞镖的事。"

英杨想，他现在是特派员，一身轻松没有拖累，让沈云屏盯几天并无损失。

"让他盯着吧，"英杨说，"盯到无趣自然就撤了，不必管他。"

"是。"

英杨抽了抽鼻子，又说："你赶紧去换衣裳！鸦片味道很重，别让兰儿误会你！"

成没羽答应着出去了。英杨独自坐在书房里，只觉得千头万绪的事，纷乱如柳絮随风舞，看得人眼乱心乱，不知先顾哪一团好。

平心而论，取得沈云屏的信任难，靠近李若烟却容易。沈云屏是世家子弟，眼睛长在额头上，傲气十足。李若烟却是平民新贵，喜欢收买人心，好相处多了。

但是靠近李若烟与"沉渊行动"背道而驰,是无用功。怎样才能获取沈云屏的信任,英杨毫无头绪。他捏了捏抽痛的太阳穴,把这事先放过一边。

成没羽回来之后,楼下热闹起来。珍姨摊了馄饨皮,剁了肉馅,把竹篦搁在客厅里,吩咐小莲、华明月包馄饨。她虽不说,大家都晓得,今天的丰盛晚餐是要为微蓝饯行。

英杨走下去,依旧坐在沙发上,看着他们边包馄饨边自在谈笑,那团快乐近在眼前,却又远得摸不着。

等他去了重庆,今天的屋里人,有谁能留在身边?伤感像山间雨后的清泉,静悄悄漫起来,但并不能将人淹没,只在心底冲刷着。

"小少爷,我把过年的好菜都用掉了。"珍姨转向英杨笑道,"你不要怪我啊,这就算是团圆饭了。"

"啊!好!"英杨恍然回神,想起没几天就是新年了。

"金小姐,你姑母怎么这时候叫你回去?"华明月抱不平道,"为什么不能过了年再走?"

"她一个人在乡下,也等着我回去过年。"微蓝笑道。华明月做鬼脸,道:"她以为你在上海没有家!金小姐,你早点嫁给我们处长,就能留在上海过年啦!"

微蓝红了脸,低头不语。小莲赶忙扯住华明月,说:"就你话多!你说帮我捏个小兔子的,兔子呢?"

华明月吐吐舌头,伸手霍霍珍姨的馄饨皮,要替小莲捏兔子,又被珍姨埋怨浪费粮食。众人说说笑笑闹到晚上,珍姨使出毕生本领,整治了一桌菜肴,喷香诱人。

众人围桌坐下,说是提前吃团圆饭。英杨心绪难安,知道与微蓝这一别等同永别,他若去了重庆,再见微蓝是难上加难。微蓝也有心思,知道自己要去延安了,再来上海机会渺茫。

这桌上张七老实,成没羽安静,小莲怕生,珍姨又顾着上菜,只有华明月努力搞气氛,然而收效寥寥。

当着这么多人,英杨想说的话只能和酒吞下。女儿红本就易入口,当时并不觉得,等吃罢饭,张七、华明月告辞而去,成没羽、小莲帮着珍姨收拾,英杨忽然醉了。

他看见的全在乱转,耳朵里嗡嗡响,头重得抬不起来。微蓝瞧他面红耳赤的,便扶他上楼休息。

然而把人送到床上,英杨却不肯放她走了。

"我去倒茶来给你。"微蓝推着他说。

"我不吃茶,我有句话问你。"英杨说。

不知是醉还是伤心,他的眼睛湿漉漉的,像含着泪。微蓝软了心肠,便问:"什么话?"

"如果再见不到了,可怎么办呢?"

这答案微蓝不知道,可她安慰着说:"那么我们约好了,等胜利之后,在琅琊山上的醉翁亭见。"

她以为英杨会答允,谁知英杨摇了摇头,眼睛里的水色更浓了:"我不知道什么时候胜利,也不知道胜利之后,我是不是还活着……"

不等他说完,微蓝两根手指压在他唇上,轻声说:"不好乱讲的。"

英杨想,他心里的所有,也只有这个晚上能说了。他握住微蓝的手,贴在唇上问:"你怕我死了吗?"微蓝被他眼睛里的灼热吓着了,忍不住要躲。

然而这时候躲是来不及了。英杨的酒意传染了微蓝,让她也晕迷着,只记得他在耳边说:"如果要死,就让我死在今晚吧。"

三十四　拦路虎

第二天早上,英杨醒来后先摸摸身边,微蓝已经不在了。他吓得直坐起来,以为自己睡过了时辰,然而三步并作两步赶下楼,听见微蓝和珍姨在厨房说话。

珍姨今天起得早,学北方人包了饺子,说是离家前要吃饺子,才能"包住",保得尽快团圆。

她拿出上海娘姨的改良手艺,把饺子包得玲珑漂亮,用香菇笋丝木耳调成素三鲜馅儿,又调进麻油,拌得喷香。

听见微蓝还在,英杨心里一块石头落地,才觉得头痛欲裂,忍不住低吟一声。珍姨听见动静,赶出来看见了说道:"哎哟,小少爷怎么不穿鞋就下来了?这么冷的天要冻着的。"

英杨忍着头痛,摆手说"无妨",转身坐进沙发里。珍姨一迭声叫小莲,让她上楼去取英杨的晨衣拖鞋。

这么乱了一会儿,微蓝才从厨房里出来,捧了杯茶搁在茶几上,转身就要走。英杨连忙拖住,赔着笑说:"我醒来以为你走了,吓得魂魄都散了。"

因为昨晚的事,微蓝不大愿意理他,只低着头不说话。英杨便搂她坐下,悄声道:"你今天就要走了,难道要不理我,叫我不安心吗?"

微蓝眼睫微颤,这才轻声说:"这样大的人,冬天里不知道穿鞋,还要我说什么?"

英杨微叹一声,捏着她的手来回翻弄,也不说话了。

吃罢了早饭,英杨送微蓝到城门口,出去后杨波会在路边接应。近来战事波动,涌入上海的难民逐日增多,各处城关都增设岗哨,谨防难民闹事。

眼看道路拥堵,英杨索性停下车,领着微蓝往城关走去。排队过关时,英杨放眼望去,见哨卡外挤着想进城的难民,蓬头垢面、衣衫褴褛,表情麻木、眼神黯淡,没有一丝活气。他们为求生而逃难,却已经不耐烦活着了。

英杨心里难受,却无力相帮,只能转开目光。他上周去和平政府开会,知道城外的难民安置不了,每天要收三十多具尸体。然而相关部门的官员讲,战场上死掉的更多,打仗嘛,有难民算什么呢?

当时英杨听不下去,他看讲话的官员四十来岁,头发半秃,五官寻常,看上去平平无奇。

这样普通的人,却能轻巧地说出人命如草芥,可见战争让人心一再地坏下去,渐渐无可救药。

英杨想,未来几年、十几年,甚至几十年,他将与信仰逆行,与这些不齿者为伍,他不知会变成什么样子。

微蓝发觉手被英杨攥紧了,以为他在担心关卡,便安慰道:"应该能顺利。"

英杨挤出笑道:"是,会顺利的。"

他刚说完,忽然看见李若烟从人群里冒出来,三步两步就要到跟前了。

英杨这时候要溜太过刻意,他稳住心神,大方牵起微蓝迎上去招呼:"李主任,早上好。"

"大清早在这儿干什么?"李若烟打量微蓝笑道,"这小姐是哪位?"

"是我的未婚妻。她叫金灵,原先在汇民中学做美术老师。"

"哦——金小姐！你好你好！"李若烟热情起来，"为什么要说原先是美术老师？现在不是了？"

"她有个姑母在苏州，无儿无女的又身体不好，总是叫她去照顾。三天两头地请假，汇民中学不高兴，同她解约了。"英杨代为解释。

"这是汇民中学的不对！金小姐照顾长辈尽孝心，不褒奖就罢了，怎么还要解约！"李若烟一脸正义，"英处长，这事你该管管，请校长来喝杯茶谈一谈！"

"学校也不容易，"英杨笑道，"解约就解约吧，我不缺她那份薪水。"

"是的，是的。"李若烟顺风急拐，"金小姐这么漂亮，当然要藏在家里，何必出去做事！"接着又问，"你们这是……要出城呀？"

"她去苏州乡下，姑母的病又不好了。"英杨道，"我把她送出去就行，乡下雇好了牛车来接的。"

"既是这样，你赶紧送金小姐走！不要在这里排队！"李若烟大方挥手，示意前面放行。

英杨只能领他好意。再三道谢后，他牵着微蓝在周遭羡慕的目光中出了城。走了八百多米，便见杨波打扮成乡下汉子，抱着根鞭子坐在牛车上张望。看见微蓝过来了，他赶紧迎上来。

英杨把微蓝随身携带的小包袱递给杨波，小声叮嘱道："照顾好她。"杨波点头答应，英杨把微蓝扶上车，两只眼睛看看她，却一个字也说不出来。

微蓝却点头说："我知道了，你快回去吧！"英杨说"好"，后退了一步，看着杨波催动牛车，带着微蓝缓缓而去。

他站在土道当中，看着牛车慢慢向前去，微蓝始终没有回头。英杨就想，她为什么不回头呢，也许是最后一面了，哪怕看一眼也好。可他忽然想起，小时候听韩慕雪讲过，人的预感很准的，你预感到什么，往往结局就是什么。

英杨甩甩头，把不祥的预感驱走。他神色落寞回到城里，抬眸便看见李若烟。李若烟还没走呢，正叉腰站在原地抽烟，见了英杨过来，他立即扬声招呼："英处长吃过早饭没有？我们去喝咖啡吧？"李若烟今天穿着灰呢大衣，裹在身上十分敦实，配着过于灿烂的笑脸，整个人显得很朴实。

英杨吃过早饭了，但他当然不会拒绝李若烟，便笑道："我晓得一间咖啡馆，蓝山还算正宗，三明治也做得好，一起去尝尝吧？"

"你推荐的下次再去，"李若烟呵呵笑道，"今天我带你去个地方，请你评判味道如何！你们出过洋的，留过学的，喝咖啡很懂啊！"

英杨谦虚两句，跟李若烟走到汽车前。

"你把英处长的车开回去。英处长跟我的车走。"李若烟吩咐身后的随从。英杨毫不在意地交出车钥匙，矮身钻进李若烟的汽车。

"这辆车不行了，要换了。"李若烟说，"最新出的克莱斯勒，那玻璃都是防弹的！我听说魏耀方弄到一辆。"

"他坐了吗？"英杨好奇。

"车子提回家没有三天，出事了！说起来邪门！"

事关魏耀方，英杨多一句不如少一句，因此笑笑不答。李若烟又说："讲到魏耀方，有件事要告诉你。"

"您说。"

"杀死魏耀方的凶手叫陈玄武。事发前他主动找过魏耀方，说你是军统的人，指使他暗杀魏耀方。"

"我？"英杨假作吃惊，"我怎么可能？"

"是啊，我当然不信的！我同魏耀方讲，别人不敢保，英杨绝不可能同军统有关系，他是从法国回来的，没时间接触军统！可是没人信我，都要相信陈玄武，结果跑到码头层层布置，陈玄武呢？屁股一拍从龙华跑出去了！"

"这事情太险了！我竟不知还有这事！"

李若烟长叹一声，拍拍英杨的腿说："日本人抓不到陈玄武，非要拿你开刀，但我坚决不同意！只不过日本人有句话问得对，为什么陈玄武偏要栽赃你呢？"

英杨早已准备好说辞，便说："也许是我见过陈玄武。这事都怪秋丹凤，他有朋友借了陈家兄弟的高利贷，非请我去帮忙做保人！"

"你去了？"

"秋丹凤十分能缠人！我没办法，只好跟去救人！"

"去了麻子染坊？"

"是的！陈家兄弟把人浸在染布池子里，没钱不放人。这大冬天的，人不淹死先要冻死！秋丹凤说我是英家小少爷，又是特工总部的处长，叫我来作保。陈玄武提出来，要同我比枪。"

"你赢了？"

"我耍点花头占了上风，这才把人捞出来。再后来的事，我就没过问了。"

"原来如此。"李若烟笑道,"我看是陈玄武恨上你了,因为比枪输了!"

"我怎么晓得他是魏耀方的司机?他自己也没讲嘛!"英杨诉苦,"真正是冤死了!"

"他若说你是延安的,也许我会信。"李若烟冷不丁道,"但说你是军统的,我绝对不信。"

英杨表情僵了僵,忍不住问:"为什么?"

"嗅觉,"李若烟笑,"干我们这行,嗅觉灵敏比什么都重要!"

"李主任,我既非军统,也和延安没有关系。我真的只是……"

看着英杨百口莫辩的样子,李若烟哈哈大笑:"开个玩笑!英处长别放在心上,我看你就是英家……"

他的话还含在嘴里,司机忽然急刹,伴着吱的啸叫,李若烟和英杨猛扑到前座上。

李若烟正要怒斥,司机已经骂出来:"突然撞出来,要死了!"

他边说边开门下车,动作快得英杨来不及制止。很快,争吵声从车头传来,隔着前挡风,英杨看见和司机争吵的是个学生,穿着黑色制服。

李若烟早已不耐烦,嘀咕道:"给两个钱打发掉好了,吵什么呢!"

他话音刚落,司机骂骂咧咧地回来了,拉开车门还不忘冲着学生骂:"小赤佬滚远点!不要来触霉头!"

英杨觉得这司机不大对,没等他反应过来,司机忽然被人一脚踹在背心上,身子直扑进车里。

英杨不假思索,按住李若烟后脖子就往下捺,自己也跟着伏下身。几乎就在同时,只听砰砰砰三声枪响,夹着车后玻璃哗啦啦的碎落声。

好在李若烟早上出来公干,座驾后还跟着两辆车。眼见前车出事,后面的特务早已下车掏枪还击,逼得刺客反击自保。

英杨得了这个空,抽枪撞开车门先扫两枪,接着滑出车外,借车门掩护探头向前看。刺客有三四个人,都穿着学生制服,此时躲在车头后面,时不时探身放枪。

英杨回身抓住李若烟后领,将他直拖出来,低声道:"你往后面去,我掩护你!"

李若烟来不及说话,四肢着地扭着屁股往后爬。英杨砰砰砰向前开枪,掩护李若烟爬到车尾。后面的特务直冲上来,接应他抱头捂脸冲进路边茶楼。

救出李若烟，特工总部士气大振，七八支枪同时开火，逼得几个刺客无处可逃，有冲出来拼命被打死的，有自杀的，还有一个被当场活捉。

外面得到控制，英杨提枪赶进茶楼。李若烟坐在条凳上喘气，望着英杨阴森森地笑道："英处长，你看到了，这可是军统逼我的！"

英杨不知道说什么，立在当场不吭声。

回到特工总部，李若烟亲审捉回来的刺客。上午九点进的刑房，下午三点就招了。人当然是铁血锄奸团的，参加行动的四个人都是。问怎么够胆子在路上动手，回答司机也是他们的人。

下午三点半，李若烟在食堂吃迟来的午餐，边吃边向英杨道："我就说司机不对。你说有这样的瘪三吧？撞了人给两个钱说声'对不起'，赶紧开车走吧，哪有站着吵架的！原来是等时机动手！"

英杨也觉得司机不对。给李若烟开车本该十分警觉，晓得特殊情况都有花样，绝不能随便下车的。

"这司机是咱们车队的吗？"英杨问。

"不，是我从警政部带回来的。"李若烟叹气，"你说军统要不要治？简直是无孔不入！我同你讲，和平政府里十个官，八个同重庆眉来眼去！"

英杨觉得很正常，他们本就同根生。

"天天说反共，不是我讲，上海滩的共都在哪里？码头苦力、学校学生、纺织厂女工、黄包车夫……都在这些人里头！他们知道多少国家大事？对我们能有多少威胁？政府里全被重庆带歪，还在叫唤反共！"

英杨点起一根烟，只听不出声。李若烟发完脾气，郑重说："今天多谢你！以后我有肉吃，绝不叫你喝汤。"

"李主任客气了，"英杨笑笑，"我只记得今早的咖啡没喝到，改天您要补请的。"

李若烟哈哈大笑，连连点头。

三十五　将进酒

吃完延迟到下午的午餐，李若烟立即召开会议，按照招供布置抓人。会议严控范围，只让行动处和情报处参加，电讯处和总务处不参与行动。

部署行动的会议内容精短，十分钟就结束了。英杨倚在窗边抽烟，看着骆正风在办公楼前调度车辆安排人手。他们气势汹汹呼啸而去，飞驰的车轮带起几片落叶，飘荡在尘土里。

英杨掐掉烟，想："不叫我参加也好，免得要给沈云屏送消息。"

他优哉坐下，刚拿起新送来的报纸，就听见电话响。

李若烟在话筒里说："英处长有空吧？有空陪我出去走走，把早上的咖啡补上。"

英杨答允。起身到办公楼前恭候，七八分钟后，李若烟迈着精壮粗短的腿走下来，精神饱满。

"他家咖啡也许放了罂粟壳，"李若烟说，"勾人魂似的，一天不喝就骨头痒。"

"那您真要当心，别染上了烟瘾。"英杨道，"商人为了赚钱什么都做得出！"

李若烟瞧瞧他，扑哧一乐："小少爷果然不知柴米价，自从日本人收了鸦片税，大烟壳子是什么价？用它来赚钱要赔死的。"

英杨奉陪寒暄心不在焉，这时候竟接不上话。

好在李若烟转开了话题问道："你有没有信得过的司机？我的司机在地牢里喝辣椒水，今天不能替我开车了。"

英杨于是推荐张七，又把遇见张七的经过讲了。李若烟很感兴趣，听完了问："我的重点在林小姐身上，她现在是你的嫂子了？"

"还没有。至少我没听大哥说要订婚。"

李若烟脸上闪过狡黠的微笑，却并不深谈，只让英杨叫来张七开车，载他们去吃咖啡。

他推荐的咖啡馆在古宁街，外面看平平无奇，里面光线昏暗，摆着一排排阔大的松木桌，桌上点了绿荧荧的玻璃台灯，气氛十足神秘。

浓烈的咖啡香气弥散在通风不佳的空间里。李若烟找了角落坐下，仰脖深吸咖啡香味，说："好香！我有时脑子拧得紧，要来这里放松。"

英杨在法国苏俄求学时，吃咖啡吃到要吐，但没有闻过这么浓烈的咖啡香。他有些不自在，总觉得这香气里掺了东西，让人精神振奋。

李若烟见他面色变幻，不由笑道："你还是怀疑这里烧鸦片？"英杨却摇头："这不是鸦片的味道。"李若烟更感兴趣："小少爷用过鸦片吗？"

英杨立即否认："在政府里做事不许抽鸦片的，查出来要屏退。"

"做做样子罢了，"李若烟不以为然，"若是把鸦片都禁掉了，日本人上哪里挣钱去？"

侍者送来咖啡，用粗陶杯子满装一杯，香气蓬勃。

"来尝尝，味道好极了。"李若烟迫不及待地呷了一口，又招呼英杨。英杨就唇尝了，除了多一脉肉桂，并没有多么特别。

李若烟叫侍者送来波本威士忌，亲手替英杨加在咖啡里，说："你再尝尝。"

英杨喝了一口，入口的味道忽然顺滑了，说不出哪里好，只是觉得妙不可言。

"这是什么酒？"他忍不住去看牌子。"产自美国的寻常威士忌，舶来品店里都有卖的。"李若烟笑道。

"有趣，两样普通东西掺着，竟然成美味了。"英杨不由感叹。李若烟高兴起来："小少爷真是妙人，一句话就讲出了世事精髓。"

他边笑边拍拍英杨手臂，说："我是个普通人，你也是。希望我们加在一起，能创出神奇来！"

英杨不料受他如此抬举，呆了呆才说："好。"

离开咖啡馆时，英杨特意回头找招牌，却没找到。

"这店叫什么名字？"他问李若烟。李若烟也找了一会儿招牌，道："我也不知道它叫什么名字，只知道在古宁路13号。"

"无名咖啡馆，"英杨说，"做名字也挺别致。"

不知道为什么，英杨和李若烟相处时很随意，这种随意超越了他以往的交际原则。英杨从来是时刻处在工作状态，与什么人相处用什么态度，都经过他的设计。但面对李若烟时，英杨有种奇怪的松弛感，仿佛无论怎样都是适宜的。李若烟说特工的嗅觉很重要，而英杨也在他身上嗅出了特殊的感觉。见过姬冗时之后，英杨很应该广交朋友，他必须毫无破绽地融入敌群，自然而然地成为他们中的一员。

这想法带着自虐的愉悦在他心底缓缓生根。

无名咖啡馆。英杨觉得这地方很应景，很适合他的处境，以及他的心情。

※※※※※※

回到特工总部，骆正风和纪可诚共同主持的抓捕已经结束了，带回来的人全部进了刑房。李若烟很高兴，让英杨好好准备晚餐宵夜，他今晚要通宵提审。

英杨领命而去，带着华明月亲自到食堂安排食谱、检查食材。忙完这些，华明月说："处长，刚刚我叔叔来电话，问您什么时候有时间，他有件小玩意儿想送过来。"

英杨心下咯噔，知道是沈云屏在弄鬼。总之躲不过，英杨于是说："那么你给他回个电话，就说我现在有时间，让他在餐厅等我。"

"好。"华明月说，"他知道是哪间餐厅吗？"

"他知道。"英杨叹了口气，"你叔叔真是个怪人，他那么有钱，为什么不收养你？"

华明月撇撇嘴，轻声又不屑地说："他是汉奸。"

英杨猛然刹住脚，望着他不说话。华明月慌了神，忙解释着说："处长，我不是这个意思……"

"我知道你的意思，我也讨厌日本人。"英杨截断了说，"但你在这里混饭吃，就不要讲这种话，会牵累到你的小命，记住了吗？"

"是，我记住了。"

"你跟着师父混江湖，向来不拘小节。"英杨笑笑说，"但跟着我不一样，你得记住，细节能决定成败。"

华明月眼神闪动，用力点头。

回到办公室简单收拾之后，英杨出门去右罗小馆。他驱车到达附近，照例把车停在路口，自己步行进去，远远便看见郁峰倚在门口抽烟，像是在等英杨。

在得知郁峰是自己人后，英杨反倒疏远他，不再没话找话搭讪，也不再见缝插针地挑拨他和沈云屏的关系。

已经是自己人了，英杨要做的是不露马脚。

看见英杨，郁峰很高兴地迎上来，说沈云屏在楼上等了很久。"他为什么会等很久？"英杨佯作不解，"我收到华慕玖递来的话，急忙忙就过来了。"

"他说你应该提前讲，"郁峰压低声音说，"在所有抓捕发生之前。"

英杨冷笑一声，不再与郁峰攀谈，纳头进了右罗小馆。在二楼熟悉的房间里，沈云屏用熟悉的姿势抽着烟斗，他的脸躲在喷出的烟雾之后，若有所思地盯着英杨。

"沈先生，找我有什么急事吗？"英杨明知故问。

"你答应给我放消息的，"沈云屏阴森森地道，"可是今天李若烟有行动，我为什么没能提前知道？"

"可你们要刺杀李若烟，也没提前和我通气呀！"

"刺杀李若烟？"沈云屏怔了怔，"谁要刺杀他？"

这下轮到英杨愣住了。他安静了三秒钟，问："不是你们买通了他的司机，派三四个人扮作学生拦路刺杀他？"

沈云屏望着英杨，不气反笑："我为什么要派三四个人去做这种事？不痛不痒地打草惊蛇？"

英杨皱起眉头，不解地看着沈云屏，半晌道："可是李若烟捣毁你们联络点的线索，就是现场抓回来的活口提供的！如果不是你的人，他怎么知道军统上海站的事？"

沈云屏原本气恼的脸色，在瞬间变了四变，从震惊到恼怒到了然再到一片灰白，最终喃喃道："自作孽，不可活。"

"什么？"英杨没听清楚，"沈先生说什么？"

沈云屏摆了一下手，说："看来李若烟是铁了心，要同我大战三百回合了？"

"你踩了猫儿的尾巴，猫儿也要冲你龇牙。"英杨说，"你要当街刺杀李若烟，他当然睚眦必报。"

"这次不怪你。下次李若烟有任何行动，希望小少爷明白自己在为谁做事。"

"好。"英杨不慌不忙道，"我为钱做事，所以价格照旧吧。"

沈云屏猜到英杨要提钱，他从内袋掏出信封来，搁在桌上说："大年下的，这是我们的一点心意。"

英杨抽出信封里的支票，看着上面不菲的数字，弯弯嘴角说："这是刺杀魏耀方的酬劳？"

"算是吧。以前的事我说声抱歉，同小少爷合作要讲诚意的，不能光用要挟。请小少爷不计前嫌，精诚合作。"

"这就对了。"英杨屈起手指，向支票上啪地一弹，"您有什么事尽管开口，从开始就不必往上海情报科引。我这人爱钱、贪生，但不想害人，你我之间的交易不必拉上无辜人做垫背。"

近墨者黑，英杨开始学习骆正风的人设。好在沈云屏不熟悉骆正风，这些平民出身的小军官不入他的法眼。面对英杨展示出的新面貌，沈云屏忍不住发问："我很好奇，你为什么要加入延安？"

"因为我大哥。我大哥总是看不起我，他把我和我娘看得玷辱门楣，我不大服气。"

"所以，你想在政途上押个宝？"沈云屏戏谑道。

"沈先生，您见多识广，您说未来的世界，是姓国，还是姓共？"

沈云屏脸上僵了僵，干笑一声。

"您没有脱口而出的答案，说明延安已经赢了。"英杨笑道，"咱们现实点，先齐心合力扳倒李若烟再说吧。"

告别时，英杨做出临时想起来的样子，道："我未婚妻去苏州了，她姑母病了。"

"不过年就走？看来姑母是急病。"沈云屏笑说，"小少爷，你什么都好，就是这个未婚妻……"

英杨想问她怎么了，但生生忍住了。沈云屏等不到他发问，自己把话说完："她经得起查吗？"

经得起经不起的，微蓝已经回根据地，说不准再也不会回来了。

"您应该早就查过了吧，"英杨语气轻松反问，"查到什么了吗？"

上海情报科撤出之后，沈云屏一直在寻找英杨的弱点，他不能完全相信英杨加入中共是为了利益。原本金灵是个着力点，但她离开上海了，真有点遗憾。

"我们是合作伙伴，彼此都要拿出诚意。"沈云屏虚情假意笑道，"我怎么会去查你的枕边人？说这事只是提醒你，不要让李若烟抓住小辫子。"

"那么，多谢提醒了。"英杨抓起帽子，鞠躬告辞。

他下楼时遇见郁峰，匆匆说："我在隔壁街的生生茶楼等你，找机会过来。"

"好。"郁峰低低说，又扬声道，"英处长慢走。"

英杨出了右罗小馆，匆匆走向生生茶楼，脑子里不断回放刚刚与沈云屏谈话的场景。讲到李若烟被刺时，沈云屏的表情不像是假装，他也没必要假装，看来刺杀李若烟并非出自他的安排。

会不会是李若烟的自导自演呢？如果是，他这么做目的何在？此外，沈云屏并没有把矛头指向李若烟，反而把这事压下不提了，又是为什么？

他走到生生茶楼，要了二楼的包间泡了茶，等了足有四十分钟，郁峰才姗姗来迟。

"刺杀李若烟是怎么回事？"英杨开门见山地问。

"这事是我做的。"郁峰平静回答。

"你做的！"英杨惊呆，"你为什么这么做？"

"说来也不是刻意的，"郁峰挠了挠头，"军统上海站有个副站长的空缺，有两个组长资历相仿，争得很厉害。我于是点拨了其中一位，让他做点让沈云屏高兴的事，立功才能晋职。"

"什么是让沈云屏高兴的事？"英杨皱眉问。

"李若烟咬住军统不放，把他干掉，沈云屏自然高兴。"郁峰说，"当然我没明说刺杀，是他们小组自己琢磨出来的，呵呵。"

二桃杀三士，同时激化沈云屏和李若烟的矛盾。英杨忽然感到，郁峰的心思挺多。

"难怪只派了三四个人，"英杨喃喃道，"我还在想，沈云屏不痛不痒搞这么一出是为了什么。"

"那个小组只有四个人，"郁峰笑起来，"倾尽所有了。"

"你做这些事，应该给我通个气。毕竟我是你的上线！"

"是！"郁峰接受批评很快，"我做特派员时间久了，不习惯做联络员，您多担待。"

"还有，以后这种多余动作不要做了。"英杨最后说，"沈云屏非常精明，一旦引起他的怀疑，你多年的潜伏就功亏一篑了。"

"好的。"郁峰淡然道，"我会注意的。"

三十六 庆春岁

回到特工总部，英杨在值班室门口遇见骆正风，此人只穿着衬衫，领口还解着两粒扣。"你不冷吗？"英杨问，"抓到了几个人，就把你骚气成这样？"

"小少爷这话酸得，许你立功不许我立功呀。"骆正风一面说话，一面伸手搭着英杨肩头，傍着他往办公室走，嘀咕道，"这是上哪儿去了？"

"头回在新家过年，插空去办点年货。"

骆正风不大相信，斜乜英杨一眼，跟着他走进办公室，自顾在沙发坐定，道："说到过年我想起来了，好久没去展翠堂了。"

"你还敢去展翠堂呀？夏巳恨毒了你，一腔怨愤全发在我身上！"

骆正风闻言笑起来，嗑着牙花子说："其实夏巳蛮漂亮。上海滩的舞女、花魁、戏子，挂头牌的我都见过，但都少点夏巳那股子劲。"

英杨冷笑不答，骆正风竖起三根手指头，捏个兰花指拿腔作调："清水出芙蓉，天然去雕饰。"

"这样好你躲着她？夏巳当时认定要跟你了！"

"喜欢是一回事，娶回家是另一回事。"骆正风讪笑道，"就好比你，汇民中学的美术老师是漂亮的，但你当真娶回家呀？你是英家小少爷，娶个没门楣的女孩子，没有意思的。"

"金老师是正经人家，和夏巳怎么比？"英杨一面沏茶一面说。

骆正风打个响指："我以为在你们眼里众生平等，原来也在乎这些！小少爷，别怪我不提醒你，娶妻学问大，若能做成金龟婿，那就推开了新世界的大门。"

英杨懒得听他念歪经，打岔说："你今天心情这样好？抓回来的人都招了？"骆正风笑道："意外收获！锄奸团以小组为单位活动，本来只打掉一个小组，结果抓来的活口招出的联络点有我一个旧相识，他被我打动了，又说了一个小组。"

英杨一惊："在哪里？"

"静安寺西街的一间书店。这个小组代号'紫毫'，说定好了今晚十二点在书店碰头，我这一铲子下去，那是一窝端！"

"他们有人被捉了，今晚还照常碰头吗？"

"招供的人并不是紫毫小组的，他只是碰巧知道，所以我说是意外收获！我在军统时就知道，锄奸团鱼龙混杂，重庆经费充足，他们为了扩充人手干活，什么人都招。"骆正风感叹道，"论理小组和小组之间不该串联，事实上做不到。"

英杨点头笑道："那么恭喜骆处长，要立新功了。"

"有啥恭喜的，立这个功既没钱又没官做，想想就没意思！我正在犹豫呢,要不要告诉李若烟。"

骆正风嘴里说着话,眼睛却瞅着英杨。他眼睛里一层层的意思,英杨立即就懂了,随即笑道:"这消息卖给我没有用处,我总不至于花自己的钱替军统打掩护。"

骆正风无奈,掐掉烟站起身:"横竖卖不出价钱,赏给李若烟了。"

"你等等。"英杨忽然道,"我自己虽然不用,但有个渠道替你卖出去。但我抽一成的过路钱,你肯不肯?"

骆正风大喜:"这有什么不行?就按小少爷说的办!"

他磨叽到现在,总算把主要意图解决,得意扬扬告辞而去。英杨在办公室坐了一会儿,暗想有骆正风帮着出头也挺好,把他放的消息给沈云屏,李若烟查下来也有骆正风先顶着。

英杨算计妥当,吩咐张七留守,自己驱车到了和平政府办公厅。进门时,他向岗哨打听电影检查委员会,才知道这个部门不在主楼,在后面的小红楼。

小红楼只有两层,破得摇三晃四,一副风大必倒的既视感。不重要的部门才会被发落到这里,门口也不设岗哨,英杨上到二楼,在西头找到"电检委"的木牌,敲了敲门。

"进来。"里面有人应声。

英杨推门进去,看见华慕玖正在打电话,右手提着支关东辽尾做记录,表情十分严肃。

看见英杨进来,他嗯啊两声挂了电话,起身招呼:"英处长!这是什么风把贵客吹来了?"英杨打个哈哈:"谈什么贵客,客气了,不打扰华主任写字吧?"

他边说边走到桌前,歪头看看华慕玖的字。桌上放着张香边连四纸,上面用工整的小楷写着:上午九时,小礼堂,约一百二十人。

好笔、好纸、好字,却写了这么一条无趣的东西。英杨硬起头皮夸奖:"华主任这笔字出神入化、功力十足呀!"

"闲来无事,打发时光罢了,谈不上功力。"华慕玖一面谦虚,一面沏了茶水,请英杨坐到沙发上。他这间办公室十分空旷,看着仿佛刚搬进来不久,很快又要搬走了。

"地方简陋,小少爷见笑了。"华慕玖见英杨四下打量,先自嘲道,"小少爷有吩咐来个电话,我去办就是,怎么劳烦您跑过来?"

"找你也是顺路,并不是特意过来。"英杨笑道,"请你给沈先生带句话,静安寺西街的那间书店被人瞧中了。他们想要盘店,不知道沈先生肯不肯卖。"

英杨把话说完了,见华慕玖早已变了脸色,却呆坐着不动。他于是提醒道:"华主任?"

华慕玖这才回过神来,匆匆起身道:"此事我要尽快转告沈先生,就不留英处长久坐了。"

英杨一笑起身:"无妨!我也有事要告辞了,烦请华主任给沈先生带句话,此事若成了,我这中间人的费用不可短缺了。"

华慕玖抱拳拱一拱,道:"英处长放心!"

******

离开办公厅,英杨直接回家了。李若烟越是大张旗鼓斗军统,他越是能躲就躲图清静。

到了家门口,便见珍姨指挥成没羽往房檐下挂红灯笼,院中草木都挂着红纸剪的圆环,图个喜气。

英杨头回在"自己家"过年,被这氛围感染了,笑道:"这院子里添些颜色,年味也出来了。"珍姨迎过来道:"先生回来得正好,成小哥带了许多对子来,您来挑一挑,哪副贴在大门上好。"

英杨兴致勃勃答应,正要跟着去看对子,却听身后有人惊喜唤道:"英杨?喂!你是不是英杨啊!"

英杨心下微凛,转身便看见林奈。她穿一件驼色呢斗篷,戴着短檐圆帽,满面惊喜站在栅栏门外,身后跟着提行李箱的仆役。搬进愚园路后,英杨已做好遇见林奈的准备,能拖到现在碰面已经不容易。

"林小姐,幸会啊。"英杨落落大方打招呼,"你要出远门呀?"

"不是出远门,是回来过年。"林奈咯咯笑道,"我去南京住了一段时间,刚回上海。"

难怪现在才碰到她,原来去南京了。

"你为什么在这里,来朋友家玩吗?"林奈走到栅栏边,打量着别致小院道,"这房子一直空着,这是拨给谁住了?"

"不是我朋友的家,是我的家,我也刚搬来不久。"

林奈闻言大惊:"你的家?你为什么不跟师哥住了,为什么要独自……"

她说到这里忽然明白了，恨声道，"是他把你赶出来的对吗？趁着你娘不在，他就这样欺负人！你等着，我现在就去找他！"

"你等等！"英杨急唤。

林奈不听，踩着高跟鞋噔噔噔直往前冲。英杨拉开栅栏门追出去，攥住林奈的手臂扯回来，气道："不分青红皂白的，你要搞什么？"

"英柏洲把你赶出来，现在我帮着你，你反倒说我不分青红皂白？"

"他没有把我赶出来，是我自己要搬出来的！我同他住在一起，见个朋友都不方便！"

"见什么样的朋友，要单独开销一个家出来？"林奈审视英杨，忽然皱眉，"金小姐从苏州回来了？"

英杨不想回答她，岔开道："你行李还没放，就站在这里同我说半天的话，这一身火车上的味儿啊！我劝你先回家换衣裳吧！"

林奈舟车劳顿，被他一提醒，恨不能立即回家洗澡。反正英杨就住在眼皮子底下，以后有的是时间串门，她忽然心情大好，灿烂笑道："你说得不错，这火车上的臭味呀，快要把我熏死了！"

她于是与英杨告别，意气风发快乐地回家去了。

英杨看着她身影消失，这才回转小院。珍姨在边上看了半天热闹，这时候问："小少爷，这位小姐是谁呀？同你很熟稔的样子。"

"她姓林，就住在前面那幢大宅子里。"英杨回答，又见珍姨眼神闪烁，不由问，"怎么了？"

"没什么。"珍姨往围裙上擦擦手，"她打扮得好，其实没有金小姐漂亮。金小姐什么都好，就是太素净了。"

她说罢冲英杨笑笑，转身回屋去了。英杨独自站在小院里，触目皆是彤红的小纸圈，远看像一只只眨动的眼睛。

******

除夕前一日，英杨打算给自己放假，推病不去办公室了。吃早饭时，珍姨和成没羽商量着去置办年货，英杨听了一会儿，深感过日子的麻烦。

他推碗起身，躲进书房看闲书，看了约摸小半本，案头的电话急响。英杨拎了话筒"喂"一声，便听张七在里面急："处，处长！炸，炸了！"

"炸了？什么炸了？"

"办公厅的小礼堂炸了！炸塌了大半边，在里头开会的人，全都，全都埋进去了！"

英杨脑子里打闪般地一亮，忽然想到华慕玖写下的那行字：上午九点，小礼堂，一百二十人。

他急忙抬腕看表，九点十分。

等英杨赶回去，特工总部已经忙乱不堪，走廊里人来人往，恨不能脚不沾地地飞。英杨回到办公室，张七已等在那里，见他进来就说："处长，李副主任光火了，在楼上跳着脚骂人。"

李若烟当然要骂人，这其实是军统针对他的报复。

"小礼堂伤亡数字出来没？"英杨问。

"还没有，我听陶瑞波讲，现场很惨烈。"张七说，"炸药包就粘在椅子底下。"

英杨心里拧了拧，盘算着李若烟要用多久找出华慕玖。一旦华慕玖暴露，华明月留在处里就很棘手。

"处长，你要不要去医院瞧瞧？"张七见他默声不语，又小心请示。

"我为什么要去医院？"

"大少爷受伤了，送到陆军医院了。"

英柏洲？

"他伤得重吗？"英杨赶紧问。

"听说大少爷运气好，本来是坐在底下的，结果今天内政部部长有事，请他代为发表新春演讲，因此大少爷坐在主席台上，爆炸时被压在桌子底下，只受了点轻伤！"

英柏洲受伤，英杨无论如何要去看一看，算作是装点门面。好在他在总务处，紧急任务一时半会派不到他，可以抽身出来。

他于是叫来华明月，让盯着食堂和车队，自己带着张七去了陆军医院。陆军医院也乱成一片，大厅里放着横七竖八的抢救床，急救室门口嗡着一堆人。张七好不容易捉住一个护士，问英柏洲住在几床。

"别跟我说名字，重伤轻伤？"护士瞪着眼问。

"轻伤。"张七赶紧回答。

"轻伤在二楼留观室。"护士匆匆答完，脚步不停往抢救室去了。英杨便带着张七上二楼，二楼也是人挤着人，留观室门口乱成一片，里面跟难民营一样，桌上床上地上都坐满了人。

张七找医生问了,轻伤留观可以回家,但要家属签字才行。英杨想,除了自己,英柏洲在上海并没有家属,看来他还在里面。

他奋力挤进屋,在窗边找到英柏洲。英柏洲头上缠着白绷带,手臂吊在胸前,脸色难看至极,一绺头发耷拉在额前,多少有些狼狈,却还保持着贵族风度,面孔冰冷,眼神高傲。

"大哥。"英杨不卑不亢唤道,"你还好吧?"

英柏洲眼神里的惊讶迅速转为厌恶很快又平静下来,他淡然道:"还没死。"

"伤得不重就好,我接你回去吧。"

英柏洲没有回答,仿佛并不感谢英杨的突然出现。凭借直觉,英杨感到他叫了别人来接。

兄弟俩正在双双默然,忽然听见一声娇呼:"师哥!"林奈穿过人群,挥手叫道:"师哥我在这里!你没事吧!"

✦ 三十七　偶相逢 ✦

英柏洲的第一选择当然是林家,他绝不会放过被林家照拂的任何机会,哪怕只是在出院证明上签个名。英杨冷眼旁观,深感英柏洲的冷酷精英范是张皮,他内心的谄媚虚荣让人难受。

林奈满面焦急地跑过来,却在看见英杨时绽出一团喜气,兴高采烈道:"英杨!你也来啦!"

"我大哥受伤了,我当然要来看看。"英杨顺口说。英柏洲却已经不耐烦了,皱起眉头道:"这里味道太难闻了。"

"是的,是的。"林奈哄小孩似的说,"那么我们快走吧。"

她说着伸手搀扶英柏洲,又回头招呼英杨。英杨很觉得神奇,这丫头的坏脾气仿佛只对自己限定,她在别人面前都是乖巧懂事的,比如英柏洲,比如韩慕雪。

办手续的时候,林奈还是让英杨在家属意见单上签字。英柏洲虽然不悦,却也说不出什么,但一脸憋出内伤的表情实在让英杨觉得好笑。

到了医院门口,林奈请英杨一起上车。英杨要推托,却被林奈质问:"你大哥受了伤,难道你要把他独自丢回家吗!"

她今天赶来得急,破天荒穿了件淡蓝色的丝绸旗袍,外面套着黑色羊绒大衣,倒显出几分稳重来。

此时英杨手抄在口袋里站着,林奈扶着车门同他讲话,远看像闹别扭的两口子,这场景刺痛了英柏洲的眼睛,让他生气地探出车厢,道:"让你回去就回去,非要在医院门口啰唆什么?"

英杨作出妥协,吩咐张七把汽车开回去,自己跟着上车。

算来有一个月不曾走进英家,所有的熟悉里都派出陌生味道来,很叫英杨唏嘘。韩姨见到英柏洲大惊失色,白着脸问东问西,仿佛是自己的儿子受了伤。

英柏洲却不领情,不耐烦地让她去厨房沏茶。他自己半扶着林奈走进客厅,却愣了愣。

沙发上坐着个五十多岁的男人,瘦得令人立即想到竹子,但他的眼睛很亮,气度雍容地打量进来的三个年轻人。

"爸。"林奈欢呼着跑到他身边,"您怎么来了?"

这人正是林奈的父亲、英柏洲的老师林想奇。英杨头一次见到他,觉得他气场强大,虽然面带笑容,眼神却犀利无比。

英柏洲鞠躬笑道:"受点小伤不算什么,怎么敢劳动老师跑一趟?"

"不算什么也是受伤,老师当然要关心你。快坐下吧,别站着了。"林想奇说着看向英杨,问,"这位是?"

"这就是英杨,柏洲哥哥的弟弟。"林奈抢答道,"我跟您说过好几次的!"

"英杨。这个'杨'字好。"林想奇的声音沉稳柔和,"早荷向心卷,长杨就影舒。这个字挺拔又温和,符合你的气质。"

英杨猝不及防被夸奖,连忙谦虚:"长官谬赞了。"

"怎么叫起长官了?你也在政府部门吗?"林想奇微笑问。英杨道:"是。我就职特工总部,现任总务处处长。"

"哦,和若烟在一起。"林想奇笑一笑道,"若烟也是我的学生,投在我门下比柏洲要早。他很刻苦,也很用功,只是做学问的时间太少,浪费了天资。"

英杨先震惊李若烟与林想奇的渊源,更震惊"李若烟"和"做学问"联系起来，双重震惊之下，他不由呆愣着不出声。

林想奇温和笑道："看来你不相信。等柏洲伤好了，我请若烟和你来家里坐坐，听他高论时政，你就相信了，哈哈。"

他的笑声打破了略僵的气氛，英柏洲和林奈也跟着笑起来，英杨也不由自主松泛下来。当着林想奇的面，英柏洲收起冷淡，破例让英杨坐下喝茶。

接过韩妈捧上的茶，英杨边喝边想，林想奇如此儒雅随和，为什么宁可做汉奸呢？他满口的"做学问、讲时政"，怎会相信孩童都嗤之以鼻的"曲线救国"？

林想奇搁下茶杯，又问英杨："林奈说你从法国留学回来，是学习什么课目？"

"建筑艺术。"英杨据实答道。

"真好。学艺术的人有颗悲悯心，能济世救人。"

这说法真新奇，英杨轻笑一声。林奈不高兴地噘嘴："我爸说得不对吗？你笑什么？"

"不，我只是受宠若惊。"英杨道，"听说我学建筑艺术，大都说英家有钱，竟去学这没用处的课程。只有林长官博古通今，知道建筑艺术的妙处。"

"我主张中国的青年多学艺术，"林想奇忽然正色，"我们的国家，正因为少了艺术的滋养，把日子过得太现实了，才会生出遍地的麻木不仁。今日之中国，唯热血有志的青年，方能找寻出路！"

英杨完全听呆了。

他怎么会听到卖国求荣的汪派说出这些！南京沦陷之后，国民政府远渡重庆，是林想奇潜入上海与日本代表商讨投敌办法，并在重光堂签下最初的协定，才有了后来震惊全国的艳电。

他们所说的与他们所做的，分明是背道而驰。这究竟是林想奇的虚伪，还是英杨的误会？

眼看英杨愣在当场，林奈又嗔道："爸，您一讲这些就板起面孔，老吓人的！柏洲哥哥受了伤，你一字不问，只抓着英杨说什么诗词啊艺术的，烦不烦啦！"

"我待你哥哥什么样，待柏洲就什么样。你哥哥幼时跌在地上哭，旁人纷纷去扶，只有我呵斥不许，要叫他自己爬起来！"林想奇说着望向英柏洲，"这点小伤，我想你并不在乎。"

"当然。"英柏洲忙道,"不足挂齿的小事。"

"他们想杀掉我们,不过是认为他们那套能救中国。然而他们未曾想过,中国只有获取喘息之机,休养生息,方能恢复国力谋求复兴!"

"老师说得是。昔时勾践卧薪尝胆,为的是有朝一日振奋国威。否则只知消耗不知蓄力,永远也不能翻身!"英柏洲连忙迎合。

林想奇点了点头,眼神却略略涣散,不知想到了什么。片刻之后,他轻叹道:"我来你家坐坐,一为查探你的伤势,第二也是找地方躲躲。外面乱成那样,他们肯定在找我,然而我又有什么办法呢?"

"是。"英柏洲喏喏答应。林想奇又道:"我早就说过,重庆那位是睚眦必报的,汪先生另立政府,是对他最大的挑衅!为此他必然血腥报复!"

英柏洲斟酌良久,小心道:"但如此放任下去,只怕再无人入职和平政府。"林想奇冷冷道:"和平是人心所向。由着他们去吧,事实会告诉重庆,什么才是中国的需要。"

英柏洲不再作声。英杨却满腹不解,林想奇貌似气度不凡,这几句话却说得懦弱退缩,甚至不如李若烟杀伐果断,这样的人如何能成为汪派核心?

"看你没事,我也就放心了。"林想奇道,"你在家休息吧,我回去了。"

英柏洲答允,连忙起身相送。英杨跟着送到车边,注目林想奇父女离去。英家再次陷入寂静,英柏洲淡漠道:"韩妈不知道你会来,没买多余的菜,我就不留你便饭了。"

"好,"英杨也没有二话,"那么我告辞了。"

*****

从英家出来,英杨一路都在琢磨林想奇。他拿不准这究竟是什么样的人,他是有风度的,但也是空泛的,他仿佛思想睿智,但讲到"曲线救国"时又幼稚得可怜。这样的人得到英柏洲的绝对尊敬,说明什么?

回到特工总部,陶瑞波就等在门前台阶上,看见英杨过来忙叫道:"英处长,李副主任等你开会呢!四处找不到你!"

"开什么会?早上为什么不通知?"

"是临时会议,关于小礼堂被炸的事。"

英杨不再多问,三步并作两步跨上三楼。他以为会议室里坐满了人,谁知推门进去只见到几位处长,连杜佑中都没出席。

李若烟脸色不好,也不问英杨去了哪里,只示意他坐下。

"今早的事大家都知道了,"李若烟声音低沉,"军统这是宣战了,要和我们硬碰硬干到底!"

会议室一片沉寂,没人说话。

"军统在重庆好好的,为什么要把手伸到上海来?打败仗的是他们,立牌坊的也是他们!今天杀你一个人,明天杀你十个人!我们并没去重庆闹事,他们却要上海不安生!你们讲,此事能不能让步?"

"当然不能!"姜获斩钉截铁地捧场,"我们已经退无可退,让无可让了!"

"姜处长说得不错!军统越是挑衅,我们越不能服软!这帮欺软怕硬的,只有把他们打服了,打怕了,才有我们的活路!"

"好!"纪可诚带头鼓掌,然而无人应和,场面略显尴尬。

纪可诚讪讪放下手,道:"请李副主任下指示,我即刻整顿人手调查小礼堂爆炸案。我相信,放炸弹一定是里应外合,政府办公厅里肯定有内鬼!"

骆正风哧的一笑:"谁不知道有内鬼?办公厅那么多人,逐个严审要五六天才能走一轮。我要是军统,趁着你们排查,我到别处再炸一个!"

汤又江打个哆嗦,喃喃道:"按下葫芦起了瓢,这是要我们疲于应付呀!"

"骆处长说得对,"李若烟正色道,"咱们不能叫军统牵着鼻子走!要让他们跟着我们走!"

骆正风受了夸奖,仍然面带嘲讽,笑问李若烟道:"李副主任打算怎么搞?"

"我收到密报,重庆在上海有一批秘密产业,他们称之为'战略产业'。姓戴的不仁,别怪我不义!小礼堂爆炸案交给警政部去查,咱们集中精力,把重庆这个战略敲掉!"

英杨心里一紧,重庆撑着不投降,原因之一是还有钱,存身在沦陷区的产业十分重要,现在李若烟不过出口气,但抗战全局很可能受影响。

他念头急转,决定出手相助。

"行动计划已经拟好,就放在机要室。"李若烟又道,"今天开小会通个气,第一明确目标,我们不掺和小礼堂爆炸案;第二请各位约束部署,正式行动开始前,不得走漏半点风声!"

众人齐声应答。李若烟又说:"汤主任,行动计划的火漆不得打开,你要妥善保管,保密室要有二十四小时轮值!"

"您放心吧,计划已经锁进保险箱,密码和钥匙分人保管,夜间由我亲自值班,保证万无一失!"

"好!我就信你的万无一失!"李若烟最后总结,"明天是除夕,大家好好过年,初一听令行动!新岁是庚辰年,咱们的新年第一枪,就叫'庚辰计划'!"

******

散会之后,骆正风给英杨使个眼色,两人一前一后走进院子抽烟。倚着广玉兰,骆正风笑道:"开个价吧。"

"这事你也敢碰?"英杨大惊,"要钱不要命吗?李若烟这次来真的!"

"就是来真的才值钱。小打小闹什么时候赚够钱?我存够钱必然远走高飞,去法国、去英国、去美国,哪怕去非洲也比窝在这里好!"

"多少钱才叫存够?劝你一句,搞钱也要安全至上,这次我不搞,你不要找我!"

"你这人真扫兴。"骆正风悻悻道,"搞重庆的钱袋子是大事,我不信你们能沉住气。"

此时多一句不如少一句。英杨不接茬,转身回去了。

坐在办公桌前,英杨逐渐心跳加快。受领"沉渊计划"后,他与组织完全切断联络,所有事都要独立判断。抗日救亡不是哪个党派的事,英杨想,无论统一战线被怎样明里暗里地破坏,涉及核心利益时,中国人应该头脑清醒。

英杨没有选择,他只能铤而走险。

三十八 烹小鲜

行动计划锁在机要室的保险柜里。机要室在三楼,紧邻杜佑中和李若烟的办公室,白天想溜进去绝无可能,要行动只能放在晚上。

但夜间值班的是汤又江。此人阴森森的,又精明过人,很难对付。怎样把汤又江调出机要室,让华明月潜进去偷文件,实在令人头痛。

英杨苦思良久,正没办法时,电话响了。

来电话的是冯其保。一听到他的声音，英杨赶紧问候，先问有否在爆炸中受伤，又说本想去看望，因为英柏洲受了伤没抽出空来。

冯其保并不在意，感谢了英杨的好意之后，叹道："我真正是命大。早上的会议本叫我参加，因为太太要去烧香，好说歹说的叫我陪着。那么我没有办法，只好陪她去烧香，哪晓得躲过一劫。"

英杨忙说冯其保命格贵重，受上天庇佑，绝不会受此无妄之灾。冯其保听得高兴，笑道："小少爷今晚有没有空？何少爷也来慰问，说要替我压惊，选在展翠堂一聚，必定要请小少爷到场呢。"

英杨望望墙上时钟，已经到了下午四点，今天应该没什么事了。等行动计划泄露，李若烟必然要彻查，到时候英杨也有个去处。

他于是与冯其保约定，五点钟在展翠堂碰面。挂上电话后，他吩咐张七守在特工总部，有情况只管打电话去展翠堂。

张七答允，英杨又问："华明月呢？"

"在办公室里淘气，"张七道，"他还能做什么？"

"你让他过来。"

张七奉命去叫，不多时华明月推门进来，笑嘻嘻问："处长，是不是带我回家吃饭？"

"你就知道吃饭，"英杨佯怒道，"天天往我家里跑，成没羽同我讲过几回了！"

华明月吐吐舌头："处长，你不让我去愚园路呀？这为什么呢？我办事又忠心，为人又聪敏！"

听他如此自夸，英杨不由好笑，神色也就柔和了。华明月立即得寸进尺："处长，明天除夕夜，我到你家里吃饭吧！师父去世了，我过年都孤独一个！"

英杨被他说得心酸，只好答应："那么你早点去，帮着珍姨做点事，不要总逗着小莲玩。"

"遵命。"华明月笑呵呵敬个礼。英杨又道："我叫你来是有个事情。你可有办法打开机要室的保险柜？"

"处长忘了'香馍'吗？别人包治百病，它包开百锁！"

"你莫要嬉皮笑脸！"英杨皱眉道，"那东西捅捅寻常锁头罢了，能对付德国出品的保险柜？之前叫你跟着十爷多学学，你究竟去是没去？"

"我当然去了！不信您问问十爷！"华明月急道，"'香馍'也改良了，它现在有个威风名字，叫做'软金攮'。"

听说经过十爷改良，英杨对华明月的土制工具多了些信心。他拉开抽屉拿出金壳打火机，递给华明月："捅开保险柜后，找到一份庚辰计划拍下来，能做到吗？"

"小事。"华明月大大咧咧接过打火机。

"这块表也给你。"英杨把手表搁在桌上，"你只有二十分钟，到时间没完成也要出来，明白没有？"

"二十分钟绰绰有余，我只需要八分钟。"华明月拿起手表，得意地抛起又接住，笑眯眯道，"处长，这块表算给我的奖励吧！"

"你做得好另有奖励。"英杨随口答道，又皱起眉毛，"我看你毛毛躁躁，总觉得会坏事，你行不行啊？"

华明月听这话像听天方夜谭："处长，我师父是唐九！您问我行不行？"

英杨不懂他们道上规矩，只能由他吹牛皮。华明月却不吹嘘下去，转而问道："那么我几点钟行动呢？"

"我正在发愁，如何才能把汤又江从保密室调出来。此人值班像用胶水黏在椅子上，轻易不挪窝。"

"机要室的汤主任？"华明月挠挠头，"他和老吕交情过硬，经常躲在后厨喝两杯。"

"老吕？食堂的吕师傅？"

"是啊，不然还有谁！您知道老吕为什么厌恨我？因为我撞破了他的好事！"

"管食堂能有什么好事？"

"老吕爱吃鱼，却不是什么鱼都看得上。小菜场卖的鱼他碰也不碰，要凌晨四点到江边小码头去找鲜鱼。小码头的鱼可贵得很，老吕挣那几个钱根本不够用，因此要从菜金里掏！"

华明月一面说，一面撮起三根手指，做了个扒的动作。英杨没好气道："你说话就说话，别配动作了。"

华明月乖乖放下手，接着说道："老吕非但爱吃鱼，还要人陪他吃。每次同他共享鲜鱼的，就是汤又江！"

英杨望了华明月半响："你是怎么知道的？"

"我素日就住在小码头，不巧撞见老吕买鱼。开始我觉得买鱼很正常，是他心虚了，从此处处找我麻烦！这才被我留了心，发觉他用公款买鱼，还要敲老酒炒几个菜，请汤主任在后厨吃喝！"

总务处分管的几件事，车队、食堂、被服，都是猫腻十足的地方。有走私油的，有吃空饷的，有倒卖衣被的，认真查起来十个里有九个半不干净。

老吕用菜金买鱼吃，那算小事了。这样看来，老吕也算老实人，吃了几个小钱，很怕被华明月告状。

"你的意思，可以从鱼上想办法？"英杨问。

"老吕今早又去了小码头，拎了条菜花鲈回来，就养在水池子里。"华明月神秘道，"我早上巡查食堂，看得真真的！处长，这鱼可不能瘦了，老吕今晚必然炖了！"

英杨眼睛微亮，却将信将疑。华明月又道："老吕炖鱼，汤主任准保坐不住保密室！"

"当真？"英杨不大放心。

"处长，您总是信不过我。"华明月不高兴道，"我可比张七管用多啦！"

"行啦，我相信你。"英杨笑道，"今晚的事就交给你了，不过你不许欺负张七！他做事仔细沉稳，岁数又比你大，你不要失了礼数！"

"知道啦！"华明月挤眼睛一笑，"今晚您等着好消息吧，这可算我送您的新春大礼！"他说着一甩头发，意气风发。

可在英杨心里，华明月仿佛一柄刚开刃的宝刀，虽然锋锐闪亮，却不大稳当。相比之下张七弩钝，但为人可靠。然而偷拿"庚辰计划"张七做不了，只能靠华明月。

富贵险中求，英杨想，情报也只能险中求，中规中矩的成不了事。

华明月走后，英杨收拾了下班，直奔展翠堂。他到得早，冯其保和何锐涛还没来，为了迎接新年，展翠堂装点一新，红灯笼也换了新纱，格外红艳鲜亮。

英杨先上三楼，陪着十爷闲话。说到明天除夕，英杨本该去复兴西路，陪着老爷子过年，但愚园路是新宅，过年不能没人，只能请老爷子见谅。

"那么你初一要来，"十爷正色道，"老爷子前几日还嘀咕，说英杨老久不来了，是不是同兰儿闹翻了。"

英杨闻言惭愧，忙解释道："最近办公室杂事奇多，实在脱不了身。"

"你做了这个总务处长，可比之前忙多了。"十爷往英杨脸上看看，"要我说给鬼子干活不必经心,当然我知道你另有所图,但不要累坏身子。"

"是。"英杨虚心受教,喏喏答应。

等转开话题,英杨讲到华明月,十爷来了兴致,笑道:"这孩子天纵奇才,实在是聪明。我看他捣鼓器具的天赋,实在比做扒手要强。"

"十叔,华明月的好处是聪明,坏处也是聪明。我只怕他走错了路。他若能跟着您,倒是让人放心。"

十爷唔了一声,道:"那么你问问他,肯不肯多拜一个师父?"

英杨诸事缠身,能把华明月交给十爷看管,那实在是好事。他大喜过望,连忙答应下来,想着等"庚辰计划"到手,就问过华明月。如若拜师顺利,华明月能搬进展翠堂梅园居住,总比混在三教九流聚集的小码头要好些。

两人话说到这里,便听楼梯一片响,瑰姐赶上来叫道:"小少爷!冯处长来了,请您下二楼呢!"

英杨忙答允着到了二楼。瑰姐备好最大的房间,除了一张八座挖花黑胡桃木圆桌,靠墙都摆着紫檀木榻,榻几上干湿碟子、茶水手巾、纸烟水烟等等一应俱全,窗下花几错落,摆了几盆插枝讲究的蝴蝶兰,开出蓬勃喜气来。

冯其保已经在屋里,正同一人负手赏花。听见脚步声回过脸来,冲英杨笑道:"小少爷,我差些没命来此!"

"冯处长怎么说这话!您福大命大,运气都在后面。"英杨的应酬话说完,便听冯其保身边那人笑道:"小少爷长久不见,都快忘了我,眼中只有冯处长了。"

英杨这才定睛看去,见是内政部运输处的管翔,连忙迎他坐下吃茶抽烟。寒暄罢了,冯其保道:"杰森何跟着他爹爹去巡视,被绊在江苏银行,可能要晚些来。"

今晚说是给冯其保压惊,其实主角是何锐涛。英杨心下有数,便笑道:"长夜无事,咱们也好久不见,何少爷来得晚也好,咱们多说说话吧。"

管翔和冯其保都说"好"。三人便谈讲些市面上的生意经,眼看快到七点了,英杨走出房去,请瑰姐准备些精致点心来垫饥。

不多时,小丫头送来牛肉汤和刚出炉的蟹壳烧饼。牛肉汤滋味浓郁,烧饼香脆咸酥,十分可口。管翔头回来此,埋怨英杨早不带他来。

"我怕您嫌弃。"英杨笑道,"许多新派人士,并不喜欢旧式堂子。"

"他们叫做不会玩!"管翔边喝汤边摇头,"讲舒服还是堂子里舒服,那舞厅里就是宰人头,舞小姐打着新女性名头,这也要那也要,这也不愿做那也不愿做,哎哟,我伺候不起。"

"管处长说得对!人人称赞的西子露小姐,我看也不过那么回事!却被沈三公子捧得比天还要高!"冯其保连声附和。

"西子露算得什么?我看她很不如惠珍珍。"管翔喝干一碗汤,拿热手巾揩脸,"惠珍珍既是名媛,也是舞小姐,做派却叫人舒服。"

英杨听他提起惠珍珍,又想打听又不便开口,只得沉默。他以为冯其保会问,谁知这位也绝口不提,跳过话题讨论哪家的烧饼好吃。

三人吃罢点心,刚刚点起烟来,便听外面喧哗,何锐涛终于到了。他进门先作揖,连声说"晚来""罪过",要自罚三杯。冯其保来了精神,大声吆喝张罗,又叫上菜又叫请夏巳,把屋里搅出一团热闹来。

何锐涛揩手坐下,与在座共饮三杯,罢了放下杯子叹道:"今天小礼堂那声响,把我的魂都吓掉了!若非我躲懒在办公室,此刻没有变成齑粉,也要躺在医院里头!"

"是哦,"管翔也道,"咣的一声,楼板都抖了三抖!你们晓得我第一反应是什么?"

"是什么?"

"我以为重庆奋发了,敢派飞机来轰上海了!"

众人哄然一笑,冯其保摇头道:"重庆就是这点出息,只叫军统搞点小动作。他们想尽办法搞掉了魏耀方,却不敢动小林健三!"

"你们没听过那个消息吗?"何锐涛低低道,"和平政府做的事情,重庆是想先做的。结果日本人找林想奇牵线,林推荐了汪,这事情就被捷足先登了!"

"哦——居然有这事?"冯其保惊得瞪圆眼睛。

"所以重庆恨死啦!摆摆炸弹算什么啦,往后日本人如果走了,咱们这些人尸骨难存!"管翔哀声叹道。

他这话杀伤力太强,弄得屋里气氛低落。英杨圆场笑道:"乱世漂萍,各有各的身不由己。明天就是大年夜,今晚不讲伤心事!我敬三位一杯,来,来!"

四人丢开前话,闹哄哄共饮此杯。放下杯来,何锐涛又道:"小少爷,今晚李若烟在江苏银行抓人,你为什么能抽身出来?"

三十九　连环计

"什么江苏银行？"英杨脱口问，"我怎么不知道这事？"

"我爹领着我巡视诸行，最后一站是江苏银行。出来天都黑了，我竟在旁边窄巷里见到了李若烟！"

"李若烟……亲自埋伏在小巷子里？"

"是啊！我爹爹还同他寒暄了两句。"

"他没说在做什么？"

"你们特工总部还能做什么？"何锐涛失笑，"做的不就是那些事吗？总不过是抓人罢了。"

英杨想起华慕玖的贿赂，暗藏机锋的金壳打火机就是江苏银行出品的。难道重庆的产业，指的是金融业？或者产业户头开设在江苏银行？

"江苏银行有重庆的人，"英杨顺势试探，"森少肯定知道的！"

何锐涛被戴个高帽子，顺势笑道："我当然知道！上海滩有两处银行和重庆关系紧密，一处是中国银行，一处就是江苏银行！小少爷，你们要对银行动手了？"

英杨举起酒杯，岔开了笑道："明天就过年了，今天还谈什么公事？喝酒要紧，来来，森少要再罚一杯！"

冯其保跟着起哄，调动起气氛来。乘着热闹，英杨推说去催请夏巳，离座而出。他独自站在楼梯口，只觉得心跳似擂鼓，怦咚咚响个不停。

他想了想，先上三楼打电话回办公室。接电话的是张七，说特工总部一派平静，没有接到紧急行动的通知。抓捕必然要动车，总务处管着车队，有行动张七不可能不知道。这么说来，守在江苏银行的又是警政部的人马。

英杨挂上电话，心底隐隐的担心慢慢坐实。如果他没猜错，围剿江苏银行就是李若烟的"庚辰计划"，而特工总部机要室是用来钓鱼的。李若烟早就怀疑特工总部有军统内线，他这招连环计左右开弓，一面突袭江苏银行，一面抓内鬼。

英杨抬腕看表，何锐涛离开江苏银行已经半个多小时了，李若烟说不准已经行动了。救军统是不能了，眼下当务之急，是保住华明月！他再拨电话回办公室，点名要找华明月。张七搁了话筒去找，半响回来汇报，说华明月不在办公室里。

英杨大急，忙问："你有没有看见汤又江？"

"我看见他出去，好像是去食堂。"张七道，"隐约听见他跟值班员讲，说什么太饿了去垫一垫。"

汤又江去食堂喝鱼汤，华明月肯定行动了。

"你看看华明月在不在楼上！"英杨脱口说道，然而话筒里传来一阵嘈杂，那头像有什么事。

"怎么了？"英杨急问。

"不知道什么事，外头突然好吵。"

"不要挂电话，你出去看一下，赶紧给我回话！"

张七答应了去查看。等待回复时，英杨设想了无数可能，其中最可能的还是华明月被逮住了。

就在他忧心如焚时，张七回话了。"处长，有人偷进保密室，被捉住了。"张七轻喘着说，"我听骆处长讲的，他说让你赶紧回来！"

英杨的心抽紧了："知道是谁吗？"

"不知道是谁，现在上三楼的楼梯被封住了！骆处长讲，抓人是秦副处长带的队，他并不知道！"

完了，被抓的八成是华明月，现在不能再把张七陷进去！英杨稳住情绪，郑重叮嘱道："你待在办公室哪里也不要去，什么也不要管，不接受其他长官交下的任务，包括骆正风和杜佑中！守着电话机等我回来，听清没有？"

"是，我明白了。"张七答道。

英杨理了理思路，拎起话筒拨去右罗小馆。铃响三声后，话筒里传来郁峰没精打采的声音："你好，订餐吗？"

"我是英杨。"

"哦——英处长！"郁峰立即活过来，"晚上好啊英处长，有什么吩咐？"

"你们做事应该给我打个招呼！"英杨皱眉道，"现在弄得我很被动！"

他责备的意思有两层：出于合作，华慕玖炸掉小礼堂应该给英杨通个气；另外，郁峰是英杨的下线，这么重要的情况他也该及时汇报。

听出英杨的不满，郁峰急忙解释："这事我真不知道！"

如果不是姬冗时亲口说郁峰是自己人，英杨绝不能把他看作战友。这人身上的"军统味"太浓了，他和骆正风十分相像，虽然精明干练，却总是不可靠。比如现在，英杨不相信他不知道，却又无力佐证，只得冷冷道："那么请你带句话给沈先生,江苏银行出事了,但我泥菩萨过江自身难保,帮不了你们!"

"什么江苏银行?英处长什么意思?喂,喂……"

英杨听着郁峰在话筒里发急,却冷着脸挂上听筒。江苏银行他救不了,要先救华明月!小礼堂爆炸案如果从总务处找到突破口,那真是讽刺了。

他归心似箭,要赶回特工总部弄清楚情况,可是刚走到楼梯口,就听着下面脚步杂沓,喧闹异常。来捉人了?华明月已经招供了?

英杨的第一反应是回书房,从窗子跳进梅园,走后门出去。但李若烟既然来了,必定围堵前后门。那么,能指望的就只有梅园里的青衣人,靠他们护着英杨杀条血路出去。但现在十爷不在,成没羽也不在,没有他们发话,英杨只怕调不动青衣人。

这么几十秒工夫,英杨脑子里闪过几种方案,却听瑰姐在二楼唤道:"小少爷!底下来客人了,请你下来坐坐呢!"

瑰姐跟着十爷多年,见惯了大风大浪,为人十分机敏。如果是来抓人的,她早遣小丫头上来报信了,现在这样喊话,说明来的是客。可是英杨在展翠堂相熟的只有冯其保、何锐涛,还有谁来了会点名,要英杨去坐坐?

英杨撤出枪来背在身后,答应着慢慢走下楼梯。走到一半时,他看见了站在二楼走廊的人,是电讯处长姜获。

姜获笑容满面:"李副主任说你在这儿,要来蹭你的酒吃,果然你就在这儿!"

他不像是来抓人的。英杨勉强笑问:"李副主任呢?"

"在屋里呢,就等你下来。"姜获不疑有他,冲英杨招手,"英处长快来!"

英杨将枪插进后腰,匆匆下了楼梯,进屋便见李若烟坐在主位,正同何锐涛笑谈。见英杨进来,李若烟哈哈笑道:"英处长,李某人夜观天象,掐指一算你在这里!我同姜处长讲,他还不信呢!瞧瞧,我说得可对?"

英杨拎着心,微笑道:"您如何知道我在这里?"

"你别听他说书!"何锐涛摆手,"是我在江苏银行边上的小巷子里告诉他的!什么掐指一算呀,你可别蒙英杨了,把他脸都吓白了!"

英杨猛然放下心来。他本以为是华明月出卖了展翠堂,特工总部里知道此地的只有骆正风,李若烟从没来过。

"他脸发白,是怕我责他逛堂子。"李若烟呵呵笑道,"英处长年轻,来坐坐不算什么事。"

"小少爷,李主任可是特批了,从今往后,小少爷不要再借公事推搪,必须逢请必到!"何锐涛笑道。

"哟,小少爷没架子的,向来逢请必到。"冯其保替英杨说话,"李主任三杯酒要喝的,先喝酒再说话,喝酒啊!"

"我这三杯酒是要喝的,但每一杯都有名目。"李若烟举杯笑道,"第一杯要敬森少!"

"此话怎讲?"何锐涛笑问。

"都说森少是有福之人,今晚行动前遇见了森少,大获成功!活捉八个,死伤四十四个,你瞧瞧!"

"五十来个人?"何锐涛大吃一惊,"江苏银行藏着五十几个抗日分子?"

李若烟今晚的收获比龙华机场还要大。他高兴得脸放红光,斟上第二杯道:"第二杯嘛,要敬特工总部的同仁,共庆今晚捉到了内鬼!刚刚秦萧来报,军统埋在我们身边的鬼,按捺不住去保密室偷计划,被捉个正着!"

英杨心里咯噔一声,忍不住向李若烟看去。李若烟神情自若,仿佛捉到的人和英杨没半点关系。他这话说完,管翔第一个举杯恭喜,又道:"军统闹得不像话,兄弟我早上出门,不知道晚上能不能回来,实在是苦不堪言!"

李若烟提杯与管翔碰一碰,寒着脸说:"我就要重庆知道,要紧的是管好自己,打个胜仗,把日本人赶出去,我们自然不做汉奸嘛!天天对付我们做啥啦!"这逻辑生硬无理,却赢得满座叫好。

"第三杯酒,"哄闹声中李若烟再斟一杯道,"要敬一敬在座的两位处长,管处长、冯处长,今天真对不住,是李某失职,以致小礼堂罹难,让二位受惊了。"

冯其保和管翔满口说"不存在",奉承李若烟"仔细踏实,是实干之材"。

"我早就说过,和平政府只有一个务实的,就是李主任!"何锐涛大加赞赏。

李若烟感动得眼泛泪光,叹道:"谁能不爱国?谁想做汉奸?我们这些人苦心所系,实不足为外人道!"他表演得太真实了,让人惊叹。

喝罢三杯酒,李若烟搁杯笑道:"鄙人此来还有一事,就是把英杨带走!

捉到了内鬼,他也要回去开会!各位对不住,年后由我做东,还在此地请各位畅饮,不醉无归!"

他起身抱拳,团团一揖。在座受不住他的礼,纷纷说公务要紧,酒留着来日再喝。李若烟这才领着英杨和姜获离去。

李若烟与英杨坐一辆车,姜获带车跟在后面。路上,李若烟笑道:"小少爷看着温文尔雅,不料竟喜欢旧式堂子。"

英杨决定说实话:"这是八卦门的生意,因此来得勤些。"

"你与八卦门也有交情?那么如何结识何锐涛的?"

"是冯处长牵线结识,之前并无交往。"英杨说老实话。

李若烟停了几秒,道:"何家和重庆中央银行的贺行长很熟悉。日本人没来之前,贺明晖最信任何立仁。"

英杨悄悄打起精神,问:"何部长为什么没去重庆,却留在和平政府了?"

李若烟望向英杨,含笑道:"但凡没去重庆的,都是重庆不看重的。有头发谁愿意当秃子,汉奸这名声当真好听吗?"

"可是贺明晖很看重何立仁啊。"

"他看重有什么用?贺明晖是西游记里的孙猴子,空有一身本领,却叫紧箍咒拴得动弹不得。自己得不着好处便罢,还要给废物唐僧卖命!"

这话褒贬不明,英杨倒接不上了。车里陷入静默,眼看着快到特工总部了,李若烟问:"你猜猜,捉到的内鬼是谁?"

英杨为这事揪心了一路,听李若烟切入正题,便按设计好的说:"总不会是熟人吧?"

"你熟,"李若烟冷笑,"相当地熟。"

英杨的心瞬间沉入冰湖。

❖ 四十　山渐青 ❖

特工总部的小楼灯火通明,门口守着十几个黑衣特务,全是行动处的。

看见李若烟的车过来,立即有人上来拉开车门。李若烟钻出来就问:"人呢?"

"秦副处长亲自看管,在三楼会客室。"

李若烟满意点头，向英杨道："你陪我上去吧。"

"我去好吗？"英杨推辞，"我一个管总务的，隔三岔五地往抓捕任务里凑……"

"你很快就不是管总务的了，"李若烟寒着声音说，"跟我来吧！"

听这意思，被捉住的十之八九是华明月了，华明月出了事，英杨自然要被卸任。虽然做了十足准备，但刀架到脖梗子上了，英杨还是有点紧张。

他跟着李若烟上到三楼，沿途五步一哨，气氛剑拔弩张，仿佛还有十秒钟世界就要毁灭了。站哨的穿着全新黑西装，左胸口绣了数字"3"。他们属于行动处稽查三队，是秦萧到任以后新招入的。三队只听命秦萧，对骆正风只有假客气。

秦萧养兵十日，算是派上了用场。今天的阵容等同在宣示，杜佑中的特筹委时代彻底过去，而今已经是李若烟的特工总部时代。

到了会客室门口，李若烟驻步不前，像在整理思路，又像在倾听会客室的动静。英杨表面平静，心已经拎到嗓子眼了。

李若烟终于笑了笑，伸手推开门。

会客室正中间摆着张审讯椅，有人背对门坐在里面。他身边站着两个持枪特务，陶瑞波站在他面前，左面的沙发上坐着秦萧。

那个背影很敦实，英杨能百分百肯定，不是华明月。他吊在嗓子眼的心忽地落下去，落得太快以至于嗓子眼发干，差些呼吸不畅。

"进来啊，愣着干什么？"李若烟回头看英杨，"被吓住了？"

英杨连忙进去。这下他看清楚了，审讯椅里的是纪可诚。

极度的惊讶冲击着英杨，让他瞬间大脑空白，盯着纪可诚转不过弯来。

"纪处长，我真没想到是你。"李若烟叹着气，坐在纪可诚对面说，"所有人在我心里都有嫌疑，包括骆正风、汤又江，甚至英杨！但我真没想到，居然是你！"

纪可诚保持着猥琐懦弱的模样。他肩膀内扣，低眉垂目，像是和之前一样，在参加一次无关紧要的会议，如果被杜佑中或者李若烟点名，他瞬时便挤出谄媚笑脸，张口便能说出肉麻至极的奉承话。

"别再装了！"李若烟露出厌恶的表情，"说说吧，你为什么要偷进机要室，为什么要偷'庚辰计划'！"

纪可诚不说话，依旧低头坐着。

"你不说我也知道，"李若烟冷笑，"延安不想拿到庚辰计划，这计划同他们没关系！所以你肯定是重庆的人！我不管你是军统还是中统，是挂在作战部还是军参室，总之你是重庆的人！是抗日分子！"

也许是被纪可诚骗狠了，李若烟今晚特别生气。天知道他最相信的就是纪可诚，他认定此人没能力只会拍马屁，他认定了，只要适当丢些骨头出去，纪可诚就会死心塌地地摇尾巴。然而这个没用的官场混子，恰恰是重庆插进特工总部的钉子，伪装得堪称完美。

"纪可诚，我没时间陪你耗！再给你五分钟，如果你还不开口，那只能请你进地牢了！"

纪可诚像是聋了，眼观鼻鼻观心，一动不动坐着。在场的都是老特工，知道这样子是拒绝配合了。

"带下去吧，"李若烟挥挥手，"交给骆正风，他一定很愿意会会纪处长。"

听到骆正风的名字，纪可诚终于有了反应。他短促地笑一声，带着十分不屑。

"你瞧不起骆正风，但骆正风比你聪明识时务，"李若烟说，"忘记告诉你，今晚我们的行动很顺利，把你们的老窝江苏银行给敲了，死的活的搞掉五十来个人！"

这段话让纪可诚猛地抬起脸来。在英杨的记忆里，纪可诚五官模糊，皮肤晦暗，一张圆胖脸总是汗答答的。然而此时此刻，英杨在纪可诚脸上看见了鲜明的情绪，愤怒和痛恨点燃了他的面庞，让他整个人绽出光彩来。

"你生气了？"李若烟有些意外，"纪处长那样好的脾性，也会生气吗？"

纪可诚的愤怒逐渐融化消散，又露出轻蔑不屑来，他轻唾一口，问秦萧："走不走？"

在李若烟的示意下，秦萧上前打开了审讯椅，让陶瑞波把纪可诚带走了。

安静下来的会客室气氛怪异，明明抓到了内鬼，却让人高兴不起来。李若烟点起一根烟，揉着太阳穴问："汤又江是怎么回事？他为什么离开机要室？"

"汤又江说饿了，想去食堂弄点吃的。他大意了，以为很快就能回来。"秦萧回答。

"他把手底下人都放回去了，自己留下来值班，然后脱岗去吃饭了？"李若烟掐着眉心，向英杨道，"骆正风贪钱，纪可诚吃里扒外，汤又江又糊涂！听说之前的电讯处长还是共产党！英处长，你瞧杜佑中会用人吧！"

英杨想了想，说："我也是杜主任提拔的。"

"英处长谦虚了，在我看来，特筹委留下的人马里，只有你值得看重！"

面对夸奖，英杨一时接不上话。现在会议室里只有四个人，李若烟、英杨、秦萧和姜荻。秦萧和姜荻都是李若烟带来的亲信，很显然，英杨已经加入其中了。

"今天太累了，我想念无名咖啡馆。"李若烟道，"英处长，陪我走一趟吧。"

英杨很惦记华明月，他迫不及待要弄清楚晚上发生了什么，华明月此时又在哪里。然而李若烟的邀约他不能推拒，只好说："那我来开车吧。"

李若烟答应，吩咐秦萧去地牢盯着骆正风，要他尽心尽力审讯纪可诚，罢了才带着英杨走了。

英杨到车队提了车，开出特工总部大门时，李若烟叹了一声："真没想到是纪可诚。"

"他们炸了小礼堂怕咱们报复，这才冒险出动了纪处长，否则没人会怀疑他。"英杨说着，自己也明白了，难怪沈云屏总盯着他干活，暴露纪可诚太不值得。不说别的，纪可诚是值得敬佩的特工。

"是啊，他装得太像了！"李若烟捏紧太阳穴呻吟道，"真让人头疼！啊，我的头越来越痛了。"

"要不要去医院啊？"英杨关心着问。

"不必，我只要喝到那杯咖啡，马上就能好。"

英杨踩油门向古宁路冲去。十分钟后，车停在无名咖啡馆门口，李若烟下车时仍捏着太阳穴，踉踉跄跄走进去。

"两杯招牌，"他随便找了位置，向侍者说，"加两份威士忌，要快一点。"

几分钟后，招牌咖啡送上来，李若烟抓起来就唇急饮，直喝下小半杯，这才长舒一口气，靠进沙发里。

"我叫你出来不只为咖啡，"他说，"还有件要紧事，我想问问你的想法。"

"您吩咐就是。"英杨转动着咖啡杯，没有喝。

"纪可诚出了事，情报处长空缺，你看谁合适呢？"

英杨不料李若烟问自己人事要务，勉强笑道："我一个管总务的，怎么知道谁适合情报处……"

"我觉得你适合情报处，"李若烟直截了当地说，"你谨慎仔细，头脑又清楚，再适合不过了。"

这一天的信息量太大，英杨大脑差点胀满。小礼堂爆炸，林想奇面目模糊，李若烟使连环计，华明月失踪，纪可诚暴露……现在，他要被意外提拔了。

情报处当然比总务处强，它更靠近工作重心，获取情报更直接也更容易。但在李若烟手下做情报处长，"沉渊计划"如何实施，英杨怎样获取军统的绝对信任？

看见英杨不自觉流露出的犹豫，李若烟奇道："怎么了，你不愿意吗？"

"不，"英杨下意识说，"我是怕自己不能胜任。"

"胜任不胜任，要做过才知道。"李若烟喝干他的咖啡，精神越发振奋，"你为什么不喝咖啡？这东西真的好喝。"

英杨却不过他的热情，举杯喝了一口。招牌咖啡果然不同寻常，入口醇香，配上威士忌感觉口感奇妙，英杨忍不住又喝了两口。

"你没意见，我年后就宣布了。"李若烟笑道，"但是总务处交给谁呢？你有没有提议？"

英杨知道李若烟心中早有人选，自己不能犯傻在这些事上多嘴，但总务这个口子非常实用，英杨舍不得放掉。

"我觉得兵工厂厂长周原可以，"英杨说，"这人做事兢兢业业，很认真。"

"搞总务这摊子，光认真不管用吧？脑子要灵活，各方面都要懂才行！"

"那也不必处长懂，下面有人懂就行了。张七跟着我许多年了，人也聪明能干，衣食住行都是行家。就是太老实嘴笨，不会说话，不如周原灵活。"

"我选总务处长，又不选八哥，要会说话做什么？你讲的周原我知道，在兵工厂并不安分，很喜欢往杜佑中那里钻营！我宁可叫张七当处长，也不能抬举他！"

"不，这不行！张七资历太浅，让他做处长服不了众的，这万万不行！"

"那让他做副处长，有他帮衬着，新处长来也不怕。"李若烟笑道，"至于处长人选，我再想想吧。"

"这个……那都按主任意思办。"英杨得偿所愿，不再多话。

******

回到特工总部已经十点多了，李若烟喝了咖啡精神充沛，立即去地牢关心纪可诚的审讯。英杨找借口回到办公室，见到张七第一句就问："华明月跑到哪里去了？"

"不知道啊！"张七也急得要命，"我上上下下都找了，这小孩不知上哪儿去了！"

英杨静下心来想了想，机要室对面是杜佑中的房间，窗户对着后院，华明月会不会沿水管爬进去，想绕开楼梯摸进机要室？也许华明月在杜佑中办公室看见了什么，知道不能去机要室，但又不敢出来，因此窝在原地没动！

一念及此，英杨带着张七绕到后院。纪可诚被送入地牢，特工总部的紧张气氛也随之缓解，后院并没有岗哨。

英杨让张七在远处望风，自己点了根烟晃到杜佑中的窗户下面，看着左右无人，捡了石子向窗户丢去。连丢三枚之后，三楼窗户开条小缝，探出个脑袋。看发型就是华明月。

"下来。"他冲上面打个手势。

华明月认出英杨，爬出窗户攀着水管出溜下来，低低叫了声："处长。"

英杨一言不发，领着他就走。同张七会合后，他们绕过办公楼回到办公室，进了屋，三个人都松了口气。没等英杨发问，华明月先说："处长，今晚太险了！"

"究竟怎么回事？"

"我想着偷文件不能大摇大摆上三楼，被看见了就是个嫌疑。杜主任晚上肯定不会来，于是我爬到他房间，在门后等着，只要汤又江去吃鱼了，我就溜出来做事！"

"你怎么进杜佑中办公室的？他的窗没上锁吗？"

"这种插销锁对我来说就是没锁，"华明月嘟囔，"处长，你也太小看我了。"

"行了，你接着说吧！"

"等到八点多钟，机要室终于有动静了！先是有电话响，接着汤又江就出来了。我猜那通电话是老吕打的，叫汤主任去吃鱼呢！我扒着杜主任门上的气窗往外看，看着汤又江下了楼，这正要行动呢，您猜怎么着！"

"说书呢？"英杨佯怒，"快讲！"

"走廊上来了个人，是情报处的纪处长！就差一点点，我就要开门撞着他了！结果纪处长看看左右无人，掏出个钥匙来捅门，还把门捅开了！"

华明月倒吸了口气,接着说下去:"我当时就不理解啊,他来干什么?难道也是偷文件?结果过了五分钟,旁边李副主任的办公室突然开了门,秦副处长带了七八个人窜出来,猛地扑进机要室!"

他说到这里,后面的事英杨都知道了,秦萧当场抓获了试图打开保险柜的纪可诚。

"好险啊,"张七叹道,"就差一点点,今晚进地牢的就是你了!"

"是啊,处长,"华明月苦着脸说,"我吓破了胆子,不敢出来,一直躲在杜主任的办公室里!"

"平时看你散漫大胆,不料也有吓破胆的时候。"英杨揶揄道,"多亏你吓破了胆,出了这种事,你躲在杜佑中办公室是上选!你瞧瞧,人总要有怕的事,才能成事!"

"处长,你说老吕头有没有猫腻。"华明月闪动眼神,"他怎么正好弄了菜花鲈,正好要请汤主任吃鱼呢?"

这思路不能说没道理,但英杨不想把矛头引回总务处,于是荡开来道:"没证据的事不要乱讲,天不早了,你俩都回去睡觉吧!"

❖• 四十一 风云变 •❖

锄奸团炸了和平政府小礼堂,李若烟血洗江苏银行。这两件事很快就闹得沸沸扬扬。出乎李若烟的意料,他与军统针尖对麦芒,竟引来大批骂声。说他急功冒进,讲军统搞暗杀不过摆样子交差,现在关系恶化,军统要来真的了,倒霉的还是底层小官员。

"拿我们的血去染他的顶戴,不就这么回事吗?"这类声音居然占大多数,把李若烟气个倒仰,拉着英杨又去了无名咖啡馆。

连喝两杯招牌咖啡,李若烟说:"我同你讲,中国没有前途的!一个个只拨自己的小算盘,别人欺负到头上来,只想着不要惹恼他,只要能活下去,那就满意了!"

这结果也令英杨吃惊,他无从安慰,只得敷衍两句。李若烟喝罢咖啡冷笑:"咱们这个政府和重庆千丝万缕,切割不开。我倒要看看,先冲出来的是哪几位,事后查一查,说不准领着重庆的津贴!"

英杨扯出个笑脸，敷衍道："您说得很对。"

整件事最高兴的就是骆正风，看不顺眼的纪可诚被扳掉了，小兄弟英杨升任情报处长，李若烟被喷得灰头土脸，倒不如他这个逍遥派，继续赚钱保命打麻将。

江苏银行被翻了个底朝天，特工总部又折了纪可诚，沈云屏气得七窍生烟。他约了英杨在右罗小馆见面，英杨却反过来责备。

"你们在小礼堂动手，为什么不告诉我？"英杨问。

"上海站许多小组，行动各不通气，不要讲你，郁峰也不晓得这事，为什么要告诉你？"沈云屏气哼哼道。

"你不同我讲，那么之后的事我也判断不来。李若烟说设计了'庚辰计划'，我也安排了人去偷计划，哪里想到这是个陷阱，哪里想到纪可诚先冲上去了？"英杨也生气，"再说你们有人行动，好歹知会我一声，两个人去做同一件事，都被端掉了有什么好处？"

沈云屏被他问得语塞，答不上。

"李若烟围捕江苏银行，带着警政部的人马！他在机要室设陷，用的是秦萧的稽查三队！我们这些杜佑中时代的人，他根本信不过，我哪里知道他的行动？"英杨接着倒苦水。

"拔擢你做情报处长了，他很相信你了！"沈云屏酸溜溜说。英杨却无法解释，只得沉默了。

"小少爷，我想提醒你，别想着做得利的渔翁，我放出浅间日记，你可是小命难保！"

看着沈云屏故作高深的模样，英杨忽觉此人本领不足，是个花架子。他本想回敬两句，又觉得很没必要，于是客气道："沈先生，你打算接着同李若烟斗下去吗？"

沈云屏哼了一声，没有吭声。

"您可以换个思路，想想李若烟想要的是什么。情报战弄成街头血战，让人看笑话。"

沈云屏和李若烟的血拼惊动了重庆，当局反应也怪，并不支持沈云屏硬碰硬。特别是江苏银行的诸多账户被查抄，弄得重庆损失不小，以至于迁怒沈云屏。

几个月下来，除了暗杀，沈云屏并没收集到有价值的情报。无论如何，和李若烟硬抗下去不是办法。听了英杨的建议，沈云屏有点动心。

"你想办法摸清李若烟的意图，"沈云屏说，"这事小少爷能做到吧？"

英杨答应下来。

******

经过几波倒春寒之后，春天不可阻挡地到来了。特工总部有重大调整，英杨出任情报处长，骆正风被调整为总务处长，秦萧占据行动处，张七被拔擢为总务处副处长。翻天覆地的人事调整，预示着李若烟已经掌握特工总部的实权。骆正风知道大势已去，他不再同李若烟较劲，待在总务处如鱼得水。

沈云屏偃旗息鼓以后，李若烟被请到周公馆吃了顿晚饭。晚宴后李若烟告诉英杨，上头出面调停，让他和沈云屏休战。这话让英杨心下冷笑，国民政府果然一脉相承，"上头"还有带话的通道。既然重庆求和，李若烟也不想把事做绝，同意放军统一马。他们讲和并非好事。英杨能预见，李若烟的枪口将转向中共。但他现在与组织切断了所有联络，只能以静待变。

烟花三月下扬州，转眼就到了草长莺飞四月天。这天在食堂吃过早饭，英杨跟到总务处与骆正风抽烟聊天，不多时张七进来了，冲着骆正风道："处长，都安排好了。"

骆正风点点头，道："你不必太辛苦，丢给底下人看着就行了。我们只照顾饭食，看住人是行动处的事。"

张七答应着出去了。骆正风又邀英杨晚上小聚，下了班先吃艾芳庭的醉蟹，再去海风俱乐部，英杨答允，告辞出来。

张七提了副处长，做事仍旧低调谦和，办公桌还设在两人间里。英杨歪身子冲里看看，张七立即会意，起身跟出来。

情报处在二楼，与电讯处平分秋色，各处占据一半。英杨带着张七回到办公室，掩上门就问："领了什么新任务？"

"秦处长捉回来一个人，听说没怎么上刑就招了，按照投诚的待遇，安排进了亚新饭店。"

亚新饭店是特工总部的"后院"，除了招待往来住宿，就是暂时安置投诚的人。饭店挂在总务处，一应事务都要来请示，因此什么人变节成了汉奸，总务处肯定能知道，甚至比无关处室还要早知道。

"是哪个方面的？"英杨又问。

张七摇摇头："这个我不好打听。不过我看这人的样子，不像是重庆那边的。"

张七说得隐晦，意思是捉来的有可能是共产党。真是怕什么来什么，与军统和解了，李若烟的枪口立即转向延安。

"他住在哪个房间？"

"亚新饭店206……"张七还要说什么，忽然有人敲门，他赶紧缩口不说。英杨叫了"进"，来的是机要室的秘书，面无表情说："英处长，五分钟后开会，三楼会议室，李副主任让通知的。"

"好。"英杨点头，"谢谢。"

机要室秘书退出去，张七才压低声音道："206是个套间，人犯住在卧室，外面客厅有人看守。另外，秦处长派了十多个人，就住在203，两小时换一班！"

看得这么紧？英杨心下嘀咕，这人很重要吗？

"我先去开会，"他抬腕看看表，起身道，"你把亚新饭店盯紧了，有情况通知我。另外，人手不够就直接找成没羽，调青衣人帮忙！"

"好，您放心吧！"张七赶紧答应。

英杨夹着笔记本噔噔噔上了三楼，忽然觉得走廊气氛紧张，会客室的门开着，里面坐着四五个人，穿着很不合体的黑色西装，腰背挺得笔直，表情十分僵硬。这几个人都是生面孔，英杨凭直觉判断，他们应该是日本人。浅间三白死后，特工总部就没来过日本人，今天是怎么了？

英杨犯着嘀咕跨进会议室，却怔住了。坐在正中主位的是个圆脸胖子，戴着金丝边眼镜，神气十分倨傲，英杨认得他，是特高课新任课长织田长秀。

李若烟早已到了，正侧身坐着陪织田说话，见英杨进来笑道："织田课长，这位是情报处的英处长，英杨。"

织田长秀挺了挺肚子，算是打过招呼了，点着头说："英处长，你好。"

这还是织田第一次亲临特工总部，看来确有大事。英杨打了招呼坐下，心想李若烟收拾军统的时候，特高课从不过问，这才抓到一个延安来的，织田就坐镇指挥了。"反共睦邻"，果然是真的。

不多时，几位处长陆续到场，逐一见过织田长秀后，李若烟示意勤务兵关上会议室的门。

"今天开个小会，"李若烟说，"杜主任有事不能来，让我主持会议。"

如今杜佑中天天有事，天天不能参会，诸事都仰仗李若烟，大家见怪不怪。

李若烟咳一声，又说："有件事给各位通个气，秦处长立功，捉到一个抗日分子。此人已经转变，根据口供，他是新四军特务营的，奉命来上海与华中局接头，见一位敬云同志。"

"新四军？"骆正风脱口道，"这种前线部队怎么会跑到上海来？"

李若烟权当没听见，接着说道："转变者并没有见过敬云同志，他得到的指令是，今天上午十点，敬云同志会在十六铺码头朱记米铺与他会面。"

李若烟说到这里，英杨已经心跳如擂鼓。微蓝说过，十六铺码头朱记米铺是华中局的秘密联络点，它现在已经暴露了！

"我们已经控制了朱记米铺，"李若烟又道，"因为事情紧急，请各位处长辛苦一下，各带一队参加行动，务必要捉住活口！"

他话音刚落，骆正风便冷笑一声。李若烟乜斜他一眼："骆处长仿佛有不同意见？"

"十六铺码头虽然废弃了，但老码头的样子还在，生意热闹，地形复杂，小巷子岔路口特别多，在那里捉人比捉只泥鳅还难！这样艰难的任务交下来，我这种低水平的庸才，真是闻令色变啊。"

如今骆正风再跳，也掀不起风浪来，李若烟根本不把他放在眼里。他懒得回答，只给秦萧递个眼色。

秦萧立即起身，恭敬道："骆处长谦虚了，讲到抓捕审讯，无人能出您之右。正如您所说，十六铺码头十分复杂，因此，我制订了详细计划，给各位处长汇报一下。"

秦萧的好处就是谦虚。他是李若烟的心腹，挖出纪可诚立了大功，几个月能撬掉骆正风坐镇行动处，换了别人早已尾巴翘上天，但秦萧依旧缩头夹尾的，不惹人讨厌。

英杨觉得他和纪可诚有点像，但又很不像。像的是他俩都摆出唯诺庸懦的样子，不像的是，纪可诚假装能力极差只靠拍马屁，秦萧却是真正的精明能干之人。

他一晃神，秦萧已经拉开墙上的帘子，指着地图开始讲解围捕方案。英杨听了一会儿，深感秦萧细致，特工总部人手有限，秦萧却在米铺四周拉开疏而不漏的大网，只等大鱼游来。

等方案讲解完，李若烟洋洋得意，斜眼问骆正风："骆处长，你还有什么补充吗？"

骆正风也心惊，没想到挂两个黑眼圈的外国鬼秦萧心思缜密、业务精熟。但他随即释然，心想他能力再强也是个汉奸，总不可能做上日本天皇，有啥了不起呢。

"我没意见，"骆正风懒洋洋道，"我执行就是。"

李若烟不再多话，侧身向织田道："课长，您还有什么指示？"织田点了点头，叽里呱啦说了一段日语，意思是请各位加油，他在特工总部等待好消息。

李若烟代表众人，表态要好好干，接着抬腕看表道："快九点了，请各位处长即时出发，不要回办公室了，直接下楼上车，赶往十六铺码头！"

在座起立应答，英杨却暗自叫苦。距离十点只有一个小时，这么重要的情报，他却无处投递。唯一的渠道是郁峰。但李若烟掐点布置任务，那心思昭然若揭，就是怕走漏消息。英杨还在乱想，忽然肩膀上多了只手，他猛然回头，看见姜获笑眼弯弯。"英处长，咱们两队位置近，一起走吧。"他此时贴身紧跟，不知是无心还是有意。英杨只能点头答应，同姜获一起下楼上车，直奔十六铺码头而去。

四十二　祭天神

上午十点，正是十六铺码头最热闹的时候。米粮店和南北杂货连铺成片，大烟馆子和窑子娼寮无处不在，英杨站在朱记米铺斜对面的巷子里，点上一根烟。

朱记米铺两开间，门口有四层木架，堆着各式米箩。离十点还有八分钟，从亚新饭店提来的叛徒已经站在米铺门口。此人年岁不大，生了张圆脸，眼睛珠子骨碌乱转，看面相就心思活络。此时他佯作买米，把每只箩里的米都捧出细看，引得米铺伙计出来招呼几次。按照约定，叛徒一旦与接头对象对上暗号，会平举右手肘拉右耳。但伙计说了几次话，他没发出暗号。

米铺是秘密联络点，伙计却不知道接头暗号，说明今天的接头，华中局有可能不知道。英杨虽不知关节在哪，却略略松了口气，期望朱记米铺能够保住。但他随即好奇，这位敬云同志究竟是何方神圣，他为什么能跳过华中局和新四军见面？

时间分秒流淌，距离十点只剩五分钟了。英杨毫无头绪，不知如何通知朱记米铺，也不知如何示警敬云同志。

站在他左右的，全是秦萧稽查三队队员。他们表面恭敬，其实只听命于秦萧。英杨一旦有异动，立即就会暴露。

按照"沉渊计划"，英杨的目标是前往重庆，此时绝不能自我暴露。但眼看同志在眼前被抓捕，英杨真能做到不管不顾吗？他在更新舞台都做不到袖手旁观，何况此时？

姬冗时的叮嘱一蓬蓬在脑海里炸开，还有大雪、微蓝，他们说着同样的一句话——你是真正的特工，不只是地下工作者！

纪可诚刚刚向英杨展示了什么是真正的特工。他任情报处长以来，经他手抓获审讯枪决的抗日分子不计其数，除去共产党员，大部分都是他的同仁，纪可诚竟能做到泰然处之。

现在轮到英杨了，按照姬冗时的说法，他什么都不该管，只要集中精力奔赴目标。但绝望和不甘冲刷着英杨，让他无所适从。灿烂春光本该叫人愉悦，而此时的阳光却化作金箭，扎得英杨睁不开眼睛。

他再次抬腕看表，分针接着靠近十点，还有一分钟。

不管了，英杨咬咬牙想，去他的"沉渊计划"，我不能做违心的事，否则晚上睡不着！他要做的很简单，十点时冲到朱记米铺闹事，看见场面混乱，来接头的敬云同志自然会走开，这场"守株待兔"也就被冲散了。英杨当然跑不掉，但朱记米铺和敬云同志都能保全。

他狠了狠心，向前一步跨出巷子，就在他要冲过街时，猛然看见街头走来一个人。

那人格外招人瞩目，因为两个特点，一是瘸，二是满头桀骜飞扬的卷发。

是高云。

高云也看见斜刺里冒出来的英杨，两人目光一碰，英杨立即退回巷子，点上一根烟。

"英处长，您往里面站一点。"跟在他后面的特务小声提醒，"共产党精得很，看见生面孔会怀疑的。"

"我只站出去半步，应该没事吧？"英杨回眸道，"还没到十点呢，还有半分钟。"

"是，是，应该没事。"特务并不敢得罪英杨。

英杨笑了笑，倚墙抽烟。他眯起眼睛，直视面前的街道，过了两分钟，高云一瘸一拐走过巷口，目不斜视。

******

十六铺码头的抓捕以失败告终。

李若烟想破脑袋，也不知道问题出在哪个环节。他逼问叛徒，与敬云同志见面所为何事，那家伙只说敬云同志会说一句话，他的任务是把这句话带回新四军。

"他说什么话？"李若烟追问。

"不知道，"叛徒脸色发白，"他说什么我就带什么回去，营长讲了，一字不能差。"

英杨不知道高云是不是敬云。也许"敬云同志"是个共同称号，就像"仙子"，它是一群人的代号，而非一个人。

这句华中局转告新四军的话极度神秘，让人浮想联翩，仿佛改变历史的事件正在上演，而同时代的人却一无所知。

得知任务失败，织田长秀脸色难看极了，李若烟也坐立不安。特工总部所有处长都被困在会议室，屋里被香烟缭绕成蓬莱仙山，英杨坐在秦萧身边，想看清他的脸都费劲。

"还有什么突破口吗？"李若烟揪着头发说，"那个叛徒就是个传声筒，他什么也不知道！"

屋里一片沉寂，最后开口的是骆正风。

"本来这事与我无关，我不该说话，但我想回去休息！"骆正风表情痛苦，"你们能不能查查朱记米铺！"

"朱记米铺应该没问题吧，"秦萧插话，"这是约定见面的地方，比如约在新新百货，难道我们要怀疑百货公司？"

"你要这么说我也没办法，"骆正风摊开手，"朱记米铺能和新新百货比吗？请问他们为什么不在马记不在羊记非要在朱记呢？"

英杨听得心里发虚，佩服骆正风老辣。

"好啦！"李若烟头脑清楚，拍板道，"骆处长说得有道理，现在就叫人去朱记，把人都带回来审一审！死马当活马医好了！"秦萧起身，出去找陶瑞波布置抓捕。

"那么我可以休息吗？"骆正风呻吟道，"在太阳底下站了一上午，到现在没有吃中饭，我眼冒金星头痛欲裂！"

"骆处长坚持一下吧，看朱记米铺有没有问题再说。"李若烟不同意。

骆正风没办法，只好继续浸泡在烟雾里。半个小时后，陶瑞波满头大汗冲进会议室，脸色灰白道："秦处长，朱记米铺没人了！"

"什么！"秦萧立即站起来。

"朱记米铺没人了！铺子还开着门，但伙计老板都不见了，院里只剩火盆，不知道烧了什么东西，留下半盆灰烬！"

"得了，跑了。"骆正风两手一拍。

"你能想到米铺有问题，为什么不早说！"李若烟气不打一处来。

"李副主任，我管的是总务处哎，总务处！调令是你下的，行动处和我有什么关系啊？"骆正风更生气，"还有我头疼，我想不到，有问题吗？"

骆正风虽然喜欢总务处，但总务处比行动、情报、电讯三处低半级，被降级的恼火全叫他吼了出来。

李若烟气得面目狰狞，却无话可说。良久，织田用生硬的中文沉声道："你们在吵什么？"

"没什么。"李若烟虚弱地说，"这件事是我疏忽了，是我的责任。"他说罢颓然坐下，良久道，"都散了吧，共产党已经觉察到了，他们不会送上门来。"沉重的气氛里，众人起身离开会议室。

下班后，英杨按计划和骆正风碰头，去艾芳庭吃醉蟹。路上，骆正风道："小少爷，今天的事你做手脚了？"

"我没有。"英杨一口否认，"他突然布置任务，我哪有时间做手脚？但这事我正要问你，抓了我们的人送到亚新饭店，你怎么不通知我？"

"我哪知道是你们的人？"骆正风奇道，"而且这人是今天早上七点送到亚新饭店的，昨晚都在地牢里！张七接到任务去亚新饭店安排，回来不就向你汇报了？"

"你看见他向我汇报了？"

"哟，这还要看见呢？英处长，你不要当别人都是傻子好不好啦！"

英杨不说话了。

一阵沉默后，骆正风道："今天这事蹊跷就蹊跷在李若烟，喂，换了你，你会不会立即封掉朱记米铺？"

平心而论，如果英杨主持行动，第一件就是干掉米铺。

"你也能想到对吧？可李若烟这样精明的人，他为什么想不到？秦萧虽然缩头缩脑，但他和纪可诚不一样，他脑子清楚的，他为什么也想不到朱记米铺？"

英杨在心底打个哆嗦，问："你什么意思？"

"李若烟在给共产党放水。"骆正风说，"除了这个原因，我想不到别的！"

在骆正风点明之前，英杨多少有点疑惑。从李若烟逮着军统死掐，到他今天一改"宁错勿枉"，竟让米铺联络员成了漏网之鱼，这一切都显得很诡异。但英杨不信李若烟会是自己人。这个在小树林面不改色杀掉十几个飞行员的恶魔，会是自己的同志吗？

真正的特工。这五个字猛然砸进英杨的脑海，如果李若烟就是真正的特工的范本，英杨宁可做不到。

他猛地一踩油门，直奔艾芳庭而去。

今晚骆正风请了七八个人，都是他的狐朋狗友。英杨懒怠应酬，又不胜酒力，便推说小解离席。他出了艾芳庭，被夜风吹得心思清明，正要抽根烟醒醒酒，忽然见到路灯底下冒出个黑影，冲自己招了招手。

那黑影别的罢了，只一头卷毛十分显眼。英杨立即会意，远远跟着高云，离开艾芳庭左转，进了条小巷。

小巷里有间小食店，挑着蓝布酒旗，高云自顾走进去，英杨连忙跟上。店小得可怜，只有两张桌子，高云坐下，让老板上碗面。

英杨依样画葫芦，在他对面坐下，也要了碗面。

店子小，老板既是厨子又是伙计，转进厨房下面条了，店堂里便没了人。高云压低声音道："多谢了。"

"见外了。"英杨说，"谁是敬云同志？"

高云嘴角掠起一缕怪笑，没有回答。

"这件事重要吗？"英杨又问，"接头失败了，对你们的工作影响大吗？"

"对工作影响不大，这是我的私事。"高云看向英杨，坦然道，"我本名叫高敬云，敬云同志就是我。"

"啊！"英杨吃惊。他以为"敬云同志"是集体代号。

"我哥哥叫高敬亭，他曾是新四军四支队司令员，但是去年六月，他被枪毙了。"

"枪……毙？"

"是的。他们说他里通外敌，但我不相信。"高云握紧拳头，再次强调，"我不相信！"

英杨不知道该说什么，只好注目着高云。

厨房方向传来轻微的脚步声，老板送面条出来。两人刹住话，开始低头吃面。英杨吃不下，高云却饿极了，提筷吸溜溜吃得极香。

英杨本想问他，新四军要的那句话是什么。但问题到嘴边又让他咽了回去。这是高云的私事，他还是不要打听了，就让它成为悬念吧。

"你怎么知道我在艾芳庭？"英杨问。

"我在特工总部门口等，看你的车出来，就叫了黄包车跟着。还不错，没跟丢。"

"你一直在门口等我吗？"

"那不然呢，进去找你吗？"

高云还是这样，说话冲极了，无法交流。但不知为什么，英杨并不生气，甚至感到亲切。

"我明早就离开上海了，"高云说，"今晚见你一面，是有件事要告诉你。"

"什么？"

高云抬头瞅瞅英杨，道："她要结婚了。"

英杨愣了足有一分钟，问："谁？"

"魏青。"高云说，"你不知道吗？"

英杨脑子里轰的一响，像炸来一排迫击炮，当场断篇了。

"喂！"高云凑着英杨的脸唤道，"你怎么了？"

"和……谁？"英杨从牙缝里吐出这两个字。

"我也不知道，"高云笑起来，"我也是听说的，起初我以为是你，原来你也不知道。"

英杨的记忆被猛然拉回那个辗转缠绵的夜晚，他要微蓝答应，要永远等着他，如果失了消息，等胜利了，一定要在琅琊山醉翁亭相见。他自己知道，他是死也要死在醉翁亭的，死也要死在她能找到的地方。可是她却要结婚了。才三个月呀，这么快吗？

四十三　花自落

高云吃完面，抻袖子擦擦汗，说："如果我不讲，没人会告诉你。我想，你应该知道这件事。"

英杨从烦乱的心绪里生出一股感激，望着他点了点头。

"好了，我要走了。"高云掏出两张软烂的钞票，搁在桌上说。英杨把钞票拨回高云手里，说："我来付。"

"一碗面条我还吃得起。"高云呵呵一笑，扶着桌子要起身。英杨忍不住说："下次来上海能戴顶帽子吗？你这头卷发太抢眼了。"

高云不置可否，站起身摆摆手，权作告别。

"等一等！"英杨再度叫住他，"如果有事，怎样才能联络到你？"

高云回过头，若有所思地看着英杨，良久说："有一份诗刊叫《壁松》，是汉奸文人办的，专门登日本诗歌。你订一份，半月刊，送刊的是我们的人，有什么事你可以告诉他。"

"好，多谢。"

高云不再多说，转身而去。

英杨看着他一瘸一拐的，忽然心生酸楚，他的腿是被静子打折的，如果能及时治疗，或许不至于落下残疾。去年在苏州第一次见到高云，他身手矫捷意气风发。一年而已，他的腿废了，哥哥出了事，自己心心念念喜欢的人要结婚了……

是的，微蓝要结婚了。英杨坐在那里发呆，心底像攒进无数蚂蚁，啮噬而来的疼痛逐渐蔓延，直到他痛得直不起身子，痛得眼前发黑。

为什么会结婚了？他听说过的，组织上会出面，替女同志介绍适婚对象，对方大多是像高云这样的战斗英雄。但微蓝是魏青啊，她是华中局副书记啊，她可以拒绝的啊！

能娶到她的人是谁呢？一定是比副书记还要厉害的。他长什么样？脾气好不好？知不知道微蓝曾经受过的伤？懂不懂微蓝在心底仍然是兰小姐？他对她好吗？会心疼她吗？会给她送百合花吗？会给她买珠宝首饰吗？会替她做五色斑斓的旗袍吗？这些问题不断冒出来，让英杨焦灼得嘴唇发干。他宁可微蓝的结婚对象是高云！他了解高云，这人虽然暴烈冲动，但他的底色是朴实善良的。

英杨感受到自己的渺小无力,他在上海或许能想些办法,但在根据地却一筹莫展。他摇摇晃晃站起来,学高云的样子摆下两张钞票,向店外走去。

从这里回到艾芳庭并不远,英杨却走得无知无觉。他不记得自己是怎么回去的,也不记得是怎样开始喝酒的,他只知道一觉醒来时,已经日上三竿了。

宿醉让英杨头痛难受。他捏着太阳穴坐在床上,一点点想起昨晚与高云的短聚。微蓝要结婚了,这个消息再次煽起痛苦风暴,很快席卷了英杨。

我必须见她一面。英杨想,再绝情的话,我也要听她亲口说出来。

这念头一旦生根,就像长出了小手,使劲推着英杨,逼着他去设法。朱记米铺已经人去楼空,仙子小组的其他成员英杨一概不知,要见到微蓝何其困难。唯有的希望,就是大雪还留在上海,也许他能帮助自己。英杨揭被起床,开柜子拿出密码箱,从里面翻出夹竹桃公寓的钥匙。

那房子早就不是他的了。浅间夫妇死后,公寓被封,日本人一直没找到户主。但钥匙英杨留下来了,黄澄澄坠在手心里。这钥匙,微蓝也有一把的。

英杨想了想,掏出钢笔写了张字条:"有些人能实现理想,有些人,只能让理想通过他实现。我愿做后者。"

他把字条和钥匙放进信封里,用火漆封好。

******

昨晚是骆正风送他回来的,车子并不在家。英杨走出愚园路去坐黄包车,说到左登巷。这一路风和日暖,英杨却像被留在了寒冬里,身冷心冷。

到了左登巷口,英杨下车付了钱,整顿心情往里走去。他知道自己在违反纪律,可他顾不得了。越接近锦云成衣铺,英杨的心跳越猛烈,他要怎么跟大雪说呢?

而另一种杂念又冒了出来。也许在大雪看来,魏书记根本不会和英杨修成正果,魏青另嫁他人,根本不值得惊讶。

是啊,英杨算什么呢?名不见经传的潜伏者,根据地没有名姓的人物,社会部的正常档案里也找不到他,"沉渊行动"一旦开启,英杨说不准被彻底划成叛徒。他有什么资格高攀魏青。

胡思乱想催得英杨脚下生风,卖糖炒栗子的就在前面。因为是白天,摊子上包红纱的风灯没有被点亮,灰扑扑的露出本来面目。红纱已经敝旧了,远不如在夜里亮得可爱。

越过糖炒栗子就是锦云成衣铺了。英杨的满腔激动在看见铺子时瞬间石化，店铺还在那里，依旧左右各一面玻璃橱窗，然而招牌已经变了，现在是允正推拿馆。

大雪应该撤离了。失望化作外空袭来的陨石，狠狠击中英杨的心，把他坠得站不住似的弯下腰。有四十多岁的妇女经过，扶了他一把道："哎哟先生，你怎么啦？去医院看看吧？"

"不用。"英杨虚弱着说，"谢谢。"他不敢久留，佝着背迅速转身，向巷口走去。在走向巷口的几百步里，英杨觉得自己在迅速衰老。

难道微蓝不知道吗？他撑在上海，周旋着李若烟、沈云屏，混迹于骆正风、冯其保，他每天扮演着不是自己的那个人，每天算计着可能会露出马脚的生活点滴，他这样艰难地生活着，唯一能给他安慰与念想的，只有微蓝了。

他也想去根据地，他也想扔掉虚有其表的"小少爷"，他想穿着灰布军装，喝着搪瓷缸里的开水，嚼着野菜面渣做的饼，每天和志同道合的人一起工作，每天把帽子上的红五星擦得锃亮，把它端端正正戴好。

那些属于魏青的生活，英杨无比羡慕。

他拉开车门，坐进汽车里，在发动之前下了决心，无论用什么办法，他要见到微蓝，哪怕是最后一面。

******

英杨闯进右罗小馆时，郁峰吓了一跳。

上午十点，右罗小馆没有客人，雇的几个服务员也还没到齐。郁峰独自坐在窗边，见了英杨脱口问："你不舒服吗？脸色真难看。"

英杨灰白着脸，咬牙坐在他对面，说："我头痛。"

"需要止痛药吗？"郁峰关切道，"前面有个医馆，医生同我挺熟悉，很靠得住。"

英杨摇了摇手，闭上眼休息了几秒钟，递上信封说："请你转告姬先生，这是华中局魏副书记要的东西，要尽快递给他，我等个回话。"

"姬先生？"郁峰一愣，"我联系不到他，他去香港了。"

英杨知道郁峰有办法，于是说："你作为我的下线，怎样和组织联络呢？社会部切断了我同组织的所有联系，只留下话让我找你！"

"我……"郁峰犹豫道，"我可以试试。"

"好，你可以就好。我在等回话，请你尽快！"

听郁峰说"可以"，英杨松了口气，却觉得头痛以更大的力度袭来，忍不住呻吟出声。

"你真的没事吗?"郁峰担心着说,"我会设法联络组织,但你真不去医院吗?"

"不,给我叫黄包车,我知道有地方治头痛很灵。"

郁峰跑出弄堂叫来黄包车,听英杨报出古宁路咖啡馆,不由奇道:"喝咖啡能治头痛吗?"

"应该可以。"英杨从齿缝里迸出这几个字,催车夫快走。

这里离古宁路很近,很快就到了。付了车钱,英杨穿过马路推门进屋,被扑面的咖啡香味瞬间治愈了。也不知是心理作用,还是咖啡真有奇效,总之太阳穴里的跳疼缓解了。英杨找了张橡木桌坐下,叫了份招牌咖啡。

兑入威士忌的咖啡喝下之后,英杨的头痛得到极大舒缓。他靠在沙发里,想:"如果组织不同意我见她,那怎么办?"

这个问题没有答案。

******

英杨等了三天,没有一点儿消息。

他没有再去找郁峰,如果有回复,郁峰肯定会转告英杨。从最初的震惊里冷静下来,英杨渐渐明白,他从开始就应该知道,自己未必能见到微蓝。

那么,这事就这样了?英杨吃不下睡不着,他不甘心放弃,却又不知如何改变。在接受沉渊任务时,他想过有一天会失去微蓝,但那天应该是遥不可及的,是岁月流转了再流转,是生死两茫茫之后的无奈。

不该是这样!才三个月,她为什么要嫁给别人!

这天中午,英杨熬不住回家睡觉。他去车队扑了个空,才记起早上偷懒,把汽车停在了马路上。失眠了三天,英杨完全失魂落魄,五分钟前的事都能记不起来。

他步行出特工总部,看到停在路边的车。刚走到车门边,他的后腰便被硬物顶住了,有人在耳边说:"别动,上车!"

英杨知道戳在腰上的是枪。他不敢回头,打开车门,那人把他挤进后座,另一侧立即有人上来,左右夹住英杨,很快第三个人坐进了驾驶位。

这套动作一气呵成,英杨甚至想不起他们之前躲在哪里。持枪的用枪顶住英杨的腰,说:"车钥匙。"英杨只得乖乖递上,驾驶员很快发动汽车,沿路驶去。

英杨用余光打量，他身边两个人都戴着鸭舌帽，压低的帽檐挡住半张脸。他们穿着在车站或码头买的便宜西装，颜色灰黑，布料软绵绵、皱巴巴。乡下人来上海爱穿这衣裳，上海人图便宜也穿，英杨分辨不出他们的身份。他被挤在中间，打商量说："你们要什么好好讲，我能做到的。"

一车子默然无语，没人搭理他。

这一路飞驶，英杨要示警也难，直等到了城下遇到哨卡，左边的人低低说："证件拿出来！"

英杨无奈："你们绑架我，还要我掏证件出城！"

回答他的是腰里顶紧的枪，那人说："快点拿！"

伪军走来查看，英杨掏出证件递过去，说："特工总部的，出城公务。"

伪军验看无误，挥手放行。

出了上海，车子继续向前。英杨在心里盘算，如果是军统锄奸团，早就可以杀掉他，没必要绑出去。或者又是沈云屏耍的花招，他有什么新点子了？

如果不是军统，绑他的也许是李若烟。但为什么事呢？难道是，发现织田办公室里的浅间日记了？

四月初，天气开始燥热，英杨被两人挤得一身汗，整个人软绵绵的。他想到微蓝，忽然不愿盘算了，有什么可怕呢？最多不过一死。

死了就解脱了。

坐在他左边的人也觉出热来，伸手摇下了车窗，风呼地吹进来，慢慢平息了英杨的烦躁，他定下了心，竟歪头睡着了。

一觉醒来，正午天已到了傍晚，路边油绿的春枝涂着夕阳的金光，让英杨想起杜甫的诗：迟日江山丽，春风花草香。如果没有日本人，这样的田间傍晚充满着生机和希望，温馨的夜晚即将到来。

英杨正在赏景，汽车停了下来。三个人下了车，把英杨捆得严实，塞进等在路边的蓝布篷马车里，用黑布蒙上他的眼睛。

要堵住他的嘴时，英杨说："我不会说话的，能不能不要往嘴里塞布？"

那些人仿佛思考了一下，放弃了堵嘴，驾着马车上路了。

在马蹄的嘚嘚声里，英杨大致猜到，是什么人绑了他，又要带他去哪里。

也许二十分钟吧，也许更久，马车停了下来。英杨被弄下车来，一只手解开了他眼睛上的黑布。

英杨适应着光亮，看见傍晚的天空浮起弯弯月牙，蓝天浅淡温柔，缱绻着几缕轻云,远处有片湖水,水岸摇曳着高高低低的芦苇。它们在晚风里摆动,像是在轻柔地歌唱。

"往前走!"

三人带着英杨高一脚低一脚,沿着泥埂路往前走。前方一株柳树下,有人坐着眺望湖景,他回眸看见英杨一行过来,于是站起身迎上来。

"小少爷,又见面了。"

看着杨波熟悉的面庞,英杨并不意外,他握住杨波的手,说:"杨队长,你好。"

热烈握手后,他回顾押他来的人,他们也面带微笑。英杨无奈道:"杨队长有指示,我赴汤蹈火也要办的,何必这样?"

"不是我要这样,是魏书记交代的。"

英杨涌起失落又愉悦的情感,问:"魏书记在这里吗?"

"这一片要新辟根据地,她调来帮助工作,很快就回皖南了。"杨波说,"她特意交代,只能把你绑来,不许接来,我们也不敢多问。"

英杨忍不住,顺口问:"她结婚了?"杨波闻言惊讶:"你不知道吗?"

这几个字像千斤重石,把英杨的心彻底压垮了。